샛별클럽
연대기

샛별클럽연대기
조용한 우리들의 인생 1963~2019

초판 1쇄 인쇄 2022년 6월 28일
초판 1쇄 발행 2022년 7월 5일

지은이 고원정
펴낸이 정해종
편 집 현종희
디자인 유혜현

펴낸곳 ㈜파람북
출판등록 2018년 4월 30일 제2018-000126호
주소 서울특별시 마포구 토정로 222 한국출판콘텐츠센터 303호
전자우편 info@parambook.co.kr **인스타그램** @param.book
페이스북 www.facebook.com/parambook/ **네이버 포스트** m.post.naver.com/parambook
대표전화 (편집) 02-2038-2633 (마케팅) 070-4353-0561

ISBN 979-11-92265-56-8 03810
책값은 뒤표지에 있습니다.

샛별 클럽 연대기

조용한 우리들의 인생 1963~2019

고원정 장편소설

파람북

작은 대답

어느 날, 내가 사는 신도시의 번화가를 걸어가는데 어떤 사람이 다가왔습니다.

"저기…."

많이 본 것 같기는 한데, 얼른 이름이 떠오르지는 않는 모양이었습니다. 잠시 어색하게 나란히 걷다가 이윽고 묻더군요.

"작가셨었죠?"

그 무서운 질문에 이제야 작은 대답을 보냅니다.

지나온 시대가 한 편의 길고 긴 공연이라면, 주연이나 조연뿐 아니라 무대 한구석에 대사 한마디 없이 서 있는 단역 배우에게까지 스포트라이트를 비춰주고 싶었습니다. 숨어있는 스태프들까지 드러내 보이고 싶었습니다. 아니, 어두운 객석에 묵묵히 끝까지 앉아있던 관객들 하나하나의 모습과 표정까지.

'이건 내 이야긴데….'

'내가 아는 그 사람 같은데….'

하고 끄덕이는 분들이 계시다면, 새벽 책상머리와 한낮의 길 위에서 보낸 시간들이 조금은 보람있게 느껴질 것 같습니다.

살아보니, 모든 이들의 모든 삶이 다 경이롭고 존경스럽습니다. 격동의 시대를 말없이 견뎌온 많은 사람들에게 이 책을 바칩니다. 누구나 저마다 별입니다.

고원정

차례

2019년 11월

나의 인생은 대체로 조용했다.

국어교사로 명예퇴직을 하고 이 신도시에 혼자 자리잡은 뒤로는 더 그랬다.

이제는 달라질지도 모른다. 그래서 석 달의 망설임 끝에 결심을 하고도 나는, 신호등 없는 횡단보도 앞에서 심호흡으로 다시 마음을 가다듬어야 했다. 보이지 않는 손이 어깨를 떠밀 때까지.

가야지?

천천히, 내 딴에는 한 삶의 무게를 실어 첫걸음을 내디뎠다. 4차선 도로 건너 작은 교회를 향해, 그 오른쪽에 붙어있는 커피집을 향해, 시원스럽게 낸 통유리창 안에 변함없이 동그마니 앉아있는 한 여인을 향해.

월요일에서 토요일까지 매일 열 시에서 열한 시 사이, 같은 자리에 같은 모습으로 저렇게 앉아있다. 석 달 동안 하루도 빠짐없이 확인했다. 가며 한 번, 오며 한 번, 물론 길 건너 특수학교 울타리를 따라서, 그것도 똑바로 바라보지는 못하고….

자리를 비운 일요일이면, 들려오는 찬송가 소리에 한 목소리를 보태고 있겠지 생각했다. 그녀의 목소리만 따로 갈라져 흘러나오는 것 같기도 했다. 나는 들을 수 있었다. 그때만은 안심하고 오래 멈춰서 있었다.

잠깐.

교회 앞에서 왼쪽으로 꺾기 전에 걸음을 잠시 멈췄다. 시작은 저 그림
이었다. 지금도 웃고 있었다. 툭 치기라도 할 것 같았다.

'뭘 그렇게 떨어?'

매일 두세 시간씩 걷는 산책길을 낯설게 바꿔본 첫날에 이 작은 교회
를 발견했다. 널린 것이 교회지만, 황토색 외벽에 걸어놓은 대형그림이 나
를 사로잡았다. 예수가 활짝, 아니 통쾌할 만큼 껄껄껄 크게 웃고 있었다.
여름 햇살 아래 하얗게 이를 드러내고…. 이천 년 전 십자가에 못박혔던
그이가 아니라, 동네 노천카페에 앉은 장발의 서양 청년 같았다. 맥주 한
잔 시원하게 비운 표정이었다.

웃는 예수.

예수 웃는 교회.

국어교사의 본능으로 이름 붙이면서 한참 만에야 그 앞을 떠났다. 교회
옆 커피집이라는 흔한 풍경도 어쩐지 새로웠다. 이런 교회엔 어떤 사람들
이? 통유리창 안을 훑어보다가 한 여자와 눈이 마주쳤다. 우뚝 서고 말았다.

미혜!

송미혜였다. 삼십 년이 더 지났지만, 이젠 예순이 훌쩍 넘었지만… 알
아볼 수 있었다.

미혜….

그쪽도 두 손으로 감싸들고 있던 커피잔을 내려놓고 있었다. 삼십여
년 만에 본 육십 대 중반인 나를 향해 넋을 잃은 표정이었다. 문창읍 문창

리 사진관집 외동딸, 풍금 잘 치던 새침데기 그 송미혜, 그리고, 그리고… 생생한 옛 기억들이 파랗게 물결치며 지나갔다. 만남과 이별과 만남과 이별과… 나를 더 조용하게 만든 사람이었다.

얼마나 지났을까. 그쪽이 몸을 일으키는 순간, 나는 등을 돌렸다. 달음질치듯 걸음을 빨리했다. 소리쳐 불러세울 것 같았지만… 그런 일은 일어나지 않았다.

이제는 이미 늦은 가을. 겨울이 가까웠다.

가자!

뭘 어쩌겠다는 작정은 없었다. 만나보자. 무엇이 오든 받아들이자. 이제 더는 피하고 도망치지 말자는 생각뿐이었다. 너무 오래, 너무 많은 사람들에게 뒷모습을 보이면서 살아왔다.

'웃는 예수' 아래를 떠나, 교회 문 앞을 지나, 한 발 한 발 커피집 통유리가 다가오는데… 왈칵 문이 열렸다. 겨자색 모자, 겨자색 코트의 여인이 튀어나왔다.

"한요섭!"

"……."

"요섭아…."

겨자색 구두까지…. 좋아하는 색깔도, '깔맞춤' 즐겨 하는 기호까지도 달라지지 않았다. 그 뒤로 따라 나오는 검은 양복의 사내를 돌아보며 외쳤다.

"목사님! 제가 맞았어요!"

목사님? 윤태였다. 역시 바로 알아볼 수 있었다. 장윤태. '반공소년' 장윤태!

"그 친구라니까요! 맨날 말씀드린 그 천재!"

"……."

"왔잖아요! 제가 뭐랬어요, 목사니임…"

울먹거리는 미혜와 우두커니 서 있을 수밖에 없는 나를 바라보면서, 목사 장윤태는 소리 없이 웃고만 있었다. 나만큼이나 당혹스러워하는 표정이었다.

국민학교 때의 '반공소년'.

중학교 시절엔 반공강연 명연사.

고교 시절의 '유신소년'.

대학교 3학년 사법고시 합격.

대검 공안검사.

국회의원선거에 '노태우당'으로 출마, 낙선.

'김영삼당'으로 낙선.

'이회창당'으로 또 낙선.

2000년 그 마지막 유세장에서, 친구인 창기는 칼을 들고 연단으로 돌진했었다.

그 후로 소식 없던 장윤태가 목사라니, 저 '웃는 예수' 그림을 걸었다니, 미혜와 함께라니… 그를 향한 미혜의 태도에는 신뢰감과 존경심이 가득 배어있었다. 한 걸음 다가왔는데 두 걸음 멀어지려는 것 같았다, 내게는.

"요섭아. 이거 꿈 아니지?"

푸르르 몸을 떠는 미혜… 대답할 수 없어서 나는 눈을 감아버렸다. 그 옛날 강창성 선생의 카랑카랑한 목소리가 '샛별클럽' 친구들의 이름을 하나하나 부르는 것 같았다.

문미선!
김광춘!
문창기!
김영란!
오창수!
박광도!
장윤태는 저기에.
미혜와… 그리고, 그리고….

"요섭아…."
미혜가 다가왔다. 마주 볼 수도, 물러설 수도 없어서 발등을 내려다보았다. 젖은 낙엽이 한 잎, 운동화 코끝에 붙어있었다. 한여름에서 이 늦가을까지, 아니 그보다 훨씬 더 오래 이 만남을 기다렸고 걱정했었다. 역시 실수였다. 저 건너편 길로 다니면서, 변함없이 조용하게 지냈어야 했다. 그런 게 나의 인생이었다.
"부탁이 있어. 만나자마자 미안하지만."
"……."
"인호 말야, 인호…. 인호 좀 찾아줘. 소식 몰라? 넌 다 알잖아. 천재잖아!"
"……."
"으응? 요섭아아…."
온몸이 차근차근 굳어져서, 선 채로 돌덩어리가 되어가는 느낌이었다. 내 이름은… 문인호다.

1963년 3월

그해 봄, 우리들은 문창군 문창읍 문창리에 있는 문창국민학교 2학년이 되었다. 아직도 '보통학교'니 '소학교'니 하는 말을 입에 올리는 사람들이 있던 시절이었다.

아홉 살.

한요섭처럼 빠른 56년생도 있고 54년생도 없지는 않았고 김광춘은 53년생이기도 했지만, 대부분은 55년생이었다. 서기 1955년은 단기로 4288년. '쌍팔년도'란 원래 이 해를 가리키는 말이었다.

6·25의 상처가 아직 아물지 않았을 그때, 어른들은 아마 많이 힘들었던 모양이다. 모든 일이 한심하기만 하고 아주 지긋지긋한 세월이었던 모양이다.

'이놈의 쌍팔년도 빨리 좀 안 가나…?'

그해에 우리들은 태어났다.

1960년, 4·19 때는 여섯 살.

1961년, 5·16이 나던 해는 일곱 살.

1962년, 입학했을 때… 교과서 뒤표지마다 '혁명공약'이 실려 있었다. 이런 대목이 있었다.

'반공을 국시의 제일로 삼아…'

분명치 않은 기억 속에서 그것만이 떠오르는 까닭은, 훗날 우리가 휘말렸던 그 사건 때문인지도 모른다.

1963년 3월.

아직은 박정희 장군이 이끄는 '국가재건최고회의'가 군정을 펼치고 있었다. 이해 10월이면 민정 이양을 위한 대통령선거가 있게 되지만, 우리 조무래기들이야 무얼 알았겠는가.

다만 어른들보다 먼저 선거를 치르게 되었다.

급장선거.

1학년 때는 급장, 부급장을 담임선생님이 지명했는데 사실 나는 많이 놀랐었다.

우리 1반에서는 1학기 급장 한요섭, 부급장 박광도.

2학기 때도 똑같았다.

2반은 1학기 급장 장윤태, 부급장 오창수.

2학기 급장 오창수, 부급장 장윤태.

하나같이 그럴 만한 아이들이었다. 선생님들은 역시 대단했다. 그중에서 우리의 새로운 담임선생님은 새 학기 첫날에 이렇게 말했다.

"먼저 추천을 받겠다. 이 친구가 급장이 되었으면 좋겠습니다, 하고 이름을 말하는 걸 추천이라고 한다."

"한요섭이요!"

대뜸 외친 것은 '꺽다리' 문창기였다. 선생님은 웃으면서 고개를 저었다.

"일어나서, 한요섭을 추천합니다! 이래야지."

"한요섭을 추천합니다!"

벌떡 일어나는 바람에 우당탕 책상이 앞으로 넘어갔다. 웃음을 참는 표정으로 선생님은 칠판에다 썼다.

한요섭.

몇 명이 짝짝 박수를 쳤다.

"또 다른 사람?"

"박광도를 추천합니다!"

책상을 바로 세우고 난 창기가 다시 외쳤다. 선생님은 더 웃지 않았다.

"한 사람이 한 사람만 추천할 수 있다. 투표지에도 한 사람 이름만 쓸 수 있고…. 자, 너는 앉고, 또 누구 추천할 사람?"

김복자가 일어났다. 1학년 때 선생님이 노래를 시키자 앞에 나가서 '하늘천 따지 검을현 누루황…' 하고 천자문을 노랫가락처럼 읊었던 여자애였다.

"박광도를 추천합니다!"

박광도.

'키다리' 박광도. 뭐가 다른지 모르지만 아이들은 다 그렇게 불렀다. 광도는 '키다리', 창기는 '껑다리'.

"또 누구 없니?"

이젠 괜히 물어보는 소리 같았는데… 일어나는 아이가 있었다. 문창 사진관 딸 송미혜.

"문인호를 추천합니다."

뭐라고? 나부터가 놀라지 않을 수 없었다.

"문인호?"

선생님도 확인을 했다.

"예."

"추천하는 이유가 있니?"

어쩌자고…. 송미혜는 태연하게 대답했다.

"문인호는 날 수 있습니다."

"뭐?"

"이렇게요. 날아갈 수 있다고요."

두 팔을 벌려 파닥거리는 시늉까지 해 보이는 미혜. 아주 짧은 침묵 후에 와하하하… 아이들은 폭발하듯 웃어버렸다. 발을 구르고, 손바닥으로 탕탕탕 책상을 두들기고… 모든 시선들이 나를 향하고, 얼굴이 빨개진 미혜가 쓰러지듯 주저앉고… 선생님은 웃으면서도 썼다.

문인호.

계집애…. 1학년 여름, 마을 앞을 흐르는 남천강 자갈밭에서였다. 아이들은 모두 물에 뛰어들어 풍덩거리는데, 나 혼자만 홀아비바위 아래 그늘에 앉아있었다. 엄마가 남강시까지 가서 사다 준 스케치북을 펼쳐놓고, 물놀이 하는 동네 친구들을 그려볼까 어쩔까 망설이는 중이었다. 내 자리는 늘 그랬다. 공을 차도 술래잡기를 해도, 적당히 떨어져서 구경만 했다. 그림을 그리거나 그리지 않거나 했다. 엄마는 그래도 괜찮다고 했다.

"넌 왜 안들어가?"

옆에 와 앉는 아이는 미혜였다. 그때까지는 새침데기가 아니었다.

"헤엄 못 쳐?"

여자인 영란이까지도 팬티만 입은 채로 능숙하게 개헤엄을 치면서 까르르 까르르 웃어대고 있어서였을까? 엉뚱한 대답을 하고 말았다.

"난, 나는 게 더 좋아."

"날 수 있어?"

"……."

일이 커진다 싶기는 했다.

"진짜로 날 수 있어?"

"어. 근데 멀리는 못 가."

잠시 생각하다가 미혜는 크게 끄덕였다.

"아직 어리니까 뭐."

잊은 줄 알았는데… 계집애.

선생님은 개표결과를 썼다.

한요섭 51표.

박광도 10표.

문인호 0표.

기권 1표.

아이들은 또 한 번 난리였다.

"영표! 영표!"

"문인호, 꽁표!"

소동이 가라앉기를 기다렸다가 선생님은, 아무 이름도 쓰지 않은 투표지를 보여주었다.

"이런 것을 기권표라고 한다. 누구인진 모르지만 이건 제일 좋지 않은 일이다. 다음부턴 이러지 말고, 나중에 어른이 되어서도 이런 짓은 하면 안 된다. 알겠지?"

나는 한요섭을 찍었고… 그 기권표의 주인이 누구인지 알 것 같았다.

한요섭이 급장, 박광도가 부급장.

2반에선 오창수가 급장. 한 표 차이로 장윤태가 부급장.

나의 0표는… 쉽게 잊혀지진 않았다. 두 팔을 파닥거리던 송미혜의 몸짓도. 우리 둘은 저마다 조용한 아이들이 되었다.

그해 10월 15일 대통령선거에서 박정희는 윤보선을 근소한 차이로 이겼다. 삼거리 정자나무에 걸어놓은 스피커로 방송을 듣던 어른들 중 몇몇은 만세를 부르기도 했다.

"만세!"

"박정희 만세!"

우리야 아직 어렸고, 문창국민학교는 '한요섭의 시대'로 접어들고 있었다.

1966년 7월

장학사가 칠판 앞에 섰다. 키가 크고 앞머리가 많이 벗겨진 사람이었다. 출입문 쪽에 오히려 손님처럼 서서, 담임 강창성 선생님은 뭔가 기분 나빠하는 표정이었다. 우리도 긴장하지 않을 수 없었다. 교장선생이나 만나고 가는 장학사가 왜, 우리 5학년 1반 교실에?

아이들을 천천히 둘러보는 장학사. 그 시선이 창가로 맨 뒤쪽에 앉은 요섭에게 오래 머무른다고 느낀 것은, 착각도 우연도 아니었다. 알고 있는 것이었다. 한요섭이 누구인가.

2학년 봄 소풍 때 전교생 백일장이 열렸는데, 상급생들을 모두 뒤로 하고 장원을 했다. 소풍 장소인 문창산 중턱에서 멀리 보이는 학교와 마을 풍경을 두고 '우리 학교', '우리 동네'라는 제목이 주어지자 요섭이는 이렇게 동시를 썼다.

우리 학교

나무 위로 우리 학교가 보인다
저 나무들이 자라면
나중엔 안 보이지 않을까?

아니야

내가 나무보다 빨리 자라면

그때도 보일 거야.

그 시를 쓴 8절지 종이를 액자에 넣어서, 교장선생은 교장실 앞 복도
벽에 걸어놓았다. 외부 손님이 올 때마다 보여줬다.

"보세요. 나무보다도 빨리 자라는 게 아이들입니다, 허허허….”

새로 온 교장선생도 치우지 않았다.

우리 문창국민학교에는 도서실이 따로 없었고, 직원실 한쪽에 유리문
달린 책장을 두 개 두었다. 책이 한 오백 권? 2학년부터는 하루 한 권씩 집
으로 대출해갈 수 있었는데, 요섭이는 1년 만에 다 읽어버렸다. 특혜가 아
니었다. 수업이 끝나면 우선 한 권을 빌려 교실에 남아서 읽었다. 얇은 책
이면 두 번 빌려 두 권씩. 담당 선생님이 퇴근하기 전에 반납하고, 새로 한
권을 빌려서 집으로 갔다. 방학 때도 꼬박꼬박 나와서 그랬는데, 선생님이
이렇게 말하는 것도 나는 들었다.

"야, 이건 선생님들 보는 책이다!"

2년에 한 번 열리는 군내 학력경시대회에서 2학년, 4학년 연속 만점
으로 1등을 했다. 두 번 모두, 주어진 시간이 절반도 지나기 전에 나와버
렸다고 소문이 났다.

해마다 남강시에서 열리는 ‘남천강문화제’ 백일장에서는 차상, 장
원…. 무슨 ‘국제어린이 글짓기대회'인가에서도 특선을 해서 작품집에 글
과 사진이 실리기도 했다. 그 건 정말 부러웠다.

그런 한요섭이었다.

"내가 문제를 하나 내겠다."

장학사의 말에 강창성 선생은 입술을 깨물었다. 화가 난 듯했다.

"이건, 꼭 공부를 잘하지 않아도 풀 수 있는 문제다. 지혜로운 생각이 있으면 알 수 있을 거다. 이 학교는 연꽃이 유명하지?"

"네!"

학교 뒤편 실습지에 있는 큰 연못과 여름이면 가득 피어나는 연꽃이 자랑거리였다. 어른들도 구경 오곤 했다.

"옛날 조선시대에… 어느 고을 관아에 그렇게 큰 연못이 있고, 해마다 여름이 되면 연꽃이 한가득 피곤 했다…."

온몸이 귀가 된 것처럼 아이들은 모두 집중하고 있었다.

"그런데 언제부턴가 이상한 일이 일어나기 시작했지. 해마다 연꽃이 만발하는 시기가 되면, 고을 사또가 아무 일도 없는데 밤사이에 죽어버리는 거야. 새로 사또가 오면 일년 만에 죽고, 또 죽고…."

아니, 이건…? 내 손바닥에 땀이 나는 것만 같았다.

"그러다 보니 아무도 사또로 오겠다는 사람이 없었는데… 어떤 용감한 벼슬아치가… 제가 한 번 가보겠습니다! 하고 임금님께 자청을 해서 사또로 오게 되었지…."

틀림없었다. 3학년 여름방학 때, 같이 연꽃을 보러 와서 엄마가 들려준 이야기였다. 장학사의 말을 따라가지 않아도 다 알 수 있었다.

연꽃이 한창인 어느 날 새벽, 잠을 자지 않고 있는 사또의 방문이 소리 없이 열리고 처녀귀신이 나타난다. 놀라는 사또에게 하소연한다.

십몇 년 전 이곳에 있던 사또의 무남독녀 외동딸이다. 이방의 아들이 짝사랑해서 고백했는데, 거절하자 칼을 휘둘러 목숨을 빼앗고 말았다. 돌을 함께 묶어서 저 연못에 가라앉혀버렸다. 아무도 찾지 못했다.

"너무 한이 맺혀서 저는 해마다 이 무렵이면 연꽃으로 환생해서 피어납니다. 한 가지 방법만 쓰면 다시 사람으로 돌아올 수 있기에, 그걸 알려주려고 해마다 찾아왔는데… 다들 놀라서 죽어버렸지요. 이제야 사또 같은 분을 만났으니 꼭 좀 저를…"

"그 방법이 무엇이냐?"

"날이 밝아 연못으로 나오시면, 피어있는 연꽃들 중에 한 송이로 제가 기다리고 있을 겁니다…"

그 한 송이를 찾아내서 곱게 꺾어주면 된다. 만약 다른 꽃을 꺾어버리면 기회는 영영 사라지고 만다.

"그 많은 꽃들 중에서 어떻게 찾는단 말이냐?"

사또가 물었을 때는 어느새 날이 훤하게 밝았고, 처녀 귀신은 놀라서 방을 빠져 나간다. 황급히 쫓아갔지만, 연못가에서 홀연히 사라져버린다. 아침 해는 떠오르고 연못에는 이슬 맺힌 연꽃들이 가득하게 피어있다…

"자…"

장학사는 제풀에 침을 삼켰다.

"너희들이라면 어떻게 찾아내겠니? 기회는 딱 한 번뿐이고, 실수하면 안 되는데."

아무도 대답하지 못했지만… 나는 혼자 몸을 떨었다. 답을 알고 있었다 손을 들어야 하지 않을까?

안 돼.

엄마에게 이미 들은 이야기가 아닌가. 반칙 같았다. 그리고… 이건 당연히 요섭이의 몫이 아닐까? 장학사의 시선도 그쪽을 향하고 있었다.

"아무도 모르는 거니?"

나는 손을 들지 못했고 요섭이는… 빙긋이 웃고만 있었다. 늘 그랬다. 알아도 먼저 손을 들지 않는다.

"한요섭!"

"네."

"너도 모르겠어?"

그제야 일어났다. 어쩔 수 없다는 듯이, 쑥스럽다는 듯이.

"제 생각입니다만…."

이렇게 정해져 있는 일이었다. 나는 더 이상 떨지 않아도 좋았다. 편안해졌다.

"연꽃들을 하나하나 들여다보면…"

"들여다보면?"

"딱 하나, 이슬이 맺히지 않은 꽃이 있을 겁니다. 그 꽃을 꺾어주면 되지 않습니까?"

"어째서 그렇지?"

"아침이슬은 새벽, 해 뜨기 직전에 내립니다. 그런데 그 시간에 그 처녀귀신은 사또 방에 와 있지 않았습니까? 또, 연못으로 돌아갔을 때는 이미 날이 밝은 다음이니까 이슬이 맺혀있을 리가 없습니다."

장학사는 미소 지으면서 고개를 끄덕였다.

"맞았다. 정답이다! 과연…."

다음 말은 하지 않았지만 우리는 다 들을 수 있었다.

교실을 나가는 장학사에게 강창성 선생은 인사도 하지 않았다. 다부진 체격, 붉게 그을린 얼굴에 짧은 스포츠형 머리, 화가 나면 번쩍번쩍 빛이 나는 듯한 두 눈… 교단 위로 올라섰을 때, 땡땡땡 종소리가 들려왔다. 급장인 요섭이 다시 일어났다.

"차렷!"

"아니다, 됐다."

인사를 받지 않고 선생님은 나가버렸다.

1966년, 그해가 다 가기 전에 강창성 선생은 요섭에게 작지 않은 충격을 안겨주었다.

학예회에서였다.

생각해보면 그 학예회로 해서 모든 우여곡절이 시작된 셈이었다. 우리 친구들 모두 더 이상 어린아이일 수만은 없는 날들이 다가오고 있었다.

1966년 11월 ①

학예회는 46년 전통의 우리 문창국민학교에서도 처음이라고 했다. 강창성 선생이 앞장섰다. 그 과정에서 6학년 1반 이입삼 선생과 다투기도 했다는 소문이었다.

6학년 형들은 '파월장병노래 이어 부르기'를 한다고 했다. 월남에 가서 베트콩과 싸우고 있는 맹호부대, 청룡부대, 백마부대 노래를 무대 위에서 연속으로 합창한다는 얘기였다. 베트남을 월남이라고 부르던 시절이었다. 극장에서 본영화를 상영하기 전에 나오는 '대한뉴우스'의 마지막은 반드시 '월남 소식'이었다. 야자수가 늘어선 배경화면에 '월남 소식' 네 글자가 뜨면, 아이들은 환호성과 함께 박수를 치곤 했다. 국민학생들이 줄을 지어 이동할 때면 소리 높여 부르는 행진곡이 맹호부대나 청룡부대 노래였다.

자유통일 위해서 조국을 지키시다…
삼천만의 자랑인 대한해병대….

문창에는 물론 극장도 없었지만 어쨌든 우리는 그런 시대의 아이들이었다. 우리 친구들은 다들 6학년을 부러워했다. 얼마나 신바람 나는 공연이겠는가.

우리 강창성 선생님은 생각이 달랐다.

'꼭 그런 걸 해야겠어요?'

'아니, 뭐가 어때서요?'

여덟 살인가 아홉 살인가 아래지만 교육대학을 수석으로 졸업한 이입삼 선생이었다. 실력도 성격도 만만치 않았다.

'학예회에서까지 꼭 그런 반공교육을 해야겠어요?'

'강 선생님, 사상이 좀 불순하신 거 아닙니까?'

'뭐가 어째요?'

'애국심이 부족하신 거 아니냐구요!'

'미국 따라 월남에 가서, 우리 젊은이들이 줄줄이 죽어가는 게 애국이라고?'

'참… 말을 맙시다. 그래서 오학년 일반은 뭐 얼마나 교육적이고 예술적인 걸 하실 겁니까?'

'우린 오페레타요.'

'예에?'

'오페레타. 오, 페, 레, 타!'

그랬다는 선생님은 우리 교실 칠판에다 썼다.

오페레타, 왕자가 된 소년.

"오페레타는 쉽게 말하면 노래를 섞은 연극이다. 물론 대사 대부분은 말로 하겠지만, 중간중간에 독창과 합창을 넣게 된다. 너희들이 잘 아는 동요에다 가사만 바꿔서 넣기도 하고… 내가 새로 만들기도 할 생각이다."

"너무 어렵게 생각할 건 없고, 내 말대로 열심히 따라오면 된다. 아마 우리가 학예회 마지막을 장식하게 될 거고, 국민학생들의 오페레타는 글 쎄, 전국에서도 드문 일일 거다."

문창리 출신으로 학교 선배이기도 한 선생님은 풍금도 잘 치고, 시도 쓴다는 사람이었다. 한껏 의욕에 찬 표정이었는데

"선생님!"

불러모은 16명 아이들 중에서 '껑다리' 문창기가 손을 들었다.

"우리가 맹호부대 노래, 그거 하면 안됩니까?"

"쓸데없는 소리!"

무시해버리고 선생님은 말을 이었다.

"이야기 줄거리는 이런 거다…."

1, 옛날 어느 왕국에 늙은 왕과 외아들인 어린 왕자가 있었다.

2. 원래 몸이 약하던 왕자는 열두 살 어린 나이로 죽어버린다. 나라 안
   에서 가장 착한 아이를 찾아내어 대신 왕자로 삼아달라는 소원을
   남긴다.

3. 전국에 그 소식이 알려지고, 왕은 착한 소년을 찾아 떠난다.

4. 어느 시골 마을, 아이들은 날마다 동구 밖에 나와서 왕의 행차를 기
   다린다.

5. 좀처럼 왕은 오지 않고, 지쳐가는 아이들 앞에 늙은 거지가 나타난

다. 무료하던 아이들은 짓궂게 놀려댄다. 배가 고프다고 하소연해
도 아랑곳하지 않는다.

6. 마을에서 가장 가난한 소년만이 집으로 달려가서 초라한 음식이나
   마 챙겨온다. 아이들은 그 음식을 빼앗아 팽개치고 소년까지 괴롭
   힌다. 늙은 거지는 눈물을 흘리며 사라져간다.

7. 다음날, 드디어 왕의 행차가 들이닥친다. 아이들은 저마다 앞으로
   나아가서, 얼마나 착한지를 보여주려 애쓴다. 지켜보던 왕은 왕관
   과 외투를 벗어 보인다. 바로 어제의 그 늙은 거지다.

8. 아이들은 무릎 꿇려지고, 왕은 착하고 가난한 그 소년을 불러내서
   왕자로 삼는다고 선언한다.

9. 왕자가 된 소년은 친구들을 용서해달라고 청한다. 왕은 허락하고,
   왕과 왕자는 모두의 축복 속에 도성으로 떠나간다.

다들 이야기에 빠져든 모양이었지만, 나는 온몸이 점점 움츠러드는
것만 같았다. 수업이 끝난 교실에 따로 불러모은 이유는… 뭔가 하나씩
역할을 맡기려는 게 분명했다. 나는? 나는… 설마?

"다음은 각자 배역이다."
이번엔 칠판에 한 줄 한 줄 써 내려갔다.

왕, 박광도.

죽는 왕자, 문인호.

착한 소년, 장윤태.

왕의 시종장, 오창수.

아이들의 우두머리, 한요섭.

아이들, 문창기. 양진호. 최진형. 강언종.

군사들의 우두머리, 김광춘.

군사들, 유수형. 장세훈. 민상기.

마을 어른들, 송일호. 황정현. 이태영.

예감은 들어맞았다. 문, 인, 호… 세 글자가 툭툭 튀어나오는 것만 같았다. '죽는 왕자' 문인호…. 더 큰 충격은 한요섭이었다. 주인공은 당연히 '왕'과 '착한 소년'이다. 그런데 요섭이는?

아이들의 우두머리.

선생님은 옆으로 비켜서고, 요섭이는 눈도 깜빡이지 않으면서 칠판을 바라보고 있었다. 거의 숨도 쉬지 않는 것 같았다. '왕'이 된 광도나 '착한 소년' 윤태도 차마 웃지 못하고… '왕의 시종장' 창수는 평소보다도 더 시무룩한 표정이었다.

남자들로만 한 반이 된 4학년부터도 급장은 내리 한요섭이었다. 부급장은 창수와 윤태가 학기마다 번갈아 뽑히는 중이었다.

공부도 마찬가지였다. 요섭이는 아예 따로 떼어놓고, 창수와 윤태와 광도가 2등을 다투곤 했다. 언제나, 무슨 일에나 '천재' 한요섭의 머리 위에 설 사람은 아무도 없었다. 그런데…?

선생님은 크게 헛기침을 했다.

"배역에 불만이 있을 수도 있겠지만, 모든 사람이 만족할 수는 없다. 작은 배역도 다 중요하고, 선생님이 여러모로 오래 생각한 결과니까 그렇게 알고… 자기 맡은 역할들을 충실하게 해낼 생각들을 해라. 내일 오후부터 연습에 들어간다."

문을 나서려던 선생님이 뒤를 돌아보았다.

"인호는 나 좀 보자!"

"인호야."

복도에 마주 서서 선생님이 내 어깨에 손을 얹었다.

"대사도 거의 없고, 초반에 잠깐 나오는 거야. 너무 부담 가지지 마. 알겠지?"

"……."

"이번엔 아프면 안 돼."

고개를 들 수 없었다. 나는 '자주 아픈 아이'였다. '그림하고 글씨는 참예쁘다'고 사생대회에 나가는 학교대표로 뽑힌 게 세 번이었는데, 그때마다 나는 아파 버렸고… 엄마가 결석계를 써 들고 학교에 와야 했다.

'엄살이 아니구요, 정말 많이 아픕니다…'

4학년, 5학년 가을운동회 때도 그랬다.

"만약에 또 아파도, 빼주지 않을 거다."

내 어깨 위의 손을 쉽게 떼지 않았다.

"아픈 왕잔데 뭐."

'죽는 왕자'였다.

"다 생각이 있어서 결정한 거니까, 용기를 내라, 인호야."

툭툭 어깨를 쳐주고 돌아서는 뒷모습을 보면서 짐작은 할 것 같았다. 그 '생각'을. 하지만 선생님은 나보다 요섭이에게 뭐라고든 한마디 해야 하지 않을까? 내 '생각'은 그랬다.

일어날 줄 모르는 요섭이를 두고 아이들은 모두 함께 교실을 나왔는데, 운동장으로 나서자마자 싸움이 붙고 말았다. 우연한 일이었을까?

"야, 이거…."

늘 그랬듯이 창수가 책가방을 내밀자 광도는 고개를 흔들었다.

"그만 하자."

"뭐?"

놀란 것은 창수만이 아니었다. 아이들이 모두 멈춰 섰다.

둘은 사촌 간이었고, 문창산 가는 고개 위 '백악관'에 함께 살았다. 광도 엄마가 창수 고모이고, 창수 아버지가 광도의 외삼촌이다. 더 어릴 때부터 광도는 늘 창수에게 당하면서 지냈다. 눈치를 보고 면박을 당하고 쥐어박히고, 등하굣길에 가방을 들어주고… 키가 크지 않고 통통한 창수가 '키다리' 광도를 종 부리듯 하는 모양은 아이들뿐 아니라 온 동네의 구경거리였다. 공부나, 반에서의 위치나 무엇 하나 빠질 게 없으면서도 쩔쩔매는 광도의 등 뒤에서 창수는 이죽거리곤 했다.

"원래 종놈인데 뭐."

그 창수가 광도에게 다가섰다.

"뭐라고?"

"그만 하자고. 이젠 싫다고."

"아쭈, 진짜 왕인 줄 아나?"

'왕' 광도. '왕의 시종장' 창수.

"아니."

고개를 젓는 광도가 평소와는 분명 달라 보였다. 그리고… 홀쩍 큰 키로 내려다보면서 던지는 한 마디.

"내 운명이 이런 건 아닐 거야."

"뭐어?"

창수만이 아니라 지켜보는 아이들까지 모두 한순간에 넋을 잃은 것 같았다. 광도는, 진짜 왕이거나 진짜 배우가 되어버린 듯했다. 한마디 더 했다.

"너나 나나… 이러자고 태어난 건 아닐 거야."

아닐 거야, 아닐 거야…. 자기 책가방을 남의 것처럼 들고 서 있는 창수를 지나쳐서 성큼성큼 교문을 향하는 '왕' 광도. 다들 길을 틔워주는데

"야! 박광도!"

가방을 내던진 창수가 뒤에서 달려들며 등판을 걷어찼다. 휘청, 했지만 광도는 넘어지지 않았다. 돌아서며 멱살을 움켜잡았다.

"놔! 못 놔?"

창수가 용을 썼고, 둘은 한 덩어리가 되어 땅바닥을 굴렀다. 엎치락뒤치락하는 사촌 형제, 왕과 시종장을 아이들은 그저 둥그렇게 둘러싸고 지켜볼 뿐이었다. 그 아이들에게서도 몇 발짝 떨어져서 나는 광도의 그 한마디를 따라해 보고 있었다. 무서운 말이었고, 아버지가 재벌 회장인 광도에게는 어울리는 말이기도 했다.

내 운명이 이런 건 아닐 거야….

"야, 이놈들아!"

어디서 나타났는지 이입삼 선생이 뛰어들었다.

나는 혼자서 먼저 돌아섰다.

1966년 11월 ②

운명, 운명…. 집 앞에 다 와가는데

"야!"

뒤에서 어깨를 친 것은 윤태였다. 움찔, 하지 않을 수 없었다. 어느새 쫓아왔을까? 집 앞에서 이 친구와 마주칠 때가 제일 싫었다. 담장을 대고 이웃한 윤태네 집은, 문창리에서 창수네 '백악관' 다음으로 컸다. 붙어있는 우리 집은 작았고, 사는 식구도 엄마와 나 둘뿐이라 조용하기만 했다. 늘 드나드는 사람들이 끊이지 않아 북적거리는 윤태네 집은 원래 식당이면서 술집이었다.

'제일옥.'

우리가 학교에 들어가던 해에 장사를 접으면서 윤태 아버지 장 사장은 말했다고 한다. 나이 마흔에 늦게 얻은 아들을 위해서라고.

'돈이야 벌 만큼 벌었고, 애가 커 가는데 교육상 좋지 않아서.'

그 귀한 아들의 얼굴이 내 눈앞으로 왔다.

"뭐, 걱정이 있나?"

"아니."

"아니긴? 왜, 오페레타 때문에?"

사실 나는 발음하기도 쉽지 않았다. 오페레타, 오페레타….

"왜 걱정을 해애? 넌 그냥 잘 죽기만 하면 되는데!"

킬킬거리면서 이제야 신이 나 있었다. 주인공이니까, 학교에선 실컷 좋아할 수 없었으니까. 요섭이를 이겼다는 기분일지도 몰랐다. 윤태 아버지가 그토록 바라는 일이었다.

"그러고 보니까 고맙네에. 인호, 너가 죽어서 내가 왕자 되는 거잖아!"

저녁때 윤태네는 고기를 구울 것이었다. 무슨 일이 있을 때마다 그랬는데, 그 연기와 냄새는 우리 집으로만 오는 것 같았다.

"들어간다."

돌아서려는데

"야! 거기 너희들!"

누군가가 큰소리로 불러세웠다.

"나 좀 보자!"

강가로 내려가는 길을 거슬러 올라오는 사람은 제복을 입고 있었다. 경찰 문창지서의 주임이었다. 현창국. 이파리 세 개씩을 양어깨에 달고 있었다. 나는 차렷 자세로 기다렸지만 윤태는 그렇지 않았다.

"안녕하세요, 주임님."

싱글거리며 까딱 고개를 숙였다. 그 머리를 쓰다듬어주고 나서 현 주임이 정색을 했다.

"너네 담임이 강창성이지?"

"예."

대답도 윤태의 몫이었다.

"내가 듣자 하니까… 그 친구가 뭐, 학예회에서 맹호부대 노래를 하면 안 된다고 그랬다면서?"

"예, 싸우기까지 했어요."

본 것처럼 말하고 있었다.

"왜 안 된다는 거야?"

"우리야 모르죠오."

"평소에도 그러냐?"

"뭘요?"

"그런 노래 싫어하느냐고."

"우리 반에선 한 번도 부른 적 없어요. 뭐, 좋아하지는 않는 모양이죠."

"그래, 그렇단 말이지이…."

크게 고개를 끄덕이다가 경찰지서 현 주임은 나에게 눈을 부라렸다.

"너!"

한 걸음 뒤로 나는 물러났다.

"어디, 얼마나 교육을 잘 받았나 보자. 어떤 사람이 간첩이라고 했지?"

"……."

"수상한 사람을 보면 신고하라고 했어, 안했어?"

"했어요."

꼭 강창성 선생에게 들은 말은 아니었다.

"어떤 게 수상한 사람이야?"

"……."

"몰라? 교육 안받았어?"

쩔쩔매는 나를 윤태가 구해주었다.

"제가 해볼까요?"

"그래, 해봐."

요섭이와는 반대로 윤태는 평소에도 늘 먼저 손을 드는 아이였다. 자세부터 가다듬고는 큰소리로 외치기 시작했다.

"육이오 때 사라졌다 최근에 나타난 자!"

"담뱃값을 모르는 자!"

"일정한 직업 없이 돈을 마구 쓰는 자!"

"새벽에 산에서 내려오는 자!"

"밤에 몰래 이북방송 듣는 자!"

"허, 그놈 참…."

다시 한번 윤태를 쓰다듬어주고 나서 나를 노려보는 현창국.

"알았어? 좀 배워, 임마!"

머리까지 쥐어박았다.

"선생놈이나 학생놈이나…."

현창국이 사라지고 윤태가 들어간 뒤에도 나는 집 앞에 한참을 서 있었다. 한 대 맞아서가 아니라 왠지 불안했다. 이파리 세 개 달린 현창국의 제복과 그 제복이 상징하는 것들에 대한 두려움만도 아니었다. 어떤 예감이었다, 분명.

선생님이 위험하다!

전설·1

오창수네 집안은 대대로 문창의 터줏대감이면서 대지주였다. 12대조가 공조판서와 이조판서를 지내서 예전에는 '판서공댁'이라 불렸다고 한다.

증조부 오명세는 젊어서 '일진회' 활동을 하기도 했던 친일파였다. '남강구락부'라는 사교단체를 만들어서 남강시와 문창군의 일본인들과 어울렸고, 총독부까지 인맥이 닿았다고 했다. 일본사람들과 함께 엽총을 들고 사냥개를 앞세워 문창산 일대를 누비고 다니던 모습을 생생하게 기억하는 노인들이 6~70년대까지도 많았지만, 구체적으로 어떤 친일행위를 했는지는 알려지지 않았다. 1920년 문창보통학교 개교에는 그의 공이 컸다고도 한다.

문창산 가는 고개 위에 하얀 2층 석조저택을 지었는데, 그 무렵의 문창 사람들은 '구락부'라고 불렸다. 오명세는 해마다 입춘이면 하얀 철대문에 써 붙였다.

'일선일체(日鮮一體)'
'황은만대(皇恩萬代)'.

글씨만은 천하명필이라 다들 혀를 찼다는데, 그 명필로 새긴 '문창보통학교' 황동 교패는 광복이 되자마자 어디론가 사라져버렸다. 그 이후 언제부터였는지 모르지만, 사람들은 석조저택을 가리켜 '백악관'이라고 부르게 되었다. 썰렁하다 못해 을씨년스러워진 그 집과 창수네 가문을 두고 비아냥거리는 이름이었다. 사실은 더 이상 하얗지도 않았지만 문창리 전체를 내려다보는 그 자리만은 변함없어서, 지나는 사람들을 한참씩 멈춰서게 했다.

창수의 할아버지 오일도는 부친 오명세가 사망한 1930년대 중반에 만주로 떠났다. 항일무력투쟁을 했고, 해방된 조국에 공산주의자가 되어 돌아왔다. 남로당으로 활동하다가 1948년 초에 월북해버렸다. 떠나기 전에, 개교 준비를 하고 있던 사립 문창중학교에 토지 5만5천 평을 기부했다. 문창산과 마을 사이 너른 들판의 절반이었다고 했다.

'친일파.'
'빨갱이.'
창수의 아버지 오희재 씨는 선대의 낙인을 온몸에 찍은 채 백수건달로 지냈다. 함께 사는 여동생은 정신이 온전치 않았다.
오유라.
강창성 선생의 소꿉친구라는데… 그 아들이 광도였다.

광도의 할아버지 박갑돌은 대를 이어 내려오는 오씨 집안의 종이었다. 갑오경장이니 어쩌니 했지만, 일제강점기에도 변함없던 그 신분을 아들 박태출이 이어받았다.
오명세가 죽고 오일도가 떠난 후, 어린 오희재가 가장으로 남은 집안을 박태출이 관리하며 지켜냈다. 한쪽에선 친일파의 후손이라 손가락질하고, 한쪽에선 독립군의 가족이라고 핍박하는 오희재와 오유라를 지성으로 보살폈다. 또 한 사람의 아버지나 다름없었다.

그 보답으로, 오일도는 월북하기 전에 상당한 패물과 현금을 건네주었다. 문창을 떠난 박태출은 6·25 와중에 거금을 벌었고, 태창건설에서 시작해 태창그룹을 이루었다.

강창성과 오유라가 남강시 소재 고등학교를 졸업하고 나란히 스무 살이 되었을 때, 박태출은 두 사람을 서울로 불렀다. 각자 대학을 원한다면 대학을, 취직을 원한다면 취직을…. 창성은 응하지 않았고, 유라는 오빠의 반대를 무릅쓰고 상경했다. 비서실에서 일한다는 편지 후에 소식이 끊겼고… 다음 해, 만삭이 된 배를 안고 백악관으로 돌아왔다. 남매는 한 달 간격으로 아들을 보았다.

오창수.
박광도.

박태출은 호적에 올리겠다면서 이름을 지어 보냈을 뿐, 그 이상 아무런 조치도 해주지 않았다. 남은 땅을 팔아먹으며 생활하던 오희재 일가에 달랑 백악관만이 남았어도, 돈 한 푼 보태주는 법이 없었다. 한 번도 고향에 내려오지 않은 대신 전기와 수도를 끌어다 주었다.

광도 엄마가 '살짝 미쳤다'는 소문은 조금씩 사실이 되어갔고, 강창성 선생은 결혼을 하지 않았다.

전설·2

문창에는 문창산 말고도 마을 동쪽에 동산, 서쪽에 서산이 있었다. 서산은 공동묘지이고 동산 기슭에는 오래전부터 '동산공원'이 조성되어 있었다.

1946년 8월 15일, 문창의 청년들은 본인의 겸양에도 불구하고 공원 한복판에 조촐한 비를 세웠다.

'오일도선생 독립투쟁정신 영세선양비.'

'선생은 동북항일연군 제1로군 소속으로 북만주와 소만 국경을 넘나들며 풍찬노숙, 즐풍목우… 오직 조국의 광복만을 염원하고….'

1948년 8월, 바로 그 청년들이 해머를 들고 몰려들어 비석을 깨버렸다.
6·25가 나자 오일도가 돌아온다며 겁을 내는 사람들이 많았지만 끝내 나타나지 않았다.

박태출의 지원으로 전깃불이 밝혀지고 수돗물이 콸콸 나오게 되자,

그 자리에 몇 배나 큰 비석이 버티고 섰다.

'박태출회장 애향공덕비.'

전설·3

현태남은 남강 토박이로 일제강점기 남강서에서 활동한 조선인 형사였다. 해방이 되자 청년들이 몰려가서 그 집을 때려 부쉈을 정도로 악명 높은 친일경찰이었다. 행방을 감췄던 그는 6·25 직후 남강서로 돌아왔다. 아무 일 없었다는 듯 진급을 거듭했다.

4·19 때, 강창성 선생의 형 강영성은 남강신문의 젊은 기자였다. 칼럼을 썼다.

'이제 진정한 광복을.'

현태남의 이름을 직접 언급하면서 파면하라고 주장했다. 곧 서장이 될 것이라던 현태남은 옷을 벗었다. 경찰서 앞에서 시위를 하던 청년들은 강영성을 무동 태우고 남강시를 한 바퀴 돌았다.

"독재, 타도!"

"친일, 청산!"

5·16이 나자, 거짓말처럼 현태남은 복직했다. 서장으로! 이번엔 위험하다는 주변의 만류에도 불구하고 강영성은 다시 썼다. 우여곡절 끝에 신

문에 실을 수 있었다.

'혁명이라는 가면.'

　'현태남의 복귀는 5·16의 실상에도 의문을 가지게 한다. 혁명이란 단지 권력의지라는 맨얼굴을 가린 가면일 뿐인가. 정의를 외면하는 혁명은 어쩌면 부패나 부정선거보다도 더 추악하다…'

강영성은 노상에서 테러를 당하고, 경찰에서 고문을 받고, 신문사에서 쫓겨났다. '부패한 기자'라는 명목으로 '국토건설단'에 끌려갔다가 거의 폐인이 되어 돌아왔다.

영화를 누릴 줄 알았던 현태남은 서장이 된 지 1년 만에 간경변으로 사망했다. 4·19와 5·16 사이에 지나치게 마신 술이 원인이었다. 현창국이란 이름의 큰아들은 이미 경찰 제복을 입고 있었다.

전설·4

우리가 3학년이 되던 해에 미선이네 세 식구는 문창에 왔다. 서울에서 왔기에 '서울빵집'을 차렸다. 서울식 빵인지 어떤지는 모르지만 장사가 잘 되었다.

폐가 좋지 않다는 미선이는 늘 도화지처럼 창백한 얼굴이었고, 노래를 잘 불렀다. '문창꾀꼬리'라는 별명을 얻었다. 한 곡 부르고 나면 언제나 쌕쌕 가쁜 숨을 몰아쉬곤 했다. 피가 나오도록 기침을 할 때도 있다고 들었다.

미선 엄마는 몸집이 작고 예쁘장하고 누구에게나 살가운 사람이었다. 어른들이 쑤군거리는 말로는 '눈웃음을 살살 친다'고 했다. 아무나 붙들고 수다를 떨어서, 서울빵집 앞은 늘 시끌벅적했다. 미선 엄마가 조용해질 때는 남편과 둘이 있는 시간뿐이라던가. 나이 차가 많이 나는 부부였다.

사람들이 뜸해지면 미선이 아빠는 빵집 앞에 나무 의자를 내놓고 햇볕을 쬐어가며 책을 읽었다. 키가 크고 마르고 곱슬머리에 두터운 검은 테 안경을 쓴 모습이 잘 어울려 보였다. 책과 나무 의자와 시골 읍내의 조용한 시간과…. 담배는 피우지 않았는데 미선이 때문이라고 나는 짐작했다.

어느 날 빵집 앞을 지나는데, 사람은 보이지 않고 빈 의자에 두툼한 책 한 권만이 놓여있었다. 조심조심 다가가서 표지를 보니, 한자로 된 제목이었다.

'『白鯨』.'

읽을 수는 없었다. 눈으로 외워두었다가 요섭이 앞에서 써 보였다.
"백경이야, 백경."
"백경?"
"흰고래."
"……."
"소설이야, 외국소설. 그리고 그거, 일본어책이야."
"……."
"문태식 씨 보는 책은 다 일본어 아니면 영어책이야."
'문태식 씨'라고 요섭은 불렀다. 그 이름을 모르는 건 아니었지만, 나는 한 번도 입에 올려보지 않았다. 그저 미선이 아빠.
흰고래, 일본어로 된 책, 영어로 된 책… 그것만으로도 뭔가 아득해지는 느낌이었는데, 요섭이는 더 환상적인 이야기를 들려주었다.

아주 큰 고래의 몸뚱이에는 굴이나 조개들이 다닥다닥 붙어있기도 한다고. 그것들은 고래와 함께 수천, 수만 킬로미터씩 여행을 하는 셈이라고.

먼 어느 나라의 바닷가에선 이런 일도 있다고. 1년 중 꼭 어느 무렵에만 나타나는 현상인데, 아침이면 모래사장에 고래들이 몇십 마리씩 누워 있다고, 썰물 때 채 빠져나가지 못한 것인지 일부러 남은 것인지는 알 수 없다고. 다음 밀물은 고래가 누운 곳까지 미치지 못하고, 또 미치지 못하고… 그렇게 죽어간다고. 아무도 그 이유를 알지 못한다고. 어쩌면 지금이 그때라서, 먼 바닷가 모래밭에 고래들이 길게 길게 누워있는지도 모른다고….

작은 고래들은 떼를 지어 다니지만, 정말 큰 고래는 혼자서만 다닌다고. 흰고래는 더더욱 그럴 거라고.

다음부터는 혼자 책을 보고 있는 미선이 아빠가 한 마리 고래처럼만 느껴졌다.

갑자기 미선 엄마가 보이지 않더니 정미소 젊은 공장장과 눈이 맞아서 돈까지 몽땅 챙겨들고 '날라 버렸다'는 소문이 파다할 때도 여전히 그렇게 책을 읽고 있었다. 가끔은 미선이의 노랫소리가 새어 나오기도 했다.

이 몸이 새라면
이 몸이 새라면 날아가리
저 건너 보이는
저 건너 보이는
작은 섬까지….

저녁이면 강창성, 강영성, 오희재… 동생뻘인 세 사람과 어울려서 이틀에 한 번꼴로는 술을 마신다고 했다. 그 자리에서도 거의 말이 없다는 소문이었다. 안주도 별로 먹지 않고 묵묵히 한 잔 한 잔 비우는데… 주량이 끝도 없다고.

1966년 12월 ①

둥, 둥, 둥, 둥… 커튼 뒤에서 이입삼 선생이 치는 큰북 소리에 맞춰서 6학년 형들 20명이 무대 위에 등장했다. 하나같이 검은 학생복에 학생모를 쓰고, 한 손에는 작은 태극기를, 한 손에는 작은 성조기를 들고 있었다. 행진하는 동작으로 제자리걸음을 하면서 자리를 잡자 박수가 쏟아졌다. 앞줄 한가운데 선 전교어린이회장이 소리 높여 외쳤다.

"군가 시작! 하낫, 둘, 셋, 넷!"

자유통일 위해서 조국을 지키시다
조국의 이름으로 님들은 뽑혔으니
그 이름 맹호부대 맹호부대 용사들아…

교실 네 개를 터서 만든 강당 마룻바닥에 앉아있는 아이들이 따라부르기 시작해서, 학예회 분위기는 후끈 달아올랐다. 공연이 아니라 전교생의 합창이었다.

가시는 곳 월남 땅 하늘은 멀더라도
한결같은 겨레 마음 님의 뒤를 따르리라
한결같은 겨레 마음 님의 뒤를 따르리라아…

출연자 대기 장소인 무대 옆 복도에서 나는 혼자 중얼거렸다.

지겠구나.

강창성 선생이 지겠구나… 이입삼 선생과 둘이서 공연 순서를 놓고도 다퉜다.

'육학년이 피날레를 장식해야지요, 당연히!'

'우리 오페레타로 끝내는 게 구성상 맞는 거 아니요? 오학년 육학년, 그게 뭐 중요해?'

결국 교장선생이 정했다고 들었다.

'오페레타가 특이하잖아요? 전국에서도 드물 테니까 그걸로 합시다!'

교육대학 수석 이입삼 선생은 별렀다고 했다.

'어디 두고 보십시다. 애들이 어느 공연을 더 좋아하는지!'

'파월장병노래 이어 부르기'에 이어 미선이의 독창이 있고, 우리들의 오페레타 '왕자가 된 소년'으로 학예회는 막을 내리지만 승부는 결정된 것 같았다. 아니, 이기고 지고를 떠나서… 잘할 수 있을까? 나는 잘 죽을 수 있을까?

삼천만의 자랑인 대한해병대
얼룩무늬 번쩍이며 정글을 간다.

청룡부대 노래가 나오자, 흥을 못 이기고 떨쳐 일어나서 쿵쿵 박자 맞춰 발을 구르는 아이들도 있었다. 유리창 너머로 나는 강당 안을 앞에서 끝까지 훑어보았다. 어른들의 자리는 열광하는 아이들 뒤쪽이었는데 한 줄은 의자에 앉고, 한 줄은 울타리를 치듯 서서 구경을 하고 있었다. 다 해서 5,60명쯤? 엄마는 물론 오지 않았다.

앞줄 가운데 제복 입은 지서 주임 현창국이 보이고 그 옆으로 읍장, 이장, 중학교 교장, 우리 교장, 윤태 아버지가 나란히 앉아있었다. 윤태 아버지는 흰 꽃다발을 무릎 위에 올려놓고 있었다. 창수 아빠 오희재 씨와 강영성 씨는 뒷줄 한구석이었다. 미선이 아빠는 웬일인지 보이지 않고, 두 사람은 무언가 귓속말을 나누면서 웃고 있었는데… 밝아 보이는 웃음은 아니었다. 현창국은 힐끗힐끗 그쪽을 자꾸만 살피는 것 같았다. 아니, 노려보는 것 같았다.

하지만 어른들을 불안해할 때가 아니었다. 잘 죽을 수 있을까?

붉은 무리 무찔러 자유 지키려
삼군의 앞장서서 청룡은 간다!

"간다!"
"간다!"
"간다!"
메아리치는 속에서 나는 눈을 감아버렸다.
내 몫의 대사는 딱 두 마디뿐이었다.
'아바마마, 소원이 있습니다.'
'이 나라에서 제일 착한 아이를 찾아내서 저 대신 왕자로 삼아주세요, 네?'
내 방 낮은 책상 앞에 서서 붙여놓았고, 한 번도 아프지 않았다.
'너 괜찮니?'
'문인호, 괜찮아?'

엄마는 엄마대로 선생님은 선생님대로, 날마다 확인했지만 나는 정말로 괜찮았다. 오페레타에 나를 끼워 넣은 이유를 알았기 때문이었다. 다른 아이들도 마찬가지인 듯했다. 연습을 거듭하는 동안 우리는 말하지 않으면서도 깨닫고 있었다. 가령 광도와 창수의 싸움 같은 사건도 다 선생님의 '생각' 속에 들어있었다고.

더 중요한 게 있었다. 대사를 외우고 노래를 배우고 연기를 익히는 동안 우리는 뭔가 조금씩 다른 사람이 되어가는 느낌에 사로잡혔던 것 같다. 맹호부대나 청룡부대 노래를 부르는 것보다는 나은 일을 하고 있다는 자부심도 생겼다. 나는 이렇게까지 생각했다. 이게 바로 '날아가는' 일이라고. 더 어렸을 때 송미혜에게 했던 거짓말처럼. 그랬다, 멀리는 못 가지만.

하루 전 '총연습'에서 사고는 터지고 말았다.

막이 올라갔을 때, 나는 무대 한가운데 놓인 침대에 누워있었다. 머리맡에는 왕이 서 있고, 발치에는 시종장이 있고, 나는 객석을 향해 돌아누운 자세였다.

감았던 눈을 뜨자 보이는 것은… 무대 아래 가득한 얼굴들이었다. 1학년에서 6학년까지 모든 출연진들, 교장과 선생님들, 그 중에도 비웃는 듯한 표정의 이입삼 선생! 미선이도 있고 미혜도 있고, 소사 아저씨… 멀리는 기성회장인 윤태 아버지도 있었다. 다들 나를 보고 있었다.

'전하, 아무래도 왕자님이 오늘을 넘기지 못할 것 같습니다.'

'정녕 아무 방도가 없단 말이냐?'

'예, 전하. 아니, 왕자님이…'

'왕자야! 뭐, 할 말이 있느냐?'

광도가 내려다보는데, 올려다보며 대사를 해야 하는데… 눈앞이 온통 하얘지는 느낌이었다.

강창성 선생은 대본을 고쳤다. 광도가 내 입가에 귀를 갖다 대고는
'소원이 있다고? 어서 말해보렴.'
'이 나라에서 제일 착한 아이를 찾아내서, 대신 왕자로 삼아달라고?'
이렇게 말을 옮기기로 하고 새로 연습을 했다. 이제는 정말로 누워있기만 하면 되는데…. 최선을 다해서 누워있고, 있는 힘을 다해서 죽어야 했다.

달려간다 백마는 월남땅으로
이기고 돌아오라 대한의 용사들….

백마부대 노래까지 다 끝나고, 박수 소리와 환성이 잦아들고, 미선이 차례가 되었다. 무대 한쪽에 올려놓은 풍금 앞에 연두색 원피스를 입은 미혜가 앉고, 미선이는 마이크 앞으로 걸어 나왔다. 검은 치마에 흰 블라우스, 변함없이 창백한 얼굴이었다. 강당 맨 뒤에는 뒤늦게 문태식 씨가 모습을 나타냈다. 빨간 장미꽃다발을 안고 있었다. 남강시까지 다녀온 게 틀림없었다. 그 옆에는 여전히 오희재 씨, 강영성 씨… 쭉 훑어가는데 한 얼굴이 불쑥 눈에 들어왔다. 낯익으면서도 낯선 얼굴이었다.
아버지…?
내 귓가에는 미선이의 노랫소리가 들려오고 있었다. '늙은 체신부.'

아드님은 멀리멀리 돈벌이 가고

마나님 혼자 사는 외딴 산골에

몸 성히 잘있노란 편지 사연을

읽어주고 돌아가는 늙은 체신부….

아버지…?

설마… 눈을 떼지 못하는데

"야!"

홱, 어깨를 잡아당긴 것은 문창기였다.

"집합! 집합!"

1966년 12월 ②

나는 무사히 잘 죽어서 무대 옆 복도로 돌아왔다.

"인호, 애썼다."

두들겨준 선생님의 두 손이 아직도 어깨에 얹혀있는 것 같았다. 나도 나의 이름을 불러주었다.

'그래, 문인호.'

'잘한 거야.'

결국 대사는 한마디도 하지 못했지만, 날지도 못했지만, 공연을 망치지는 않았다. 웃음거리가 되지도 않았다. 아프지 않았다.

'잘했어.'

아이들은 모두 극에 빠져든 분위기였고, 어른들도 나름 집중하고 있는 표정들이었다. 문태식 씨 일행은 여전히 그 자리였는데 꽃다발은 보이지 않았다. 이미 전해준 모양이었다. 윤태 아버지의 꽃은 무릎 위에 그대로이고 현창국은 수첩에 무언가를 적고 있었다. 아버지는… 보이지 않았다. 그랬다. 그럴 리가 없었다. 토요일도 아니지 않은가.

2막으로 접어든 공연은 순조로웠다. 친구들의 연기와 노래가 모두 기대 이상이었다. 추위와 배고픔에 떨며 동정을 호소하는 거지 노인의 독창

에 이어, 친구들에게 애원하는 착한 소년 윤태의 노래가 나올 때는 객석
의 아이들이 훌쩍거리기까지 했다.

다들 다들 우리 모두들
욕심 없는 어제 그 마음으로
다시 돌아가야 해 다시
왕자는 무슨 왕자
임금님은 무슨 임금님
우리는 그냥 어린아이들
너와 나 모두 착한 아이들….

노래가 끝나면 '아이들의 우두머리' 요섭이가 무대 중앙의 마이크 앞
으로 나서면서
'야! 시시한 노래는 집어치워!'
하고 윤태를 밀어낸 뒤에 합창을 이끌게 되어있었다. '짓궂지만 신명
나게.' 하지만… 요섭이는 익살스런 표정으로 짧게 내뱉었다.
"땡!"
잠깐의 정적. 곧이어 와하하하… 객석에서 폭소가 터져 나왔다. 하하
하하, 하하하하… 무대 위의 아이들까지 키득거리는 바람에 합창은 몇 박
자 늦게 시작되었다.

노인은 노인 거지는 거지
기다리는 건 오직 임금님
거지는 거지 노인은 노인

우리 소원은 오직 왕자님….

모두 뒤통수를 맞은 셈이었다. 요섭이는 역시 요섭이었다. 미리 생각해둔 것일까? 순간적으로 떠올랐을까? 선생님의 표정은? '아이들의 우두머리'로도 요섭이는 객석의 모든 시선을 독차지해버렸다. 그게 끝도 아니었다.

왕의 행차가 나타나고, 아이들이 무릎 꿇려지고, 착한 소년이 왕자가 되고, 친구들을 용서해달라는 간청이 받아들여지고, 도성으로 떠나는 윤태는 고별의 노래를 불렀다. 청승맞게 눈물까지 흘리면서.

그래도 나는 어리고 작은 아이
마음은 항상 여기 있을 거예요
작은 마을 작은 집 착한 내 친구들
여기여기여기 정다운 사람들 곁에
어제처럼 오늘처럼 내일도 영원히….

이제는 요섭이 큰북을 메고 나와 장단을 맞추면서 출연진 모두의 '대합창'으로 마무리할 차례였다. 원래 대사가 없었는데, 요섭은 큰북을 앞에 멘 채로 다시 마이크 앞으로 나왔다.
"딩, 동, 댕!"
객석은 다시 뒤집어졌다. 웃음소리, 웃음소리… 기세 좋게 북소리가 울려 퍼졌다. 둥둥 둥둥둥.

아아 한요섭, 한요섭…. 오페레타 '왕자가 된 소년'은 대성공이었다. 객석의 모든 아이들이 박수를 치고 어른들도 마찬가지였다. 같은 박수라도 '파월장병노래 이어 부르기'와는 느낌이 확실하게 달랐다. 그렇지만 강당을 빠져나가는 아이들과 어른들의 화제는 한요섭뿐이었다.

땡, 딩동댕, 땡, 딩동댕….

강창성 선생은 이입삼 선생에게 이겼지만 요섭에게 지고 말았다. 개교 46년 만의 학예회 또한 요섭이의 독무대였다. 그것도 단 두 마디로 해냈다.

강창성 선생은 보이지 않고, 복도에 모여선 아이들은 모두 조용하기만 했다. 아버지가 준 꽃다발을 안아 든 윤태도 밝은 표정은 아니었다. 서먹서먹하게 서성거리는 아이들 속에서 문창기가 요섭에게로 다가섰다. 화난 얼굴이었다.

"야, 너…."

"왜애?"

요섭이는 태연하고 당당하기만 했다.

"너, 너…."

한 대 칠 것만 같은 순간, 복도 가득히 울려 퍼지는 여자애의 목소리가 있었다.

"잘했어! 잘했어!"

여자반인 2반 급장 영란이였다. 남자애들과 어울려 축구도 하는 아이. 그 뒤로 장미꽃다발을 안은 미선이와 새침데기 미혜가 따르고 있었다.

"너무 잘했어, 너무!"

짝짝짝 박수를 치는 영란이 옆으로 미선이가 발소리도 없이 걸어들어왔다. 윤태를 지나쳐서, 광도와 창수와 요섭이마저 외면하고… 내 앞에 멈춰 섰다.

"잘 봤어."

하얀 얼굴로 하얗게 웃으면서 장미꽃다발을 내미는 미선이. 대사 한 마디 없었던 '죽는 왕자'에게?

"선물이야. 받아줘."

꽃다발을 받아들자, 온 세상의 모든 소리가 한순간에 사라져버린 듯한 느낌이었다. 하얀 눈이 내려 덮인 것 같았다.

얼마나 지났을까.

그 정적을 깨는 고함소리가 멀리서 들려왔다.

"불이야아—."

불?

"백악관이다아—."

백악관?

1966년 12월 ③

방 두 칸과 마루에까지 불을 밝혀놓은 채 엄마는 기다리고 있었다. 댓돌 위의 신발부터 확인했지만 역시 엄마 혼자였다. 등 뒤로 두 손을 숨기고 있었다.

"어서 와. 괜찮았지?"

"응."

"꽃 받았네?"

"……."

"누가 줬어? 미혜?"

왜 미혜?

"문미선."

아아, 하면서 엄마는 좀 놀란 표정이었다. 왜 미혜라고 생각했을까?

"웬일이야아…? 여기도 있는데."

등 뒤에서 하얀 꽃다발이 나왔다. 백합이었다.

"아빠 다녀가셨어. 바빠서 못 보고 간다고."

"……."

"받아아."

받아들었다. 꽃다발이 이젠 두 개였다. 하나는 빨갛고 하나는 하얗고… 너무 호사스러운 꽃무더기를 가득 안고 서서 나는 생각했다. '못 보고 간다'는 건 정확하게 어떤 뜻일까? 공연을? 나를? 둘 다?

"좀 기다려. 오늘은 우리도 고기 좀 구워보자, 응? 냄새 좀 피워보는 거야."

부엌으로 들어가는 엄마. 나는 알고 있었다. 엄마가 수다스러워질 때는, 소리 내어 울고 싶을 때였다.

불 밝은 마루에 꽃다발 두 개와 내 몸을 내려놓고 앉아있으려니 4학년 겨울방학 때의 그 날이 생생하게 떠올랐다.

엄마와 나는 문창까지 오가는 시내버스를 타고 남강에 갔다. 한 달에 한 번 같이 외출해서 딱 한 권씩만 책을 사준다는 엄마의 약속이었다. 큰 서점과 작은 서점이 있는데 어딜 가겠냐고 해서 나는 대답했다.

"작은 쪽."

엄마는 왠지 쓸쓸하게 웃었지만, 그 외진 서점에도 내가 보기엔 책들이 산더미였다. 세계명작도 뒤지고 한국전래동화도 뽑아보다가 월간잡지인 『새소년』을 골랐다. 한 달에 한 권이라면 그편이 나을 것 같았다.

책을 안은 나를 앞세우고 서점 유리문을 밀던 엄마가 갑자기 내 어깨를 붙잡았다. 돌려세우려 했지만 나는 보고 말았다.

아버지가 지나가고 있었다.

두 아이의 손을 잡고 있었다.

6학년쯤 되어 보이는 남자아이.

나보다 어려서 1, 2학년쯤인 여자아이.

그 뒤로 몇 발짝 떨어져서 여자 어른이 하나.

셋은 웃고 있었지만 한 사람은 시무룩한 표정이었다….

그때, 나는 알아버렸다. 요섭이처럼 천재는 아니지만 모든 것을 알 수 있었다.

왜 엄마와 나, 둘이서만 문창에 사는지.

왜 아버지가 토요일 저녁에만 와서 일요일 아침이면 서둘러 돌아가는지.

어째서 엄마가 동네 사람들과 잘 어울리지 않고, 집이 아니면 강가에서만 맴돌며 시간을 보내는지….

이상하게, 놀랍지는 않았다. 슬프지도, 서운하지도 않았다. 그냥 이런 생각이 들었다. 나 때문에, 엄마와 나 때문에 토요일 저녁을 빼앗기는 아이들이 있었구나….

그 후로 나는 남강에 가지 않았고, 『새소년』은 매달 엄마 혼자 가서 사 왔다. 몇 달 뒤에는 『어깨동무』로 바뀌었다.

"참, 어디 불이 난 거 같던데?"

고기 굽는 냄새를 피우기 시작하면서 엄마가 물었다.

"어, 백악관."

"오유라 씨네 집?"

오유라? 아, 광도 엄마. 엄마는 창수나 광도네 집, 오희재 씨네 집이라고는 하지 않았다.

"어, 맞아."

"안됐네에, 어떡해?"

그랬다. 창수와 광도는 집을 잃기도 했다. 거기에 대면 나는… 잘 죽어서 오페레타를 망치지 않았고, 꽃다발을 두 개나 받았다. 끝내 주인공이 되어버린 요섭이에겐 하나도 없었고, 윤태도 하나뿐이었다. 그리고 엄마가 굽는 고기 냄새는 처음으로 담을 넘어서 윤태네 큰 집까지 풍겨갈 것이었다.

노래하다가 피를 토하기도 하는 '꾀꼬리' 미선이가, 하필 나에게 붉은 장미꽃다발을 안겨준 이유도 어렴풋이 짐작이 갔지만… 슬퍼하지 않으려고 했다.

나를 위해서도, 미선이를 위해서도.

1967년 2월 ①

다른 친구들은 어땠는지 모르지만, 나는 그 겨울내내 학예회의 여운을 야금야금 즐기면서 지냈다. 적당히 쌉쌀하고 적당히 달착지근한 날들이었다. 그래서 그다지 기다리지 않았는데도, 어김없이 봄은 오고 있었고 운명의 그 날 또한 아무런 기척도 없이 우리에게 닥쳐왔다.

2월 27일.

강창성 선생은 요섭이를 통해서 집집마다 연락해왔다. 저녁 일곱 시에 사진관으로 모이라고 했다. 선생님은 3월부터 6학년 2반, 여자반을 맡게 되어있었다. 우리들 6학년 1반은 이입삼.

누구누구가 모이는지 대강은 짐작이 갔다. 오페레타를 했던 아이들. 어쩌면 여자애들도?

미선이는 겨울 동안 기침이 더 심해졌다. 빵집 앞을 지나는 내 귓가에 그 소리가 들릴 정도였다. 노랫소리는 들리지 않았고, 미선이 아빠도 잘 보이지 않았다. 미선이가 준 장미는 내 방 벽에 걸려 곱게 말라가고 있었고, 아버지의 백합은 오래 가지 않았다. 아버지는… 학예회 얘기는 한 번도 하지 않았다.

온다면 영란이도 올 것 같았다. 4학년부터 남녀 반이 갈린 이후로 급장을 독차지해온 아이. 공부는 육십몇 명 중 중간 정도밖에 안 되는데도 그랬다.

미혜? 사진관집 딸인데 빼놓을 수 있을까? 남강에 있는 중앙국민학교로 전학을 가게 되어있었다. 고모네 집에서 학교도 다니고, 피아노도 배울 거라고 했다.

전학은 요섭이도. 남강남국민학교를 거쳐서 서울 경기중학교에 들어가는 게 목표라고 했는데, 다들 성공하리라 믿고 있었다. 천재 요섭이를 1년간 데리고 있을 할아버지는 그 유명한 한정원 선생!

그는 또 하나의 전설이었다. 문창 출신으로 도내 교육계의 원로 중 원로. 서울에 있는 중앙고보를 졸업한 후, 1920년 문창보통학교 개교 때부터 교직에 몸담았다. 문창군과 남강시를 오가면서 30대 초반에 교장이 되었지만, 조선어 사용이 금지되자 사직했다.

'말이 사람이다. 일본말로는 우리 아이들을 가르칠 수 없다!'

광복 후 교직에 돌아왔지만, 1960년 이승만정권의 '3·15 부정선거' 때 다시 물러났다. 교사들까지 여당 선거운동에 동원하라는 지시에 반발해서였다. 정년을 1년 앞둔 때였다.

제3공화국 출범 이후, 교육감을 맡아달라는 제의도 거절했다. 교육감이 아니라 여당 국회의원 공천이었다, 문교부 장관이었다… 말들이 많았다.

여러 사람의 운명을 결정짓기도 했다.

창수 할아버지 오일도가 만주로 간 것부터가 한 선생의 조언 때문이라고 했다. 월북할 때도 마찬가지.

'이제 이 땅에는 좌익이 설 자리가 없다. 전향을 하지 못하겠으면 아예 북으로 가라.'

'어차피 지키지 못할 재산이다. 셋으로 나눠서 하나는 아들에게, 하나는 박태출에게, 하나는 어디든 기부를 하고 떠나라.'

서울로 가는 박태출에게도 말했다고.

'그 재물은 조상 대대로 쌓인 품삯인 셈이니 부담 가질 것 없다. 고향에 꼭 돌아오지는 않아도 되지만 잊지는 말라.'

강창성 선생의 아버지는 진로를 상의했다가 이런 대답을 들었다.

'자넨 고향을 지켜.'

그런 사람이 할아버지였으니 요섭이에겐 날개까지 달리는 셈이었다. 문창의 천재 한요섭이 떠난다. 남강으로, 서울로, 어쩌면 그보다 더 먼 곳으로… 분명 섭섭하면서도 어쩐지 몸이 가벼워지는 듯한 느낌이기도 했다. 다들 그럴 것 같았다.

늦지 않으려고 하다 보니 내가 제일 먼저 도착한 모양이었다. 혼자 들어가기는 머쓱해서 사진관 앞을 서성거리며 기다릴 수밖에 없었다.

'꺽다리' 창기가 다음으로 왔다.

키가 제일 크고, 공부는 제일 못하고, 손꼽히게 가난한 집 아이였다. 아버지는 뭐 하나 못 하는 일이 없어서 '백공'이라고들 했다. 문짝이나 평상을 짜는 목공일도 하고, 라디오나 자전거도 고치고, 초상나면 염도 하고…. 그래도 형편은 어려워서 남천강변 움막 같은 집에 살았다. 형은 남강에서 반은 깡패, 반은 시외버스 차장으로 지내고 누나는

'서울에서 큰 공장 다녀!'

창기의 큰소리와는 달리 술집에 나간다는 소문이었다.

그래도 늘 당당하기만 했다. 축구를 하다가 찢어진 고무신짝이 휘이잉 하늘로 날아가기라도 하면, 제가 먼저 아하하하… 입이 찢어지게 웃어버렸다. 요섭이 앞에서 기가 죽지 않는 유일한 친구이기도 했다.

다음은 김광춘이었다.

두 살 많은 53년생 나이배기인데도 키는 크지 않았다. 대신 어깨가 떡 벌어진 체격이었고 주먹이 셌다. 눈매도 매섭고 성격 또한 그래서, 싸움깨나 한다는 중학생들도 눈치를 보며 피해 다녔다. 바닷가 마을 서창포에서 이사를 왔는데, 홀어머니가 이런저런 날품팔이로 4남매를 키웠다. 미선 엄마가 사라진 뒤로는 빵집 일을 거들고 있었다.

윤태가 나타났다.

윤태 아버지는, 집을 잃은 백악관 식구들에게 선뜻 바깥채를 내주었다. 원래 식당을 하던 자리라서, 안채보다 방은 더 많았다. 창수 아빠, 엄마, 광도 엄마, 창수, 광도까지 다섯 식구에게 은혜를 베푼 셈이지만… 윤태는 늘 별일 아니라는 표정이었다. 정말로 '착한 소년'이 됐는지, 내 앞에서도 더는 우쭐거리지 않았다.

다음은 요섭이.

이어서 광도.

광도는 퍼렇게 시린 얼굴이었다. 강변 자갈밭에 혼자 앉아있는 모습이 자주 눈에 띄었다. 그냥 강 건너가 아니라, 어딘가 더 먼 곳을 바라보고 있는 것 같았다. 서울?

오페레타에서는 윤태를 데리고 도성으로 떠났지만, 현실에서는 윤태네 바깥채에서 피난살이를 하고있는 셈이었다. 태창그룹 회장의 막내아들이…. 누구를 탓하겠는가. 백악관의 불도 광도 엄마의 방화였다. 윤태에게 들었다.

타오르는 불은 이미 잡을 수 없는 상태였다. 창수 엄마는 진작 빠져나왔고, 광도 엄마의 행방을 알지 못해 발을 구르고 있는 사람들 앞에

"엄마!"

광도의 고함소리와 함께 하얗게 한복을 차려입은 여인이 나타났다. 나란히 서 있는 오희재 씨와 강창성 선생에게로 다가왔다. 소복 같은 흰 옷 위에 불그림자가 어른거려서, 그것은 그것대로 불타오르는 것만 같았다.

"못난 놈…."

오빠인 오희재를 손가락질했다.

"누구는 친일파라도 했지, 누구는 빨갱이라도 했지… 그래, 난 불이라도 질렀지… 넌 뭐야?"

"……."

"강창성!"

"……."

"넌 멍청이야, 멍청이!"

그 강창성 선생이 이윽고 모습을 보였다. 몇 발짝 뒤에 창수가 따라오

고 있었다.

"자, 들어들 가자."

생각 때문일까? 평소답지 않게 힘이 없는 목소리였다. 서류봉투 하나를 들고 있었다.

여자애들은?

내 짐작이 틀린 것일까? 뒤를 돌아보며 사진관 안으로 들어서는데

"어서 옵쇼!"

까르르 영란이의 웃음소리가 터져 나오고, 여자애들 셋은 이미 촬영용 의자에 앉아있었다.

미선이.

미혜.

둘 다 학예회 때와 똑같은 옷들을 입고서 배시시 웃는 얼굴이었다.

1967년 2월 ②

선생님까지 열한 명이었다.

앞줄 의자에는 김광춘, 나 문인호, 송미혜, 문미선, 오창수가 나란히 앉았다. 뒷줄에는 문창기, 한요섭, 김영란, 장윤태, 박광도, 선생님이 섰다.

하나.

둘.

셋, 펑!

하얀 연기가 구름처럼 천장으로 올라갔다.

다시 한번 떠올리고 싶다.

앞줄에는 광춘, 나, 미혜, 미선, 창수.

뒷줄에는 창기, 요섭, 영란, 윤태, 광도, 선생님….

우리는 아무도 이 사진을 보지 못했다. 누구에게나 기억 속에만 남은 모습들이다. 50년이 넘었지만, 그 구도와 표정들을 나는 생생하게 기억한다. 그날 집에 돌아와서, 사진 찍은 그대로 연필그림을 그려두었으니까. 1987년까지는 간직하고 있었으니까.

마그네슘 연기를 빼느라고 미혜 아빠가 문을 열었고, 겨울의 마지막 찬

바람이 휘잉 쏟아져 들어왔다. 그 바람을 맞으면서 선생님은 입을 열었다.

"지난 학예회 때 수고들 했고, 요섭이하고 미혜는 전학을 가게 되고 해서 이렇게들 모아봤는데…. 이 모임 이름도 내가 지어봤다. 샛별클럽, 샛별, 클럽… 어떠냐?"

서로서로 얼굴을 마주 보다가 아이들이 하나하나 고개를 끄덕였다.

샛별클럽.

다들 별이라고. 나도 별이라고? 선생님은 이번 학기 통지표에 뭐라고 썼던가.

'얌전하고 성실하지만 매사에 의욕과 적극적인 행동이 조금 더 필요함.'

"오늘 이렇게 모인 날을 잊지 말고 친하게들 지내도록 해라. 뭐, 살다 보면 다투는 일도 있겠지. 그래도 서로 배신은 하지 말고… 누가 미워질 때마다 사진을 한 번씩 꺼내 보도록. 알겠지?"

다시 다들 끄덕이는 중에

"선생님, 어디 가십니까?"

요섭이가 물었는데 우리도 어쩐지 그런 기분이었다. 선생님은 조금 당황한 것 같았지만

"가는 건 너 아니냐?"

받아치는 바람에 와하하… 웃음이 터져 나왔다.

"의견이 있습니다!"

광춘이가 손을 들었다.

"우리 샛별클럽은, 일 년에 한 번씩 모이면 어떻겠습니까? 이월 이십 칠일, 우리 학교에서, 선생님도요."

불가능한 일은 아니었다. 커가면서 서로 학교가 달라져도 2월 27일은 봄방학이다. 선생님이 전근을 간다 해도 본가는 여기 문창이다. 하지만 선생님은 선뜻 끄덕이지 않았다.

"꼭 그렇게 정해놓을 필요가 있을까? 어른이 되면 일 년에 한 번도 부담스러울 수 있어."

"그러면 십년에 한 번요."

광춘이는 끈질겼고 선생님은 마지못한 듯 웃었다.

"좋다. 그러면 천구백칠십칠년, 팔십칠년, 구십칠년, 이천칠년… 야, 내가 살아있겠냐?"

다들 웃었지만 광춘이는 심각하기만 했다. 아이들을 둘러보며 다짐했다.

"다 약속했다? 처음은 천구백칠십칠년 이월 이십칠일! 잊지들 마. 일곱시야!"

창기는 요섭이에게 다가섰다.

"특히 너! 잊지 마!"

"……."

요섭이는 웃으면서 끄덕였고 나는… 어쩐지 가슴이 서늘했다. 1977년… 2007년… 그런 날들이 정말 오기는 오는 걸까? 우리는 다 살아있을까?

선생님이 목소리를 가다듬었다.

"꼭 그날이 아니더라도 자주들 만나고, 다들 친형제처럼 지내도록 해라. 알았지?"

"남매요, 남매!"

영란이의 한 마디에 또 웃음이 터졌는데, 선생님은 곧 정색을 했다.

"자, 그럼, 요섭이는 나하고 얘기 좀 하고… 이만 해산!"

지켜보던 미혜 아빠가 짝짝짝 박수를 치자, 아이들도 모두 따랐다. 짝짝짝짝… 나는 보았다. 선생님은 금방이라도 울음을 터뜨릴 것 같은 표정이었다. 참고 있었다.

어두워진 밖으로 나서자 영란이가 외쳤다.

"학교에 가자!"

우루루 몰려가는 아이들의 뒤를 따라가다 돌아보니, 선생님과 요섭이는 동산 쪽으로 가고 있었다. 외등 불빛 아래로, 둘이 나란히 떠나는 듯한 모습이었다. 어딘가 나는 알지 못하는 곳으로.

1967년 2월 ③

몇 시가 되었는지 알 수 없었다.

사진으로 찍은 아이들과 선생님의 모습을 그림으로 그려놓고도 나는 책상 앞에 오래도록 앉아있었다. 그림 속 선생님에게서, 그리고 미선이에게서 눈을 뗄 수가 없었다. 미선이… 미선이는 몇 시간 전 학교에서 쓰러졌다.

미선이가 구령대에 올라서자 아이들은 그 아래 모여 섰다. 두 손을 모으고 미선이는 노래를 시작했다.

올해도 과꽃이 피었습니다

꽃밭 가득 예쁘게 피었습니다

누나는 과꽃을 좋아했지요

꽃이 피면 꽃밭에서 아주 살았죠

과꽃 예쁜 꽃을 들여다보면

꽃 속에 누나 얼굴 떠오릅니다

시집간지 온 삼년 소식이 없는

누나가 가을이면 더 생각나요…

미선이는 '누나'가 아니라 '엄마'를 부르는 게 아닐까 하는 생각이 들었다. 아이들은 왠지 박수도 조용조용히 쳤다. 기침도 하지 않고 미선이는 다시 노래했다.

꽃잎은 하염없이 바람에 지고….

처음 듣는 노래이고, 동요가 아니었다. 어둠 속에 서서 미선이는 한껏 목소리를 올렸다.

만날 날은 아득타 기약이 없네
두어라 맘과 맘을 맺지 못하고
한갓되이 풀잎만 맺으려는고
한갓되이 풀잎만 맺으려어어….

칵, 하는 소리와 함께 검은 덩어리가 튀어나와 미선이의 베이지색 코트 가슴팍을 물들였다. 아! 하고 하나 된 비명이 터져 나왔다. 스르르 구령대에 주저앉는 미선이!
미선아!
영란이가 달려들었다. 그 품 안에서 몸을 뒤채는 미선이. 기침소리, 기침소리… 몸속의 모든 것을 토해내는 듯한 기침소리….
미선아!

빵집 앞에서 내내 서성거리다가
"이제 괜찮아. 집에들 가."

잠시 나온 영란이의 한 마디에 아이들은 흩어졌다.

어떻게 됐을까.

영란이가 도로 들어간 것으로 보아, 말처럼 괜찮은 상태는 아니지 않을까. 바삭하게 말라붙은 장미꽃다발을 다시 올려다보는데… 쨍, 쨍 하고 유리창 깨지는 소리가 들려왔다. 이어서 호루라기 소리가 삐이익 삐이익 울려 퍼지고, 무언가 우당탕 무너지는 소리! 고함소리도 들렸다.

"오희재! 꼼짝 마!"

"라디오! 라디오!"

"라디오부터 확인해!"

옆집, 윤태네 바깥채였다. 쿵쿵쿵 발소리를 내며 엄마가 마루를 건너왔다.

"인호야, 무슨 일이지?"

"……."

"무슨 일이지?"

앉으면서 엄마가 내 손을 잡았을 때, 어딘가 조금은 먼 곳에서 들려오는 소리가 있었다.

타앙―.

총소리였다. 다시 이어졌다.

타앙―.

탕, 타앙―.

1967년 3월 ①

6학년이 막 되자마자 우리는 모두 문창지서에서 조사를 받았다. 아니, 모두라고는 할 수 없었다. 전학 가는 요섭이와 미혜는 사건 다음다음 날인 3월1일에 따로 먼저 받았다고 했다. 미선이도 빠졌다. 심하게 피를 토하기 시작해서, 그 밤이 새자마자 남강 큰 병원으로 실려 갔다. 지서 경비 전화로 택시를 불렀고 광춘엄마와 함께, 남강서 온 경찰 하나가 따라갔다는 소문이었다.

"정신 바짝 차리고, 똑바로, 아는대로만 대답들 해라, 알았지?"
"기면 기다, 아니면 아니다! 알았지?"
"내가 있을 거니까 겁먹지 말고!"
계속 다짐을 두면서 이입삼 선생은 우리들 일곱 명을 한 줄로 세워서 데리고 갔다. 지서 정문이 보이자 하낫둘셋넷… 구령까지 붙이기도 했다. 스리쿼터 세 대에 가득 타고 왔다는 남강 경찰들은 이제 보이지 않았다.
"정신들 차려!"
마지막 호통에 등을 떠밀려 지서 안으로 들어섰다.

지서 안은 제법 넓었다. 오른쪽에 태극기와 대통령 사진을 등진 주임 현창국의 책상이 있고, 왼쪽에는 그보다 작은 책상이 두 개, 이파리 두 개인 양차석과 하나짜리 이 순경이 앉아있었다. 우리들은 출입문을 등지고 나란히 섰다. 몸이 떨려왔다. 다름 아닌 '간첩사건'으로 조사를 받으러 온 것이었다. 강창성 선생이 간첩이라지 않는가…. 이입삼 선생이 현창국에 게 다가갔다.

"일곱 명, 다 왔습니다."

현창국은 고개만 끄덕였다.

"최대한 빨리 끝내주시죠. 수업해야 합니다."

"수업이 문제요, 지금?"

"학생들 아닙니까?"

"지금은 대공 용의자들이지."

"여보세요!"

"아, 글쎄! 조용하고!"

탕, 하고 책상을 내리치는 현창국이었다.

"야, 양차석! 시작해!"

유난히 검은 얼굴의 양차석이 뭔가 서류뭉치를 들고 일어났다. 등 뒤 에 있는 작은 방으로 들어가더니 곧 소리를 쳤다.

"장윤태부터 들어와!"

윤태가 들어가고 문이 닫혔다. 버릇처럼 나는 눈을 감았다. 맨 나중에 불러주었으면 싶었다. 거짓말처럼 바로 내 앞에서 끝나주었으면….

2월 27일, 바로 그 밤에 세 사람이 체포되었다고 했다.

미선 아빠 문태식 씨.

창수 아빠 오희재 씨.

강창성 선생의 형 강영성 씨.

세 집을 각각 십여 명씩의 경찰들이 포위해서 동시에 들이쳤다. 문태식 씨는 뭔가 '불순한' 책을 읽고 있었고, 오희재 씨는 라디오로 이북방송을 듣고 있었다고 했다. 강영성 씨는 창문을 깨고 담을 넘어 도망가다가 다리에 총을 맞았다. 강창성 선생까지 넷이서 오래전부터 '간첩질'을 하고 있었다…. 형과 함께 살던 강창성 선생은 그 전에 이미 어디론가 사라져버렸다….

그날 밤부터 광도 엄마 오유라 씨도 모습을 감췄다고 어른들은 수군거렸다. 남강 기차역 앞에서 누군가를 기다리고 있었다더라, 강창성과 둘이 함께 갔다, 서울로 갔다, 북한으로 넘어갔겠지…, 불과 며칠 사이에 퍼진 소문은 끝이 없었다.

나는 그 생각을 했다. 백악관이 다 타버릴 때, 그 불을 낸 장본인이라는 오유라 씨가 강 선생님에게 했다는 말.

'강창성!'

'넌 멍청이야! 멍청이…'

외등 불빛 아래로 요섭이와 나란히 걸어가던 뒷모습도 자꾸만 떠올랐다. 아마 그 길로 그냥 떠나버린 모양이었다. 그날의 그 '샛별클럽' 사진은 경찰에서 원판까지 압수해갔다.

윤태가 나오고 창수가 들어갔다.

창수가 나오고 광도가 들어갔다.

광도가 나오고 광춘이가.

광춘이가 나오고 창기가.

창기는 금방 나왔다.

양차석도 따라 나왔다.

"나머진 자네가 좀 해!"

이 순경에게 미루자 현창국이 미간을 찌푸렸다.

"계속하지, 왜?"

"한 번 해봐야죠. 이런 경험, 언제 하겠습니까?"

"해보겠습니다!"

이 순경이 벌떡 일어났다. 키가 훌쩍 크고 뒤가 물러서 별명이 '멀대'였다. 조금은 마음이 놓이는 듯했지만, 방으로 들어간 뒤

"문인호!"

호출하는 목소리는 매몰차기만 했다. 영란이보다 내가 먼저였다.

"오희재네 옆집이지?"

"예."

"밤중에 말야, 그 집 라디오 소리 들은 적 있지? 이북방송 말야."

이북방송…, 창수에게서 언젠가 들어보기는 했다. 밤에 라디오가 치지 직거리면서 잘 안 나올 때, 이리저리 다이얼을 돌리다 보면 11, 15, 216…, 이런 식으로 계속 숫자만 불러대는 게 있다, 그게 바로 이북방송이다, 그게 무슨 암호라더라….

"아닙니다."

그래? 하고 다행히도 대수롭지 않게 넘어갔다. 펄렁펄렁 서류를 넘기던 이 순경이 한 장을 뽑아서 책상 위에 펼쳤다.

"아버지 이름이 문정수, 맞지?"

언제나 그렇듯 낯설기만 했다. 선뜻 대답이 나오지 않았다. 이런 것도 묻는구나.

"맞아, 안 맞아?"

"맞습니다."

"시청 공무원이고… 꽤 높네?"

"……."

"늬 엄마가 세컨드냐?"

"예?"

"첩이냐고, 첩!"

한 번도 그렇게 생각해보지 않았지만, 아니라고 대답하지도 못했다. 사람 좋은 줄만 알았던 이 순경의 입가에 흉해 보이는 웃음이 스쳐갔다.

"집에 얼마나 자주 오냐?"

"자주 안 오십니다."

"그러니까 며칠에 한번?"

"일주일에… 한번요."

"와서 오희재, 강창성… 이런 놈들도 만나고 갔지?"

중요한 질문이라는 생각이 들었다.

"아닙니다."

"아니야?"

토요일, 아버지는 해가 진 다음에야 왔다. 일요일 아침 일찍, 인적 없는 강변길을 따라 문창마을을 멀리 돌아서 동산공원 앞에서 버스를 타곤 했다. 그 누구와도 거의 마주칠 일이 없었다.

"예."

"그럼 뭐 하냐, 와서?"

"……."

"밤에만 오지?"

"……."

"일주일에 한 번이면, 늬 엄마는 남은 시간에 뭐 하고 지내냐? 젊은 여자가."

점점 눈을 내리깔 수밖에 없었다.

"강창성이, 강영성이, 문태식이, 오희재… 이놈들하고 어울렸지?"

"아닙니다!"

내 귀에도 퉁명스런 대답에 이 순경은 흠칫, 하는 기색이었다. 험험 헛기침을 하면서 목소리를 가다듬고 있었다.

"하나하나 분명히 해둬야 늬 엄마와 아버지한테 피해가 가지 않는 거야. 뒤집어서 말하면… 네가 대답을 잘못하면 늬 아버지 모가지까지 날아갈 수 있다, 이 말이야. 그러니까 지금부터 묻는 말에, 잘 생각해서 대답해, 알았지?"

"예."

"강창성이가 학교 수업시간에… 북한이 못산다는 건 거짓말이다, 우리나라보다 북한이 사실은 더 잘산다… 이렇게 말한 적이 있지?"

이 순경이 펼쳐보는 것은 또 다른 서류였다.

"있어, 없어?"

선생님은 말한 적이 있었다. 북한이나 우리나 어느 쪽이 잘사느냐 못사느냐, 이런 건 중요하지 않다….

"대답 잘해. 있어, 없어?"

"있습니다."

그래, 좋아 하고 이 순경은 끄덕이며 무언가를 썼다.

"다음, 북한에 가서 사는 게 소원이다… 이런 말도 했지?"

이렇게 말하기는 했었다. 통일이 되고 누구나 북한을 갈 수 있게만 되면… 제일 먼저 가고 싶다, 백두산에 오르고 싶다…. 나는 대답해버렸다.

"예."

좋아, 좋아 하고 이 순경은 더 크게 끄덕였다. 엄마는, 아버지는, 아버지의 식구들은 이제 무사하겠지…. 나도 속으로만 끄덕거렸다. 잘했어. 잘한 거야, 문인호.

그 방을 나왔을 때야 나는 알았다. 온몸이 땀으로 젖어있는 것을.

마지막으로 영란이가 들어가고 한 4,5분이나 지났을까? 아! 하고 짧은 신음소리에 이어서

"뭐예요, 이거!"

영란이의 고함소리가 터져 나오자, 팔짱을 끼고 서 있던 이입삼 선생이

"뭐야?"

더 크게 외치면서 문을 박차고 뛰어들어갔다.

"뭐 하는 짓이야?"

"짓은 무슨 짓?"

"너, 이 자식…."

"뭐?"

몇 마디 다툰 뒤에 이입삼 선생은 영란이를 데리고 나왔다. 입술을 깨문 얼굴로 주임 현창국에게 다가섰다.

"앞으로는 조사할 때 꼭 나를 입회시키세요!"

"지금 입회하고 있지 않나? 더 이상 어떻게?"

현창국은 유들유들하게 웃기만 했고, 이입삼 선생은 푸르르 몸을 떨면서 가리켰다. 이 순경이 아직 나오지 않는 그 방 쪽을.

"저기까지! 다!"

1967년 3월 ②

미선이가 돌아와서 이제 여덟 명이 된 우리들이 모여있는 교실에 이입삼 선생은 16절지 두 장을 들고 들어왔다. 탄탄한 체격에 네모난 얼굴, 변함 없이 굳은 표정이었다.

'선도교육'

네 글자를 칠판에 쓰고 우리를 내려다보며 입을 열었다.

"앞으로 너희들은 내가 맡아서 방과후에 특별 선도교육을 하기로 했다."

창밖 운동장 쪽에 잠시 시선을 던졌다가 말을 이었다.

"너희들 스스로 잘 알겠지만 지금 너희들을 의심하는 사람들이 많다. 당연하다. 너희들은 지금 간첩 혐의로 수배 중인 전 교사 강창성이 편애하던 아이들이고, 강창성 주도하에 클럽까지 결성을 했다…."

'강창성 선생'이라고 하지 않았다. '교사 강창성'. 아니 '전 교사 강창성'.

"물론 너희들이 어떤 용공 행위를 했다고는 생각하지 않는다. 그렇지만 알게 모르게 영향을 받았을 수도 있고, 도피 중인 전 교사 강창성으로부터 어떤 접촉이 있을 수도 있다. 그런 우려 때문에 도 교육청으로부터 지시가 있었고, 내가 담당하기로 했다."

나와 친구들은 그저 묵묵히 들을 뿐이었다. '선도교육'만이 아니라 앞으로 많은 일들이 닥쳐오리라는 예감도 똑같았을까⋯. 이 선생이 손에 든 종이 두 장을 흔들어 보였다.

"이건, 교육청에 제출할 교육계획서인데⋯ 교육대상자인 너희들에게 보여주는 게 과연 옳은 일일까⋯ 고민도 했지만, 미리 마음의 준비를 해 두는 게 좋을 것 같아서 공개하기로 했다. 차례로 돌려보도록 해라."

맨 앞에 앉은 나에게 맨 먼저 넘겨졌다.

대공사건 연루 아동 '샛별클럽' 구성원들에 대한 자체 선도교육 계획
문창국민학교 교사 이입삼

금번 도 교육청 지시에 의거해서 자체 선도교육을 다음과 같이 실시하고자 합니다.

가. 평일 교내활동

①매주 월~금요일 방과후에 애국심과 반공정신 강화를 위한 정신교육을 실시한다.

• 애국가 1절부터 4절까지 가사를 20회씩 정서하도록 한다.

• 각자 반성문, 혹은 반공방첩 의지를 담은 결의문을 1일 1건씩 작성, 제출하도록 한다(5백 자 이상).

• 담당교사, 혹은 교장·교감이 정신훈화를 실시한다(수시).

②경찰 관계자, 대공수사 실무자, 반공강연 강사를 초빙하여 교육을 실시한다 (필요시 수시, 전교생 확대 가능).

나. 주말 교외활동

① 일요일 새벽 문창리 일대 구보, 혹은 도보 행진 후, 동산(東山) 산상에서 국민
의례와 맨손체조를 실시한다. 이후 거리청소도 시행한다.

② 토요일은 휴식한다.

다. 격리 및 보호

① 학교장 허가 없이는 언론과 외부인사 접촉을 일절 금지한다.

② 경찰이나 정보당국자 또한 학교장 동의, 담당교사 입회하에만 대면 조사할 수
있다.

③ ②항의 조사 시 학생들 개개인의 인격과 명예를 훼손하는 일이 없도록 한다.

④ 교육대상 학생들의 생활 동선을 문창리 일대로 당분간 제한하며, 출타 시 담당
교사의 허가를 받도록 한다.

라. 추진사항

① 외부 강사 초빙 시 섭외 및 예산에 대한 교육청 지원 요망.

② 교육대상자 전원을 문창중학교에 진학시키도록 학부형들과 협의(장기간 관
심 · 관찰 필요).

마. 본 교육은 도 교육청과 학교 측이 교육목표 달성 여부와 사회 분위기를 고려
하여, 소기 의 성과를 충분히 거두었다고 판단되는 시점까지 지속하기로 한다
(방학기간도 포함한다).

알 수 있었다. 잘 알 수 있었다. 어려운 말이 많았지만 다 알 수 있었다.
창기도 아무 말이 없었다. 두 장의 16절지는 모두의 손을 거쳐 이입삼 선
생에게로 돌아갔다.

"한 가지 말해두겠다. 앞으로 경찰이건, 학교를 찾아오는 손님이건, 동네사람들이건, 아는 사람이건 낯선 사람이건… 누구라도 교육 내용에 대해 물어보는 경우에는 지금 본 그대로 대답들 해라. 알았지? 사실 그대로."

"예."

풀죽은 소리에 이입삼 선생이 눈을 부라렸다.

"앞으로 모든 대답은 최대한 큰소리로! 알았나?"

"네!"

"교육은 내일부터다! 언제부터?"

여덟 명의 아이들은 목청껏 대답했다.

"내일부터어!"

1967년 7월

'문창간첩단 사건'이라고 했다.

재판 결과가 신문마다 대문짝만하게 실렸다.

우리들에게는 이입삼 선생이 읽어주고 보여주고, 해설까지 해주었다.

— 주범 문태식은 북괴의 지령을 받는 고정간첩으로, 농촌 지역의 지하 공산당 조직을 위해 문창에 정착했다. 빵집은 위장일 뿐이었다. 징역 20년.

— 평소부터 대한민국 체제에 불만을 품고 있던 신문기자 출신 강영성은, 문태식에게 포섭되어 문창읍과 남강시를 아우르는 지하당 조직을 목표로 활동해왔다. 징역 20년.

— 오희재는 문태식, 강영성과 친밀한 관계였으나 포섭대상은 아니었고 지하당 조직에 대해서도 알지 못했다. 월북한 부친의 소식이 궁금한 나머지 상습적으로 이북방송을 청취해왔다. 징역 3년에 집행유예 3년.

— 친형인 강영성과 같은 혐의를 받고 있는 전 교사 강창성은 현재 행방불명인 상태로, 대공당국은 이미 월북했을 것으로 추정하고 있다.

오희재 씨를 빼고 나머지 세 사람의 사진이 실렸는데… 하나같이 낯설어 보였다. 우리가 알던 그 사람들이 아닌 것 같았다. '집행유예'란 일단 풀려나기는 풀려나지만, 여전히 죄인인 셈이라고 이입삼 선생은 설명했다. 강창성 선생은… 월북했다면 월북한 대로, 아니라면 아닌 대로 우리들에겐 여전히 폭탄 같은 존재라고 했다. 더 열심히 교육을 받아야 한다고 했다. 광도 엄마 오유라 씨의 소식은 신문이 아니라 소문으로 퍼졌다. 서울에 있는 큰 정신병원에 입원 중이라고.

또 다른 소문도 있었다. 오희재 씨가 풀려나게 된 것은 태창그룹 박태출 회장이 힘을 썼기 때문이라고. 늘 그렇듯 동네 어른들은 왈가왈부 말다툼을 벌였다.

'돈이 좋긴 좋구만.'

'말도 안 되는 소리! 딴 건 몰라도 간첩사건인데? 풀려날 만하니까 풀어주는 거지!'

'돈으로 안 되는 일이 있는 줄 알아?'

현창국은 승진해서 남강시경으로 옮겨갔다. 양차석이 이파리 세 개로 문창지서 주임이 되었고, 이 순경은 이차석이 되었다. 새로 온 현 순경은 현창국의 사촌 동생이라고 했다. 현창국은 가끔 지프차를 타고 문창에 나타났는데, 이젠 제복을 입고 있지 않았다.

1967년 9월

결국 쓰러지는 아이가 나오고 말았다. 당연히 미선이였다.

우리도 다 힘들었다.

애국가 4절까지 스무 번씩 쓰는 일은 견딜 만했다. 매일 써내야 하는 반성문, 결의문은 고역이었다. 단 한 줄이라도 전과 다르게 써내야 했다.

일요일 아침마다 한 손에는 빗자루를 들고 군가를 부르면서 동네 한 바퀴. 뛰거나 걷거나.

전우의 시체를 넘고 넘어…

동이 트는 새벽꿈에 고향을 본 후….

동산 꼭대기, '동산 마빡'이라고 부르는 곳에 올라가 애국가를 부르고 체조를 하고 나면, 선생님의 선창에 따라 목이 아프도록 외쳐야 했다. 산 아래를 향해.

'무찌르자!'

'공산당!'

'때려잡자!'

'김일성!'

'너도나도!'

'반공방첩!'

'이룩하자!'

'멸공통일!'

산을 내려오면 빗자루로 동네 큰길을 쓸어야 했다. 몸이 힘들기도 했지만, 더 견디기 어려운 것은 시간이 지나도 변하지 않는 동네사람들의 눈빛과 수군거리는 소리였다. 문태식, 강창성, 강영성, 오희재, 오유라, 오일도, 박태출, 오명세까지…. 모든 이름들이 우리를 둘러싸고 먼지처럼 떠다녔다.

몸이 아픈 미선이는 뛰지도 않고, 군가나 구호도 따라 하지 않고 쫓아다니기만 했는데도 끝내 견뎌내지 못했다.

피투성이가 되어서 다시 남강 큰 병원으로 갔다. 광춘 엄마가 함께 갔고, 이입삼 선생의 특별허가를 받은 영란이가 따라갔다. 그 영란이가 병원에서의 일을 전해주었다.

이젠 입원해야 한다고 의사가 권하자 미선이는 물었다.

"입원하면 얼마나 더 살 수 있나요?"

"글쎄…?"

"일 년? 이 년?"

"……."

"한 달? 두 달?"

"……."

"그럼 집에 갈래요."

'애기귀신' 같은 표정과 목소리로 한 마디 더했다.

"올 사람이 있거든요."

광춘 엄마의 간호를 받아가며, 세숫대야로 하나씩 피를 토해가며 누워있는 미선이는 하루종일 라디오만 듣는다고 했다. 그중에서 일요일 저녁에 나오는 어린이 프로그램 〈누가누가 잘하나〉를 제일 좋아한다고, 원래 꼭 한번 나가고 싶어 했다고…. 그 얘기를 듣고 온 날, 여전히 벽에 걸려있는 마른 꽃다발을 바라보다가 나는 결심하고 말았다.

가자!

사실 나도 거의 빼놓지 않고 들어왔었다. 엄마의 작은 라디오가 그 시간이면 내 방으로 왔다. 방송이 끝나기 전에 엄윤신 아나운서는 늘 이렇게 말하곤 했다.

'출연과 방청을 원하는 어린이들은 매주 토요일 오후 세 시까지 본 방송국 공개홀로 나와주세요—'

가자!

피아노 반주에 맞춰 노래를 부르거나, 문제를 내면 저요! 저요! 손을 들고 나가서 정답을 맞히거나… 딩동댕을 맞으면 공책이 한 권. 어디 그게 중요한가?

'어느 학교 누구예요?'

'예, 문창국민학교 육학년 일반 문인호입니다!'

'문인호 어린이, 장래 희망은 뭐예요?'

'희망보다는, 소원이 있습니다.'

'어머, 그게 뭐예요?'

'제 친구 미선이가 아픈데요, 빨리 건강하게 일어났으면 좋겠습니다!'

'네, 그 친구한테 한마디 해볼까요?'

'미선아! 이젠 아프지 마!'

그러면, 그러면… 일요일 저녁엔 미선이가 들을 수 있다!

가자!

공개홀 안은 한 200석쯤 될까. 앉고 서고 장난치며 온통 파도처럼 출렁거리는 아이들 속에서 겨우 한자리를 찾아 앉을 수 있었다. 앞에서 둘째 줄 맨 오른쪽. 후우- 숨을 몰아쉬면서 무대 위를 올려다보았다. 두 발이 바닥에 닿아있는 것 같지 않았다.

아직 엄윤신 아나운서는 등장하지 않았다. 피아노 앞에 앉아 딩딩동동 건반을 두들겨보고 있는 여름 교복 차림 여학생이 하나. 여중생일까, 여고생일까. 갸름하고 흰 얼굴이었다. 꼭 미선이 같았다.

미선아.

나, 와버렸다?

이윽고 안경 낀 남자 하나가 무대 뒤에서 나왔다. 손가락 하나를 세워 입술에 대자 한순간에 홀 안이 조용해졌다. 그 뒤로 우윳빛 정장을 입은 여자가 나타나 고개를 까딱 숙여 보였다. 엄윤신 아나운서다! 와~ 하는 함성과 박수소리…. 손을 흔들고 환하게 웃으며 무대 한가운데 놓인 탁자 앞에 앉자, 교복 여학생도 그 옆에 자리를 잡았다. 그러니까 피아노 반주도 하고, 땡, 딩동댕 실로폰도 치는 모양이었다. 그 두 사람을 향해 안경 남자가 한 손을 펴고 손가락을 꼽아가며 신호를 보냈다. 다섯, 넷, 셋, 둘, 하나! 엄윤신 아나운서의 낭랑한 목소리가 울려 퍼졌다.

"누가누가 잘하나, 이번 주 시간이 돌아왔습니다—."

"괜찮겠어?"

딱 한 마디, 엄마의 그 말에는 많은 의미가 담겨있었다. 나는 고개만
끄덕이고 집을 나섰다. 이입삼 선생이라고 버스 종점까지 지키고 있을 리
없지만, 강변을 따라 돌아가는 에움길을 걸어 동산공원 앞에서 시내버스
를 탔다. 강창성 선생이 떠나갔을 길이었다. 일요일 아침마다 아버지가 돌
아간 길이었다. 아버지… 아버지는 3월 이후로 한 번도 오지 않았다. 대
신, 내 책을 사기 위해 달마다 하루 남강으로 외출하는 엄마의 귀가 시간
이 한밤중으로 늦춰졌다. 막차로 오곤 했다.

버스에 오를 때는 누가 뒤에서 옷깃을 잡아챌 것만 같았다. 운전수나
차장이 소리칠 것 같기도 했다.

'뭐야? 너, 내려!'

막상 겪어보니 엄윤신 아나운서의 지명을 받는 게 보통 일이 아니었
다. 문제가 나오면

"저요!"

"저요!"

거의 모든 아이들이 손을 든다. 엄 아나운서는 마치 하나님인 듯 내려
다보다가 가리킨다.

"저기, 네 번째 줄 가운데, 파란 옷 입은 여자 어린이!"

이런 식이었다. 벌써 문제를 맞힌 애가 둘, 반주에 맞춰 노래 부른 애
가 하나…, 다시 문제가 나왔다.

"다들 안중근 의사를 아실 거예요. 만주 하얼빈역에서 이토 히로부미를
통쾌하게 저격한 분이시죠? 그 외에도 윤봉길 의사, 이봉창 의사… 모두
우리나라의 독립을 위해 목숨 바쳐 싸웠던 분들이에요…. 여기서 문제 나

갑니다. 의사, 의, 사란 무슨 뜻일까요? 참고로 병원의 의사는 아니에요!"

저요, 저요! 하는 소리가 나지 않았다. 나는 손을 들었다. 숨이 막히는 것 같았다. 강창성 선생이 언젠가 말하지 않았던가.

'의사란 자기를 희생해서 남을 위해, 혹은 나라를 위해 큰일을 한 사람이란 뜻이다. 병 고치는 의사가 아니라.'

"네, 두 번째 줄 맨 왼쪽 끝에 하늘색 남방 입은 어린이!"

왼쪽? 오른쪽 왼쪽… 나였다. 나를 가리키고 있었다!

"앞으로 나오세요!"

일어서자… 일어섰다. 걷자… 걸어야 했다. 허공을 밟는 것처럼 무대 위로 올라갔다. 엄윤신 아나운서가 눈앞에 있었다. 그 옆에서 미소짓는, 미선이 닮은 여학생 누나는 땡, 딩동댕 실로폰을 칠 준비를 하고 있었다. 마이크가 턱밑으로 왔다.

"자, 대답해보세요. 무슨 뜻이죠? 의사란?"

"……"

"침착하게, 무슨 뜻?"

"……"

"숨을 크게 쉬고, 무슨 뜻?"

"……"

"자, 셋을 셀 거예요? 하나, 둘…."

"……"

"셋."

"……"

"예, 안타깝네요. 다음에 또 모실게요오."

땡— 소리가 크게도 울려 퍼졌다. 공개홀 안의, 아니 세상의 모든 불빛

이 한꺼번에 꺼져버리는 것 같았다. 누가 손을 잡고 이끌어주었다. 아무것
도 보이지 않고 들리지 않았다. 아아, 미선아….

미안해….

공개홀에 불이 모두 꺼지고, 맨 마지막으로 빠져나온 나를
"문인호!"
불러세우는 목소리가 있었다. 누가 나를? 돌아보니… 미혜였다. 노랗
고 하얀 물방울무늬 원피스를 입고 있었다. 이럴 수가… 반갑지 않았다.
아까 그 꼴을 다 보고 있었다고? 잰걸음으로 다가왔다.
"인호야! 웬일이야, 여기까지?"
"넌 웬일이야?"
짜증스레 묻고 말았다.
"피아노 치는 그 언니가 우리 피아노학원 언니라서… 자주 와, 같이."
"……"
"아까 그거, 창피해하지 마. 그러는 애들 많아."
나는 달랐다. 같을 수가 없었다. 무슨 전쟁이라도 나가는 것처럼 왔다.
미선이의 목숨을 구하기라도 할 것처럼. 대사 한마디도 하지 못한 '죽는
왕자' 주제에. 사생대회 때마다 결석계나 내던 주제에! 고개를 떨구자 노
란색 운동화가 바싹 다가왔다. 두 팔이 어깨를 감싸 안았다.
"미안해."
"……"
"우리만 편하게 지내서."
속으론 화들짝 놀랐지만 꼼짝도 할 수 없었다. 아무 말도 할 수 없었
다. 미혜의 몸에서는… 수박이나 참외 같은 냄새가 났다. 그런데, '우리'라

고? 나는 슬그머니, 천천히 미혜의 품에서 벗어났다. 아무도 보는 사람은 없고, 들어갈 때는 몰랐는데 공개홀을 빙 둘러서 코스모스가 왁자하게 피어있었다. 흰 꽃, 분홍 꽃. 드문드문 자주색 꽃은 꼭 미선이 같았다. 그 꽃들을 향해 돌아선 등 뒤에서 미혜의 목소리가 들려왔다.

"다들 고생한다는 얘긴 들었어."

"넌 괜찮아?"

"어, 괜찮아. 경찰이 한 세 번 찾아왔었나? 그거뿐."

"요섭이는?"

"요섭이는….."

나란히 와서 흰 꽃송이에 손을 대는 미혜.

"할아버지가 있잖아. 교장선생도 만나고, 집에 온 경찰한테 야단도 치고 그랬다더라. 내가 책임진다! 그래서 아무도 안 건드린대."

"……."

"요섭이 무용담은 다 알지?"

'무용담'이라고 미혜는 말하고 있었다. 고개를 끄덕였다. 전학 간 지 2주일 만에 전교어린이회장이 되었는데, 정견발표 때 전교생 앞에서 연설을 20분이나 했다던가. 남강남국민학교 전체 1등만이 아니라, 남강 시내 6개 교를 대상으로 한 모의고사에서도 만점으로 1등. 모든 사람이 다 경기중학교 합격은 따놓은 당상이라고 한다…. 선도교육에 시달리는 우리들에게도 들려올 소문은 다 들려왔다.

"그런데 요섭이, 경기중은 못 갈 거 같대."

"왜애?"

"강창성 선생님 때문이래."

"……."

"사실은… 얼마 전에 학교로 찾아왔더라."

남강남국민학교와 중앙국민학교는 얼마나 떨어져 있는 걸까.

"우리 사진 찍던 날 말야…. 그날 선생님이 요섭이한테 무슨 노트를 한 권 줬대. 줬는데… 요섭이가 감춰두고 있었는데, 할아버지한테 들켰대. 요섭이 말로는 뭐 시 같은 걸 쓴 거뿐이라는데 할아버지는 그냥 노발대발… 문창으로 돌아가라고까지…."

"……."

"결국 그랬대. 강창성 선생님이 그 전에 잡히면 모를까, 안 그러면 서울에 혼자 보낼 수 없다…. 그 할아버지, 한다면 하는 사람이잖아. 요섭이 울더라…."

새침데기 미혜로서는 엄청나게 길고 소상한 이야기였다. 그만치 요섭이의 얘기도 길었다는 거겠지…. 그 요섭이가 울었다고? 상상할 수 없는 일이었다. 미혜는 요섭이도 안아줬을까? 아까 그런 냄새를 풍기면서? 나도 모르는 새 자주색 꽃 하나를 똑, 따고 말았다.

"아 진짜, 미선이는 좀 어때?"

미혜가 물었을 때, 나는 푸르르 몸을 떨어야 했다. 미선이를 닮았다고 생각한 자주색 코스모스가 꺾여서 내 손에 잡혀있었다. 금세라도 핏물을 토해낼 것만 같았다.

안 돼!

1968년 2월 ①

이젠 우리들의 그 졸업식 이야기를 해야 한다.

먼저… 미선이는 학교를 마치지 못했다. 몇 달 전인 9월, 내가 방송국에 다녀온 지 사흘 만에 죽었다. 죽기 전이나 죽은 후나 우리가 할 수 있는 일은 없었다. 창기 아버지와 광춘 어머니가 일을 치러주었다. 염을 하고 관을 구해오고, 지게에 지고 가서 서산 공동묘지에 묻었다. 이입삼 선생이 따라갔다. 우리들은 자습을 했고 미선이네 2반 담임은 그냥 수업을 했는데, 영란이 하나만은 막아서지 못했다.

'차라리 학교를 그만두겠습니다.'

가을비가 내리는 날이었다. 우리는 변함없이 방과후에 선도교육을 받았고, 저녁 무렵에야 비를 맞으면서 서산에 올라가 그 작은 무덤 앞에 설 수 있었다.

요섭이는… 1년 내내 문창에 오지 않았지만, 소문만은 들을 수 있었다. 강창성 선생이 잡히지 않았으니 끝내 서울 경기중에 가지 못했고, 남강제일중 입시에서 2등을 했다. 다들 고개를 갸웃했지만 나는 알 것 같았다. 요섭이가 이젠 공부를 접으려는구나….

우리는 모두 문창중학교 입학시험을 치렀다. 120명 정원에 115명 지원이라서 창기까지 다 붙었고 수석은 윤태였다.

졸업식이 다가오면서, 학교가 아닌 마을 안에 한 소문이 퍼지기 시작했다. 졸업식에서 가장 큰 상은 '교육감상'인데, 윤태의 차지라는 거야 다들 짐작하고 있었다. 소문은… 그보다 더 큰 상, '장관상'을 받는 아이가 있다는 내용이었다. 문교부장관상이라느니, 내무부장관상이라느니… 나중에는 이름까지 나왔다.

'그 상도 장윤태다!'

소사 아저씨는 이렇게 말했다고.

'그거 말고도 상이 더 있어!'

불길하달까, 뭔가 야릇한 분위기에 휩싸인 졸업식 전날에 요섭이의 편지를 받았다. 우리 졸업식 당일 문창에 올 거라면서 두 가지 부탁을 해왔다.

부탁한 말을 친구들에게 전했다.

부탁받은 대로 내가 준비할 것을 준비했다. 그러면서 또 느꼈다. 요섭이는… 분명 달라졌구나…. 처음으로 요섭이가 보고 싶다는 생각이 들었다.

1968년 2월 ②

빛나는 졸업장을 타신 언니께
꽃다발을 한아름 선사합니다
물려받은 책으로 공부를 하여
우리들도 언니 뒤를 따르렵니다.

5학년이 부르는 졸업식 노래 1절이 울려 퍼지는 동안에도 나는 앞에 선 장윤태의 뒤통수만을 바라보았다. 우리들의 졸업식은 윤태의 개인 시상식이나 마찬가지였다.

6년 우등상.

6년 개근상.

교육감상에 이어서 내무부장관 표창을 받았다. 자청해서 사회를 맡은 교감선생이 뿌듯한 표정으로 소개했다.

"이제 오늘의 가장 영광스러운 상을 시상하도록 하겠습니다."

"이 상은, 상을 받는 본인뿐만 아니라 우리 학교, 이 지역사회, 아니 대한민국 모든 어린이들의 자랑거리라고 하겠습니다. 전국에서도 단 한 명! 반공정신이 가장 투철한 학생에게 내무부장관님 표창이 있겠습니다!"

"장, 윤, 태! 앞으로!"

도지사라는 사람이 시상을 했고, 교감선생이 표창장을 대신 읽었다.

"위 학생은 평소 품행이 방정하고 학업성적이 우수하여 타의 모범이 되었을 뿐 아니라 투철한 반공정신과 신고 정신으로 치안당국의 대공수사에 큰 공을 세웠기에 이를 치하하여 표창합니다…"

그뿐이 아니었다.

도경찰국장 표창장.

남강경찰서장 감사장.

총동문회 공로상.

서울 태창그룹의 김 이사라는 사람은 '장학증서'를 전달했다. 대학교 졸업 때까지 장학금을 준다고 했다.

이제는 우리 졸업생들이 부르는 2절이었다.

잘 있거라 아우들아 정든 교실아

선생님 저희들은 물러갑니다

부지런히 더 배우고 얼른 자라서

새 나라의 새 일꾼이 되겠습니다.

나는 노래하지 않았다. 나란히 선 친구들도 그랬다. '축사'라면서 도지사는 뭐라고 말했던가.

"애국이란, 반공이란 꼭 크고 엄청난 일을 해내는 게 아닙니다. 오늘 장관님 표창을 받은 장윤태 군처럼, 평소 사소한 것도 놓치지 않고 신고하는 일이 바로 반공정신이고 애국하는 길입니다!"

그 윤태는 졸업생 대표로 '답사'를 읽으면서 울먹이기까지 했다.

"우리는 이 학교와, 이 학교에서 보낸 날들을 영원히 잊지 않겠습니다…"

나도 잊을 수 없을 것 같았다. 이 졸업식을.

앞에서 끌어주고 뒤에서 밀며
우리나라 짊어지고 나갈 우리들
냇물이 바다에서 다시 만나듯
우리들도 이다음에 다시 만나세….

우리는 끝까지 노래하지 않았다. 이젠 열네 살, 광춘이는 열여섯 살…
다 알 수 있었다. 강창성 선생이 간첩이란 소리를 들었을 때보다도 더 큰
충격이었다. 형제처럼, 아니 남매처럼 지내라던 '샛별클럽' 열 명 중에서
하나는 죽고 하나는 남이 되었다.

학예회를 하던 그 강당, 졸업식장을 빠져나오다가 창기가 먼저 발견
했다.
"한요섭이다!"
요섭이는, 강당이 들여다보이는 유리창 아래 화단 가에 서있었다. 우
리처럼 모든 것을 알아버린 표정이었다.

1968년 2월 ③

"시작하자."

요섭이가 먼저 일어났고 다들 그 뒤에 한 줄로 늘어섰다. 미선이 작은 무덤을 향해. 창기 아버지가 떼를 입혀놓았지만 다 말라 죽어서, 그냥 붉은 흙덩어리 같았다.

요섭이.

창수.

창기.

광춘이.

미혜.

영란이.

그리고 나.

윤태는 물론 오지 않았다.

광도는 서울서 온 김 이사를 만나고 있었다. 그 김 이사는 단지 윤태에게 장학증서를 전하기 위해서만 온 사람이 아니었다. 광도 엄마 오유라 씨를 데리고 왔다. 창수네 집 문제도 해결하고, 동네사람들의 예상이지만 광도를 서울로 데려갈지도 모른다고 했다. 창수는… 아무 일도 없다는 듯 입을 다물고 있었다.

"인호야, 그거."

손을 내미는 요섭이에게, 나는 둥글게 말아 들고 있던 그림을 내밀었다. 요섭이가 받아서 묘 앞에 펼쳤고, 창기가 얼른 돌멩이를 주워와 그림 네 귀를 눌러놓았다.

밤을 새워 그린 연필그림이었다. 미선이 얼굴을 그리고, 빙 둘러서 코스모스를 피워놓았다. 솔직히 창피했지만 적어도 미선이는 웃지 않을 것 같았다. 코스모스를 그려놓은 이유도 알아줄 것이었다.

미안해….

요섭이는 갈색 점퍼 주머니에서 종이 한 장을 꺼내 펼쳤다. 좀 쉰 듯한 목소리로 읽어내려갔다.

졸업장
문창국민학교 6학년 2반 문미선.

이 학생은 6학년 전 과정을 모두 마쳤으므로 이 졸업장을 드립니다.

1968년 2월 샛별클럽 친구들.

무릎을 꿇고 주머니에서 작은 성냥을 꺼냈다. 불을 붙였다. 화르르 졸업장이 타오르고, 요섭이의 손바닥 위에서 재가 되어 사라졌다. 훌훌 날아서 미선이에게로 간 것이다. 영란이가 요섭이 옆에 털썩 무릎을 꿇었다. 울었다.

"미선아…."

아무도, 아무 얘기도 하지 않았다. 나란히 늘어앉아서 발아래 펼쳐진

문창마을을 내려다보는데, 불쑥 솟아난 것처럼 머리부터 나타난 사람이
있었다.

"무슨 짓들 하는 거냐?"

경찰지서의 이차석이었다. 제복 허리춤에 곤봉을 차고 있었다.

"요 새끼빨갱이들…"

움찔하는 광춘이의 팔을 영란이가 붙드는 게 보였다.

"가만있자… 하나, 둘… 아이구, 남강에서도 오셨구만?"

아이들의 얼굴을 하나하나 훑어보면서 큰 키로 건들건들 봉분 앞으로
다가서더니, 미선이의 초상을 집어들었다.

"얼씨구, 이건 뭐야?"

아무도 대답하지 않았다.

"아직도 정신을 못 차리고 이것들이… 이 빨갱이 년을… 뭐, 제사라도
지내는 거야?"

부우욱 그림을 반으로 찢어버렸다. 다시, 다시… 종잇조각이 어지럽게
떨어져 날리는 모양을 우리들은 넋을 잃고 바라보았다. 천천히, 아주 천천
히 광춘이가 몸을 일으켰다.

"붙여놔."

반말이었다. 이차석은 키가 크고, 광춘이는 옆으로 딱 바라진 체격이
었다. 마주 서니 그냥 일대 일이었다. 남자대 남자!

"이 자식, 지금 누구한테…"

"붙이라고, 원래대로."

"이 빨갱이새끼가…"

한 손으로 곤봉을 잡는 순간, 광춘이의 주먹이 뻗어갔다. 말만 들었을
뿐, 처음 보는 장면이었다. 뒤로 벌렁 자빠졌다가 이차석은 몸을 뒤채면서

일어났다.

"죽어봐라!"

휘두르는 곤봉을 광춘은 날렵한 발차기로 날려버렸다. 다시 면상을 주먹으로 갈기자 코빼기를 움켜쥐며 주저앉는 이차석. 실력 차이가 분명했다.

"또 말해봐!"

"……."

"누가 빨갱이야? 누가?"

"야, 너…."

"닥치고! 누가 빨갱이냐고! 우린 아니야. 우린! 빨갱이 아니라고!"

푸르르 몸을 떠는 광춘이의 두 뺨으로 주룩, 눈물이 흘러내렸다.

"너, 너…."

한 손으로 코피를 훔쳐내며 한 손으로 광춘이를 손가락질하는 이차석도 눈물을 흘리고 있었다. 그 또한 분한 모양이었다.

"두고 보자. 너, 무사할 줄 아냐…?"

일어나면서 이차석이 으르렁거렸지만, 광춘이는 눈물이 그렁그렁한 얼굴로 코웃음을 치고 있었다.

"당신은 무사할 줄 알아?"

"……."

"지금이라도 지서에 같이 갑시다!"

"……."

"당신이 어젯밤 빵집에 와서 우리 영란이한테 무슨 짓을 할려고 했는지… 나도 다 고발할 거니까! 지금 가자고!"

영란이는 이제 광춘 어머니와 함께 빵집을 꾸려나가면서 미선이 방에서 잠도 잔다. 나는 지난 일을 떠올렸다. 당시는 순경이었던 이차석이 영란이를 조사하던 방에서 비명이 터져 나왔고, 이입삼 선생이 뛰어 들어가지 않았던가.

"가자니까! 왜 못 가?"

이차석은 아무 말도 하지 못하고 돌아서서 곤봉을 주워들더니

"너, 두고 보자."

입술을 깨물어 보이면서 산 아래쪽으로 내려갔다. 마른 풀 위에 주저앉아서 흐느끼는 영란이를, 광춘이가 토닥이면서 감싸 안았다. 나도 눈물이 날 것 같았다. '우리 영란이'라는 광춘이의 한마디 때문이었다.

하지만 이차석은 그냥 물러나지 않았다.

1968년 2월 ④

졸업식 다음 날도 우리는 동산에 올라갔다. 마지막 교육이라고 했다. 빗자루를 들고 군가를 부르며 마을을 한 바퀴 돌 때, 요섭이가 집 앞에서 슬그머니 끼어들었다. 이입삼 선생도 놀란 듯했지만 아무 말도 하지 않았다. 미혜는… 사진관 문을 빼꼼하게 열고 숨어서 바라볼 뿐, 합류할 용기는 내지 못하는 것 같았다.

창수, 창기, 광춘, 영란, 요섭, 나, 광도… 광도는 많이 어두운 표정이었다. 시골 동네는 소문이 빨라서, 밤사이에 우리도 다 알고 있었다. 태창그룹 김 이사는 집 문제를 해결했다.

창수네 식구가 지금 살고 있는 윤태네 큰 집을 오희재 씨 명의로 사주었다.

대신, 폐허가 되어버린 백악관 터는 박태출 회장의 소유가 되었다.

윤태네는 며칠 내로 집을 비워주고 이사를 간다. 남강으로.

지난여름 집행유예로 돌아온 뒤 항상 멍—한 상태인 오희재 씨는, 그저 시키는 대로 도장만 꾹꾹 찍었다고 했다. 어느 쪽이 이익인가를 두고 말들이 많았다. 재만 남은 집 대신 윤태네 큰 집을 차지했으니 창수네가 남는 장사다, 외떨어진 고개 위라 해도 백악관 대지가 2천 평인데 손해를 본 셈이다…. 누군가는 이렇게 말했다고.

이익이고 손해고를 떠나서 이 건, 종놈 출신 박 회장이 한풀이를 한
거야!

광도를 서울로 데려간다는 말은 없었다. 그래서 도리없이 우리와 나
란히 앉아 문창마을을 내려다볼 뿐이었다. 마지막이라서 그런가, 이입삼
선생은 우리들을 오래 내버려 두었다.

나는 윤태를 생각했다. 미워하지 않아도 될 이유를 찾아보려고 했다.
창수 아버지 오희재 씨가 이북방송을 듣는 일은 나도 짐작하고 있지 않
던가. 윤태도 그 정도를 신고했겠지. 언젠가 현창국 앞에서 큰소리로 외우
기도 하지 않았나.

'밤에 몰래 이북방송 듣는 자!'

어쩌면 현창국이 다그쳤을지도 모른다.

'그놈, 이북방송 듣지? 그렇지?'

하마터면 나도 네, 하고 대답할 뻔하지 않았던가… 단지 그것뿐일 수
도 있다. 고개 한 번 끄덕끄덕… 교육감이란 사람은 윤태를 두고 이렇게
불렀지만.

'반공소년 장윤태!'

"자, 일어나!"

우리들은 횡대로 늘어섰다. 애국가부터 시작해야 했다. 힐끗거리며 줄
을 맞추는데 등 뒤에서 들려오는 소리가 있었다.

"수고하십니다아—"

이차석이었다. 카빈총을 어깨에 메고 한 손으로 시늉뿐인 경례를 이
입삼 선생에게 해 보였다.

"마지막이니까 제가 입회 좀 하겠습니다!"

선생님은 떨떠름한 표정이었지만 어쩔 수 없는 일이었다.

"애국가 사절까지, 시이작!"

애국가가 끝나면 반공 구호를 외칠 차례였다. 하지만 선생님은 머뭇거리다가 나직한 소리로 입을 열었다.

"자, 마지막으로 내가 얘기할 것이 있는데…."

"질문 있습니다!"

창기가 번쩍 손을 들었다.

"나중에 해라."

"지금 하겠습니다!"

창기는 물러나려 하지 않았다. 이쯤 되면 아무도 꺾을 수 없는 게 창기의 고집이었다.

"그래, 뭐냐?"

"장윤태도 우리하고 같이 문창중에 갑니까?"

"……."

흠칫, 하는 이입삼 선생. 사실 나도 궁금하던 일이었다.

"갑니까?"

"아니다."

"그럼 어디 갑니까?"

"남강제일중 가는 걸로 알고 있다."

"그럴 수도 있습니까?"

윤태는 문창중 수석합격자다. 선생님이 대답을 하지 못하는데

"저도 질문 있습니다!"

이번엔 광춘이가 손을 들었다.

"왜들 이래?"

"질문 있습니다!"

"좋다. 너까지만."

"선생님은 언제부터 알았습니까?"

"뭘?"

"장윤태가 밀고했다는 거 말입니다."

이 또한, 말은 못 해도 궁금하던 일이었다. 생각하면 무서운 일이기도 했다. 그렇게 경찰에 알려놓고도 윤태는 우리와 똑같이 선도교육을 받았다. 선생님 또한 그 사실을 알면서도…?

"언제부텁니까?"

"……"

이입삼 선생이 고개를 돌려버리는데

"너, 지금 뭐라고 했어?"

이차석이 뒤에서 끼어들었다.

"뭐, 밀고오?"

카빈총 개머리판으로 광춘이의 어깨를 후려쳤다. 아, 하고 물러나는 광춘이.

"밀고오? 이런 빨갱이새끼!"

쫓아가며 다시 휘두르는 카빈총을

"에이, 씨팔…"

광춘이가 붙잡고 잡아당기자 '멀대' 이차석은 앞으로 고꾸라지고 말았다. 총을 내던진 광춘이 이차석을 타고 앉았다.

"야, 임마!"

이입삼 선생이 달려들어 잡아 일으켰다. 광춘이의 뺨을 호되게 후려 쳤다.

"정신차려, 임마!"

"놔!"

무서운 힘으로 뿌리치고 광춘은 카악, 퉤! 이차석의 얼굴에 침을 뱉었 다. 푸르르 푸르르 몸을 떨었다.

"다 관두면 될 거 아냐!"

"……"

"중학교고 뭐고 때려치워! 씨팔, 잡아넣을 거면 잡아넣어!"

한 번 더 침을 뱉고 돌아서는 광춘이에게 우리는 주춤주춤 물러나며 길을 틔워주었다. 처음 보는 무서운 얼굴이었다. 성큼성큼 걸어가는 뒷모 습에서 눈을 떼지 못하는데, 찢어지는 듯한 소리로 영란이가 외쳤다.

"광춘아, 위험해! 뛰어!"

힐끗 돌아본 광춘이가 미친 듯 내달리기 시작하고… 탕! 총소리가 울 려 퍼졌다.

광춘이는 무사히 솔밭 속으로 사라졌고, 쫓아가려는 이차석에게 이입 삼 선생이 달려들었다.

"미쳤어? 무슨 짓이야?"

"놔! 못 놔?"

"정신차려!"

"저런 놈은 쏴 죽여야 돼! 진짜 빨갱이! 아니, 공비라고, 공비!"

서로 안간힘을 쓰다가 한 덩어리로 땅바닥을 구르는데

"탕—."

또 한 번의 총소리가 귀를 울렸다.

그 길로 광춘이는 문창을 떠나서 남강의 어린 깡패, 아니 건달이 되었
다. 결국 죽음에 이르는 길이었다. 하기야 길게 보면 누구나 그렇기는 하
지만 광춘이에겐 너무 빨랐고, 그 배경엔 다시 장윤태가 있었다. 있었다고
들 했다.

1970년 11월 ①

우리들의 중학교 시절은 비교적 순탄했다. 한 사람의 결정적인 도움이 있어서 가능했다. 김형수 교장선생.

많이 뚱뚱하고, 벗겨진 이마에 번질번질 흐르는 땀을 늘 손수건으로 닦고 다니는 사람. 언제나 술기운이 남아있는 듯 붉은 얼굴의 그를, 어릴 때도 자주 봤었다. 평화식당이나 진미식당 앞에서 이를 쑤시고 있는 모습으로…. 가끔 농반진반으로 눈을 흘기는 사람도 있었다.

"교장선생님이 맨날 술만 드셔도 됩니까?"

꺼억 게트림을 하면서 그는 대답하곤 했다.

"교장은 뭐 사람 아닙니까?"

껄껄 웃어버리던 그 사람이 우리를 입학식 날에 교장실로 불러모았다.

영란이.

창수.

광도.

창기, 그리고 나.

"국민학교에서 너희가 겪은 일에 대해서는 잘 알고 있다. 강창성이를 나도 좀 알지만… 간첩인지 아닌지는 잘 모르겠다. 함부로 단정지을 일도 아니고… 설령 간첩이라 한들 어린 너희들에게까지 무슨 공작을 했겠느냐. 명색이 선생인데! 지금 어디 있는지는 모르지만 너희들에게 접근해올 가능성도 제로다. 소식을 안다면 눈물이 나도록 미안해하고 있을 사람이다!"

"우리는 사립이고, 교장인 나에게 공립보다는 많은 재량권이 있다. 중학교에서는 너희들을 특별하게 교육하거나 관리할 생각이 없다. 이렇게 불러모으는 것도 마지막이다."

"단, 만에 하나 특이사항이 있을 때는 언제든지 나에게 먼저 알려라. 내가 지켜주마!"

교장선생은 약속을 지켰다. 가끔 현창국이 나타났지만 교장실에 들렀다 갈 뿐이었다. 강원도 울진·삼척에 '무장공비' 130명이 나타났을 때는 지레 겁을 먹었지만, 별다른 일 없었다. 현창국이 조금 오래 교장실에 머무르기는 했다.

2학년이던 69년 9월에는 대통령 '3선개헌안'이 '날치기'로 국회를 통과하고, 10월 국민투표를 거쳐 확정되었지만 우리들이 신경쓸 일은 아니었다. 70년 9월에는 김대중이 김영삼을 누르고 야당의 40대 대통령 후보가 되었다. 우리들은 아직 중3이었다.

나, 문인호에게도 별다른 일이 없었다. 발걸음을 끊은 아버지는 더 높은 자리로 올라갔고, 엄마는 매달 우편환으로 돈을 받았다. 책을 사러 가지도 않았다.

남강제일중의 요섭이는 이제 수석을 다투는 우등생이 아니었다. 내게는 많이 서운한 일이었다. 국민학교 졸업할 때 보여준 모습으로 해서 요섭이가 친숙해지긴 했지만, 그렇다고 '천재' 한요섭이 우리들 수준으로 떨어지는 건 싫었다. 함께 할 건 함께 해주어도 변함없이 '천재'였으면 했다. 방학이 되어도 오지 않는 요섭이에게, 1학년 겨울에 편지를 보냈다. 지나가는 말처럼 썼다.

'공부는 어때? 잘할 걸로 믿지만.'

답장은 아홉 개의 숫자였다.

5.

9.

8.

10.

11.

1.

1.

15.

19.

한참 만에야 그 의미를 알 수 있었다. 방학인 8월을 빼고, 3월부터 12월까지 월말고사 전교석차였다. 300명 중에…. 그 숫자가 모든 것을 말해주고 있었지만, 9월과 10월의 전교 1등은 무어라고 해석해야 할지…? 나는 알 수 없었다.

3학년이 되어서는 50등에서 60등 사이라고 했다. 한 달 한 번은 집에 오는 미혜가 소식을 전해주었다. 둘은 가끔 본다고 했다. 누구에게도 속을 드러내지 않는 요섭이지만, 미혜만은 예외인 모양이었다. 빵집에서 주로 영란이와 같이 들었는데, 그럴 때 미혜는 지지배배 한 마리 새 같았다.

3월에 요섭이가 큰 사건을 일으켰다. 교장이 3학년에 한해 '우열반' 편성을 시도했는데, 요섭이가 학생회장 성재호라는 아이와 함께 '백지동맹'을 이끌었다고. 3학년 전원이 월말고사에서 백지를 내기로 결의했지만, 선생님들의 회유와 압박으로 '백지동맹' 자체는 실패했다고. 단 두 사람만이 버텨서 끝내 백지를 냈는데 요섭이와 성재호였다고. 이 소식이 교육청까지 들어갔고, 학교 측은 결국 우열반 편성을 포기했다고. 아이들은 성재호와 요섭이를 기마전 하듯 태우고 운동장을 돌았다고.

'우리들의 영웅!'

'성재호!'

'우리들의 영웅!'

'한요섭!'

전과목 백지를 낸 두 사람의 성적은 평균 80점이었다고….

이제 '문제아'란 이름을 얻은 요섭이는 이미 2학년 때부터, 남강시는 물론 도내의 거의 모든 백일장을 휩쓰는 중이었다. 시, 산문을 가리지 않고 장원만 다섯 번이라던가 여섯 번이라던가. 남강신문사의 학생작품공모에서 당선했을 때는, 향토 시인이란 어느 심사위원이 이렇게 평했다고 미혜는 말을 옮겼다.

'고등학교 졸업 이전에 기성 시인으로 데뷔할 수 있는 재목이다!'

공부를 하지 않아도, '문제아'로 찍혔어도 천재는 역시 천재였다. 내 일처럼 기쁘면서도 마음 한구석의 쓸쓸함만은 어쩔 수 없었다. 미혜에게만은 모든 것을 얘기하는 요섭이. 요섭이 얘기라면 딴 사람처럼 수다스러워지는 '새침데기' 송미혜….

그 미혜는 중3이 되면서 〈누가누가 잘하나〉 프로그램의 반주자가 되었다. 피아노도 치고, '땡, 딩동댕' 실로폰도 치고.

장윤태는 요섭이와 같은 남강제일중을 다니면서, 2학년 때 '전국학생 반공웅변대회'에서 대통령상을 탔다. 그 후로 도내 각 학교를 돌면서 반공강연을 하는 명 연사가 되었다. 우리 문창중엔 오지 않았지만 가끔은 서울도 가고, 제주도까지도 다녀왔다. 정말로 '반공소년'이 되었는데, 3학년 2학기가 된 9월에 남강학생회관에서 열변을 토하다가 기절해 쓰러졌다고 파다하게 소문이 났다. 상태가 좋아지지 않아서 결국 휴학을 했다면서 미혜는 조심스럽게 덧붙였다. 어쩌면 요섭이 때문일지도 모른다고. 3학년에야 요섭이와 윤태는 처음으로 한 반이 되었었다고.

오창수는 학생회장이면서, 중앙 일간신문의 문창지국을 운영하기도 했다. 시내버스로 오는 신문 50부 정도를 문창리와 인근 마을에 배달한다. 어른이라야 지국장이 될 수 있다고 해서 이입삼 선생이 명의를 빌려주었다. 아버지 오희재 씨 이름으로는 불가능했다.

그래놓고 이입삼 선생은 남강중앙국민학교로 전근을 갔다. 보통 때는 잘 표가 나지 않지만, 조금 빨리 걷기라도 하면 살짝 한 쪽 발을 전다. 이차석의 총에 맞았을 때, 오른쪽 엄지발가락을 잘라냈다. 그 발가락 하나의 대가로 모든 일이 덮어졌다. 광춘이의 경찰 폭행도, 이차석의 민간인 총격도. 가끔 문창에 온다지만 중학교 쪽으로는 발걸음을 하지 않았다.

광춘이는 남강 건달 세계에서의 '서열'이 벌써 세 번째인가 네 번째라고 했다. '호택이형'이라고도 하고 '황 사장'이라고도 하는 사람이 최고 보스이고, 창기네 형 동기가 광춘이 바로 아래라고. 요섭이와 가끔 만나는데, 중국집이나 동문시장 순대 골목에서 술도 마시는 것 같다고.

설마?

영란이는 학생회 부회장으로 빵집 주인으로, 바쁜 나날을 보내고 있었다. 남강으로 재료를 사러 갈 때마다 광춘이를 만나고 오는 눈치였다.

혹시?

광도는… 여전히 마음을 잡지 못하고 있었다. 학교만 파하면, 가방을 든 채로 여기저기 헤매고 다녔다. 동산, 서산, 남천강가, 잿더미로 남아있는 백악관 터…. 광도 엄마도 비슷하게 돌아다니는데… 우연인지 모르지만 한 번도 마주치는 일은 없다고 했다.

창기는… 별일 없었다. 늘 씩씩했다.

미선이야 서산에 누워있고, 이젠 그 작은 무덤에 푸른 풀이 곱게 자라 있었다. 영란이가 시도 때도 없이 올라가 다듬어주곤 했다.

'미선아, 잘 지내?'

그럴 때마다 꼬박꼬박 물어도 대답 있을 리 없었지만… 그 미선이에게도 큰 사건이 일어났다.

미선이 엄마가 나타났다!

정미소 공장장과 눈이 맞아 달아났던 그 미선이 엄마가… 많은 일들이 잇따라 벌어졌던 그해 늦가을의 시작이었다.

1970년 11월 ②

문창중학교에는 우물이 있었다. 개교 초기에 팠던 것인데, 물을 퍼 올린 지는 오래되었지만 일종의 기념물로 남겨두고 있었다. 물론 불의의 사고를 막기 위해 큰 나무 뚜껑으로 덮어놓았고, 동서남북으로 벤치가 있어서 아이들의 모임 장소로 좋았다. 그 '우물가'로 영란이가 우리를 불러모았다. 뜸 들이는 성격이 아니라서 대뜸 본론이 나왔다.

"미선이 엄마가 왔어."

"……"

"빵집이 말야. 그 여자 명의로 돼 있거든. 임춘자."

임춘자… 입속으로 되뇌어보았다. 임춘자… 생경스러웠고, 예감이 좋지 않았다. 그 엄마보다도 아빠의 모습이 떠올랐다. 빵집 앞에 의자를 내놓고 일본어로 된 『백경』을 읽고 있던 사람….

"집을 팔겠대. 나가든지 사든지 하래."

"……"

"요즘 시세로 이십오만 원이래."

25만 원… 중3인 우리의 3개월 1기분 수업료가 2천7백 원이었다.

"그동안 장사해서 모아놓은 게 십만 원쯤 돼."

3년이 좀 더 되었다. 장사가 썩 잘되는 편은 아니었다. 이젠 동네 구멍가게에 '삼립빵'이 등장했다. '크림빵'이 10원.

"십오만 원이 부족하네?"

손가락을 꼽아가며 창기가 말을 받았다. 무겁게 고개를 끄덕이는 영란이.

"안 팔면 안 되는 거야?"

"방법이 없어. 법적으로 그 여자한테 권리가 있으니까."

"언제까지?"

"일주일."

"일주이일?"

"그 여자 되게 급한가 봐. 꼴이… 말이 아니더라."

솔직히 나는 영란이가 자꾸만 '그 여자'라고 하는 게 귀에 거슬렸다. 아무리 그래도 친구 엄마인데… 막상 만나본 후에는 그 호칭마저도 아깝다는 생각이 들었지만.

"내놓을 수밖에 없네 뭐."

건성인 듯한 광도의 반응에

"야, 임마!"

창기가 눈을 부라렸고

"아, 아. 떠들지들 마."

영란이가 두 손을 내저었다.

"의논하자는 거 아니야. 알고들 있으라고, 알려주는 거야."

"대책이 있는 거야?"

푼돈이나마 만지는 창수의 질문에 영란이는 잠시 사이를 두었다가 대답했다.

"광춘이한테 가보려고."

그 후로 나는 빵집 쪽 길을 피해서 등교하고, 돌아서 집으로 갔다. 미선이 엄마와 마주칠 것만 같아서였다. 다행히 그런 일은 없었고, 정확히 1주일 후에 우리는 다시 우물가에 모였다.

"오늘인데… 같이 갈 사람?"

"돈은 구했어?"

"광춘이가 시간 맞춰서 온대."

구했구나… 광춘이는 역시 우리와는 다른 세계에 사는 모양이었다. 15만 원, 사실 영란이도 그랬다. 10만 원이나 벌어두었다니. 합이 25만 원… 엄마가 달마다 우체국에서 찾는 돈이 얼마인지 나는 알지 못했다.

"같이 갈 사람?"

다시 한번 묻자 창수와 광도는 고개를 저었고, 창기가 내 어깨에 손을 얹었다.

"우리 둘이 가지 뭐."

"인호, 괜찮아?"

어쩌겠는가. 끄덕이고 말았다.

읍사무소 앞에서 대서소도 하고 복덕방 일도 하는 '이 서기'가 와있었다. 원래 읍사무소 직원이었던 노인이었다. 광춘 엄마가 있고, 옥빛 한복을 입은 미선 엄마가 빵집 안 탁자에 앉아있었다. 조막만 한 얼굴은 이제 검게 그을려있었다.

"벌써 네 시야!"

짜증부터 내고 있었다.

"올 거예요."

마주 보는 영란이의 앉은키가 훌쩍 더 커 보여서 마음이 놓였다. 그랬다. 그 사이에도 우리들은 자라고 있었다. '빨갱이'란 말에 가슴을 졸이면서도… 창기와 나는 밖에서 기다렸다.

광춘이는 오래지 않아 나타났다. 파마머리를 하고 밤색 가죽점퍼를 입고 있었다. 동산에서의 그날, 이차석의 총소리에 쫓기면서 떠나가고 처음이었다.

"광춘아…."

창기의 목소리가 떨렸지만, 광춘이는 가볍게 한 손을 들어 보이며 빵집 안으로 들어갔다. 나는 슬그머니 뒤로 물러났고, 창기는 안이 들여다보이는 유리문에 매달리듯 붙어섰다.

이 서기가 숙달된 솜씨로 문서를 꾸몄겠지.

광춘 엄마 아니면 영란이가 10만 원을 내놨겠지.

광춘이가 가죽점퍼 안에서 15만 원을 꺼냈겠지.

아마 다 5백 원짜리 지폐겠지. 합이 다섯 다발.

미선이 엄마 임춘자 씨는 하나하나 꼼꼼하게 세어보겠지…. 오백 장이다.

각자 도장을 찍겠지. 임춘자 씨가, 그리고… 이쪽은 누가?

이 서기 노인이 서둘러서 떠나고, 미선엄마와 영란이가 앞서거니 뒤서거니 밖으로 나왔다.

"그럼 돈 많이 벌어."

등 돌리는 미선 엄마를

"잠깐만요."

영란이가 불러세웠다.

"왜애?"

"미선이한테 안 가봐도 돼요?"

잠시 머뭇거렸던 그 여자의 대꾸는… 말 그대로 우리를 얼어붙게 만들었다.

"내 새끼도 아닌데 뭐."

"……."

"고아원에서 주워 온 애야."

"……."

"이젠 컸으니까 이런 말도 알겠네? 하늘을 봐야 별을 따지?"

허수아비가 된 듯 서 있는 우리 세 사람 앞으로 광춘이와 광춘 엄마가 걸어 나왔다.

"어머니."

목소리에도 이제 힘이 실려 있는 듯했다.

"명의는 어머니로 했지만, 영란이하고 둘이 반반씩이에요. 잊지 마세요?"

"안다니까."

조심스럽게 끄덕이는 어머니를 두고 광춘이는 다가왔다. 창기와 나의 어깨를 툭툭 쳐주고는, 영란이의 손을… 잡았다가 놓았다.

"빵집 이름, 바꾸자."

"어떻게?"

"미영빵집."

"……."

"미선이의 미, 미혜의 미, 영란이의 영."

미선이의, 미혜의, 영란이의… 따라해 보는데 광춘이는

"그럼 간다!"

다시 한 손을 들어 보이며 돌아서서… 영화 속의 정의파 건달처럼 앞만 보며 걸어갔다. 우리와는 다른 세상 속으로 멀어져갔다. 요섭이와는 술도 마신다는데….

빵집의 진짜 주인이 되었는데도 영란이는 기쁘지 않은 모양이었다. 창기와 나도 그랬다. 미선이 무덤을 등지고 문창마을을 내려다보려니 여전히 눈물이 날 것만 같았다. 임춘자, 그 여자의 목소리가 귀를 떠나지 않았다.

내 새끼도 아닌데 뭐.

고아원에서….

하늘을 봐야….

다른 말로 해줄 수는 없었을까. 더 나은 말은 없었을까…. 영란이가 흐흐, 하고 남자 어른 같은 웃음소리를 냈다.

"옛날 고무줄 하던 생각이 나네…?"

여자애들의 고무줄놀이? 갑자기?

"그거 알아? 미선이하고 미혜하고 둘이는 한 번도 고무줄 한 적이 없어. 맨날 멀리서 구경만 했지. 예쁜 것들이니까 예쁜 척들 하느라고…."

영란이는 고무줄도 도사급이었다. 머리 위까지 올린 줄도 훌쩍훌쩍 재주를 넘어가면서 발에다 걸곤 했다. 치마를 입고서도 주저하지 않았다.

"고무줄 하고 싶다…."

탄식하듯 내뱉더니… 느닷없이 노래를 부르기 시작했다.

이 강산 침노하는 왜적 무리를

　　거북선 앞세우고 무찌르시어

　　이 겨레 구원하신 이순신 장군

　　우리도 씩씩하게 자라납니다….

고무줄놀이를 할 때 여자애들이 부르던 노래였다. 조금 빠르게, 왠지 경망스럽게.

　　황금을 보기를 돌같이 하라

　　이르신 어버이 뜻을 받들고

　　한평생 나라 위해 바치셨으니

　　겨레의 스승이라 최영 장군….

영란이가 울먹거리며 부르는 동안, 나는 다른 노래를 생각했다. 어머니 아닌 어머니 임춘자 씨가 사라져버린 후에, 가끔씩 빵집 밖으로 새어나오던 미선이의 그 노래.

　　이 몸이 새라면

　　이 몸이 새라면 날아가리….

영란이는 아예 일어섰다. 미선이에게로 돌아섰다.

　　삼월 하늘 가만히 우러러보며

　　유관순 누나를 생각합니다

옥 속에 갇혀서도 만세 부르다

푸른 하늘 그리며 숨이 졌대요….

양발을 번갈아 디디면서 허공으로 뛰어오르지는 않았다. 그럴 나이는
이제 아니었다.

"진짜, 옛날로 돌아가고 싶다…."

우리에게 등을 보인 채로 혼잣말처럼 중얼거리는 영란이…. 그날,
1967년 2월 27일 이전을 말하는 것이었다. 우리도 그랬다.

"그렇지만 옛날은 옛날이고."

천천히 돌아서는 영란이는 평소의 영란이로 돌아와 있었다.

"사실은, 우리만 알고 비밀로 하자고 하고 싶었거든."

"……."

"근데 생각이 달라졌어. 다들 알아도 상관없어. 멋진 아빠고 예쁜 딸이
었잖아. 그 두 사람이… 우연히 맺어진 게 아니라는 말이잖아! 솔직히 우
린 다들 우연히 태어난 거 아냐?"

"……."

"그런 아빠고, 그런 딸이라는 게 자랑이면 자랑이지, 안 그래?"

영란이는 연설을 하는 것 같았고, 창기와 나는 끄덕일 수밖에 없었다.

"아까 그 여자, 그런 여자를 미선이한테서 떼어내는 데 이십오만 원이
면 싼 거지 뭐. 덤으로 빵집도 하나 생기고. 안 그래?"

"그것도 미영빵집!"

창기가 받아주자 영란이는

"맞아, 맞아!"

하하하하… 웃음을 터뜨렸다. 창기는 따라 웃었지만 나는 그럴 수 없

었다. 영란이는 미선이 봉분을 탁탁 손바닥으로 두들겼다.

"미선아, 들었지?"

뒤처져 내려오면서 나 스스로 묻지 않을 수 없었다.

그럼 나는?

엄마에게 나는, 우연한 아들이 아니었다. 그건 분명했다. 아버지에게
는…? 앞서가는 두 친구와 나 사이가 자꾸만 멀어졌다.

미선이에 이어서 두 번째는 창기였다.

사흘이나 결석을 했다. 영란이가 남천강 서쪽 그 외떨어진 집에 가봤더니, 아버지와 어머니까지 세 식구가 다 보이지 않더라고 했다.

나흘째야 학교에 나왔는데 담임선생의 추궁에도 아무런 대답을 하지 않았다.

"나, 참 이거야…."

담임이 절레절레 고개를 저어도 묵묵부답이었다. 때리면 맞겠다, 정학이라도 떨어지면 달게 받겠다… 그런 표정이었다. 선생이 질 수밖에 없었다.

수업이 끝나자 내게로 왔다.

"가자."

미선이 묘 앞에서 한참을 말이 없더니, 불쑥 질문을 해왔다.

"너, 양공주란 말 알아?"

"……."

"알아, 몰라?"

"들어는 봤어."

"나, 누나 있는 거 알지?"

"어."

본 기억은 없었다. 우리가 아주 어렸을 때 떠났다고 들었다.

"우리 누나가 그거였더라."

공장에 다닌다던 누나. 술집에 나간다는 소문이 있던 그 누나. 창기에
겐 미안한 일이지만 놀랍지는 않았다.

"만나고 왔어."

"……."

"양놈하고 국제결혼해서 미국 간대. 며칠 있으면 비행기 탄다더라. 우
리 형, 자기들끼린 다 알고, 서류도 다 해 보내고 했으면서…."

그동안 비밀로 해왔다는 얘기였다.

서울에서 한 시간쯤, 버스에서 내리자 아버지는 공중전화부터 찾으면
서 동전과 쪽지를 창기에게 내밀었다. 좀 큰 가게 옆에 주황색 전화 박스
가 하나 붙어있었다. 동전을 넣고 쪽지대로 번호를 돌렸다. 남강역을 떠날
때, 형이 전화 거는 법도 가르쳐주었다.

"여보세요."

좀 나이든 남자의 목소리였다.

"저, 문창에서 왔는데요, 아니 저 남강… 저희 누나…."

"아, 에이미?"

에이미? 저쪽도 당황하는 눈치였다.

"아, 참. 정화! 정화 찾아왔지요?"

"예."

"지금 어디?"

"시외버스 정류장요."

"알았어요. 곧 나갈 거예요."

전화를 끊고도 그 이름이 귓가를 떠나지 않았다. 에이미, 에이미… 그게 누나 이름이라고? 영어로는 어떻게 쓰나? 아니, 왜 그런 이름을? 아버지에게 형은 말했었다.

'글쎄, 가보면 안다니까요!'

초라한 행색의 세 식구는 도로변에 서서 누나를 기다렸다. 낯선 풍경이었다. 영어로 된 간판이 많고, 오가는 사람들 열에 둘 셋은 미군인 듯했다. 군복을 입고, 혹은 사복 차림에 짧은 머리를 하고, 검고, 희고… 짧은 치마에 금발 파마머리를 한 한국 여자들도 짝짝 껌을 씹으면서 지나갔다. 자연히 떠오르는 말이 있었다.

기지촌.

양공주.

설마? 하지만 이 거리 어디에도 '큰 공장'이 있을 것 같지는 않았다. 아버지 어머니도 불안하기는 마찬가지인 듯, 어두워져 가는 길 건너를 힐끗힐끗 살피면서 아무런 말이 없었다. 남강동문시장에서 싸구려로 사 입은 회색 양복과 밤색 비로드 치마저고리가 초라하기만 했다. 창기 자신의 검은 학생복은 또 어떤가.

에이, 씨발….

얼마나 지났을까.

"아버지!"

부르는 소리가 나더니, 청바지에 하얀 점퍼를 입은 아가씨 하나가 길을 건너왔다.

누나?

10년인가 11년 만이라 창기는 사실 기억이 어슴푸레했다. 열 살 위니

까 스물여섯. 키가 늘씬하게 커서 잘 어울리는 청바지 차림에 노란 머리
로 달려들어 어머니를 껴안았다.

"엄마…."

금세 허엉— 하고 울어버리는 어머니. 눈두덩을 쏠어내리는 아버지. 무
슨 영화를 보는 듯한 기분이었다. 창기 자신만은 그 화면 밖으로 빠져나
오고 싶었다.

"아버지…."

역시 포옹을 하고 난 누나가 창기에게로 다가왔다. 물씬 코끝에 풍겨
오는 냄새는 향수일까, 화장품일까.

"어른 다 됐구나…."

뺨을 어루만지는 누나 문정화, 아니 에이미…. 와락 안길 수가 없었고
누나 또한 서먹한 표정이었다. 에이 씨발….

"택시 타요."

누나가 어머니의 보따리를 챙겨 들며 차도로 내려섰다. 보따리에는
조금은 비싼 남녀 한복이 들어있었다. 옹기종기 모여선 네 식구를 스쳐
가던 미군들 중 하나가 영어로 무어라 씨부렁거리자, 누나는 거침없이 대
거리했다.

"깟 떼미! 확키 유!"

놀라서 얼굴을 마주 보는 아버지와 어머니. 뒤늦게 낭패한 표정을 짓
는 누나… 역시 오지 말았어야 했다.

택시가 섰고, 네 식구는 우물쭈물 올라탔다.

"원유리요. 시장 앞이에요."

누나가 방 하나를 세 들어 산다는 집은 말끔한 단층 양옥으로, 전화를

받았던 사람이 집주인이었다.

"곽정우라고 합니다."

"문갑습니다."

통성명을 한 두 어른이 거실 소파에 마주 앉자 어머니와 누나는 장을 보러 나가고, 창기 혼자 방에 남았다. 침대가 하나 있고, 2인용 소파와 옷장이 있고, TV와 전축, 전축 위에는 레코드판이 한 열 장쯤 쌓여 있고… 조금 이상한 냄새가 났다. 아이들이 말하는 양놈 냄새, '빠다냄새'가 이런 것인가 싶었다. 어디 편히 앉을 수가 없었다.

씨발….

방음이 시원치 않은지, 어른들이 거실에서 나누는 얘기가 고스란히 들려왔다.

"좀 당황하셨겠지만, 여기가 그런 지역입니다. 사방이 미군 부대고, 미군 상대하는 아가씨들도 많이 있구요, 저도 미군 부대 군속으로 근무하고 있습니다."

아버지 목소리는 들리지 않았다.

"여기 아가씨들도 천차만별인데요. 에이미, 아니 정화는 소위 말하는 양공주는 아닙니다. 영내에 있는 클럽에서 일을 했습니다. 급이 다르지요."

"그 점은 마음 놓으셔도 됩니다. 그리고 인연이 닿아서 결혼하고 미국으로 가게 됐으니 잘된 거지요. 결혼이라고 반지 하나 해주고 사진 찍고는… 먼저 미국 들어가서 연락을 끊어버리는 경우가 많거든요. 잘된 겁니다."

"상대는… 어떤 사람입니까?"

형은 말했었다. 누나 다니는 '공장'에 일 관계로 드나들던 미군이라고. 거짓말이었다.

"괜찮은 친굽니다. 계급은 상사고요. 우리 식으로 하면 중대 인사계죠.

상사 정도면 미군들은 괜찮게 삽니다. 아, 물론 백인입니다."

"고맙습니다."

아니, 뭐가? 담배라도 피워무는지, 잠시 이야기가 끊어졌다가 이어졌다.

"이거 참… 제가 얘기하는 게 맞는지 모르겠습니다만… 정화가 그편이 낫겠다고 해서…."

"……."

"정화가 고생을 많이 했습니다. 처음엔 서울 평화시장에서 미싱 일을 했구요. 거기서 회사 차를 모는 운전기사하고 연애를 한 모양입니다. 애를 가지게 됐구요. 그런데 알고 보니 그놈이 유부남이었고… 입장이 곤란해지니까 회사를 그만두고 사라져버린 겁니다."

"……."

"정화도 거기를 그만두고… 어찌어찌하다 보니 여기까지 온 겁니다."

"애는 낳았구요?"

"예, 다섯 살입니다. 이 근처에 삽니다. 물론, 윌슨은 모르지요."

"누구요?"

"윌슨 상사. 사위 말입니다."

"……."

"그 아이를 좀 거둬주십사 하는 게 정화의 부탁입니다. 정화가, 자기 입으론 도저히 말을 못 하겠다고… 형편은 들어서 알고 있습니다. 정 곤란하시다면, 제가 알아서 시설에 맡기겠습니다."

"시설…이 뭡니까?"

"보육원 말입니다."

1970년 11월 ④

"얘기 좀 하자."

새벽까지 뒤척이던 아버지가 일어나 앉자 누나가 형광등을 켰다. 어머니도, 창기도 일어났다. 침대를 들어내고 이불을 깐 방안에서 네 식구 모두 자는 시늉만 하고 있었던 것이다. 아버지는 담배를 피워물고, 어머니는 천장을 올려다보고, 누나는 죄인처럼 고개를 떨구고 있었다.

"아이 이름은 뭐냐?"

후우 연기를 내뿜는 아버지의 얼굴은… 하룻저녁에 한 십 년은 더 나이 들어 보였다.

"철이요."

"성은 뭐라고 했냐?"

"출생신고도 안 했는걸 뭐."

고개를 끄덕이며 아버지는 길게 연기를 뿜어냈다.

"보육원엔 못 보낸다. 우리가 키우겠다."

"괜찮으시겠어요?"

"괜찮고 말고가 어디 있냐? 내 핏줄인데."

"……."

"이번엔 못 데리고 간다. 준비할 게 있으니까… 한 보름에서 한 달쯤 걸리겠는데…?"

"그 정도는 여기서들 맡아줄 거예요, 아버지…."

이젠 다시 눈물 흘릴 차례였다. 창기는 먼저 드러누우면서 이불을 뒤집어써버렸다.

철이는 아침 여덟 시에 왔다. 집주인 곽정우 씨 부인이 어디선가 데리고 왔다. 나이에 비해 키도 크고 똘망똘망해 보이는 아이였다. 숫기도 좋아서 세 사람의 얼굴을 하나하나 손으로 가리켰다.

"외할아버지."

"외할머니."

"외삼촌."

제 엄마를 돌아보며 묻기까지 했다.

"외삼촌 하나는 어디 있어?"

어머니는 또 눈물을 찍어내고

"철아."

아버지는 아이에게로 다가앉았다. 두 손바닥을 펴 보였다.

"이게 얼마?"

"열."

"이렇게, 이렇게… 열이 세 번이면?"

"몰라."

"서른이야, 서른."

"서른?"

"그래, 서른 밤만 자면 할아버지가 너 데리러 올 거야."

"어디로 가?"

눈을 껌뻑거리며 철이가 물었을 때

"윌슨이 옵니다!"

밖을 지키고 있던 곽정우 씨가 뛰어 들어왔다. 곽정우 씨 부인이 아이를 안방으로 데려가고 누나가 신발을 감추고… 네 식구가 거실 소파에 자리를 잡자, 양복을 입은 백인 남자가 들어섰다. 의외로 키가 크지 않았다. 머리도 금발이 아닌 갈색이었다. 하얗다기보다는 분홍색인 얼굴.

"윌슨 상삽니다."

옆에 서서 곽정우 씨가 소개하자 윌슨은 거실 바닥에 넙죽 엎드려 큰절을 했다. 당황한 아버지가 맞절을 하려 하자 곽정우 씨가 제지했다.

"그냥 있으세요. 사위 아닙니까?"

누가 귀띔한 것일까? 윌슨은 거북살스럽게 무릎을 꿇고 앉았다.

"첨 뵈쓰니다. 길버트 윌슨…이에요?"

"……."

"꺼정, 하나도 피료 업서요. 행복, 행복이에요."

"쌩큐, 쌩큐…."

아버지가 윌슨의 손을 잡았다. 눈짓으로 누나를 내려 앉히고는, 그 손 또한 이끌어서 하나로 모아 잡았다.

"해피, 해피, 응? 그러면 쌩큐, 쌩큐!"

새벽에 곽정우 씨에게 배운 영어 중에서 그 두 단어만 생각나는 모양이었다. 쌩큐, 해피…. 윌슨은 윌슨대로 '예스'만을 연발하고, 어머니와 누나는 다시 울고… 창기는 그만 방으로 들어와 버리고 말았다.

쌍!

주먹으로 벽을 쳤지만 아프지도 않았다.

"어저께는 말야. 다섯이 다 서울로 나와서 창경원 구경을 갔는데… 씨발, 쪽팔리더라."

창기는 마른 강아지풀 하나를 뽑아서 질근질근 씹었다.

"사람들이 우리만 보는 거야. 씨발… 우리가 원숭이야, 원숭이…. 서울역에서 헤어지는데 누나는 그냥 바닥에 철퍼덕 앉아서 울지를 않나… 에이, 정말…."

나란히 앉은 채로 나는 창기를 돌아보지 못했다. 역시 눈물 흘리고 있을 것 같았다.

"우리, 남강으로 이사 간다."

"……."

"동문시장에서 리어카도 끌고… 여기보다는 나을 거래."

"학교는?"

창기는 코웃음을 쳤다.

"내가, 만년 꼴등이! 중학교 졸업했다고 뭐가 어떻게 되나?"

"……."

"내일부터 당장 관둘 거니까, 담임한테 좀 말해줘. 그래줄 수 있지?"

선뜻 대답할 수 없었지만, 창기 또한 다짐을 두지도 않았다.

"나 말야… 일본 갈 거다?"

일본? 창기로서는 드물게 들뜬 목소리였다.

"일본에 가기만 하면 말야, 노가다를 해도 여기 월급쟁이들 몇 곱을 번대."

"거길 어떻게 가?"

"다 수가 있대. 밀항이라고 한다더라."

밀항? 밀수, 밀항?

"우리 형 밑에 제주도 출신이 하나 있대."

제주도에서 남강까지 와서 깡패짓을 하는 사람도 있단 말인가.

"그 사람이 형한테 그랬는데… 제주도나 부산에는, 그렇게 일본에 보내주는 조직이 있대. 쪽발이 나라면 뭐 어때? 까짓거…."

나는 고개를 들어 멀리 문창마을을 돌아가는 가을 남천강을 바라보았다. 저 강을 따라가면 부산이나 제주도에도 가고, 일본에도 가고, 창기 누나처럼 미국까지도 갈 수 있다는 말인가. 기차를 타든 비행기를 타든, 결국은 저 강을 내려가는 길이라는 생각이 들었다. 바다와 만나는 하구인 서창포에도 나는 가본 적이 없었다. 누가 심어놓은 나무나 풀포기처럼 살아왔다.

"우리 형이 보내준다더라. 어쩌면 둘 다 갈지도 모르고… 근데 인호야."

"어."

"학교를 그만두게 되니까… 더 궁금해지는 게 있네…?"

"……."

"강창성 선생님, 진짜 간첩일까?"

누가 대답할 수 있겠는가.

"나 같은 놈도 오페레타에 넣어주고, 샛별클럽에도 끼워줬잖아. 간첩이라고 해도… 난 믿지 않아."

"……."

"또, 이입삼 선생은 나쁜 사람일까?"

역시 알 수 없는 일. 혹독하게 우리를 다뤘지만, 발가락을 잃으면서 광춘이를 구했고, 그 광춘이를 위해서 모든 것을 덮어버렸다. 창기도 꼭 대답을 원하는 건 아닌 듯, 한참을 말이 없더니

"인호야."

더 가라앉은 목소리로 불렀다.

"너, 요섭이 좋아하지? 왜애?"

"……."

"똑똑하니까?"

그럴까? 그것만은 아니지 않을까?

"요섭이는 우리 편 아니야."

"……."

"요섭이가 나쁘다는 게 아냐. 좋고 나쁘고가 아니라… 그냥 우리 편이 아니라는 거지."

창기의 목소리에는 힘이 실려 있었다. 확신하고 있는 듯했다. 그래도 용기를 내서 묻지 않을 수 없었다.

"그럼 누가 우리 편인데?"

손가락을 꼽는 것처럼 창기는 하나하나 이름을 대기 시작했다.

"나."

"광춘이."

"영란이."

"너."

"그리고…"

한 손으로 등 뒤를 가리켰다.

"저기, 미선이."

그 후로 거의 보름 동안이나 선생들은 출석체크 때마다 창기의 이름을 불렀지만, 나는 아무 말도 할 수 없었다. 어떻게 내 입으로

'학교 그만둔답니다.'

이럴 수가 있었겠는가.

그렇게 창기는 떠났고, 마치 교대라도 하듯이 요섭이가 문창중으로 전학을 왔다. 3학년도 얼마 남지 않은 이 무렵에 전학이라면… 퇴학 대신 선택했다는 말이었다.

1970년 11월 ⑤

요섭이는 배지도 명찰도 다 떼어버린 학생복에 모자도 쓰지 않고 나타났다. 교장실에서 한 시간 이상이나 얘기를 나눴는데, 나올 때는 눈시울이 붉어져 있었다고 했다. 첫날은 그렇게 돌아가고, 이틀 뒤에 외모만은 깔끔한 문창중학교 학생이 되어서 등교했다. 학년마다 남녀 한 학급씩인 학교라서 당연히 같은 반이 되었지만, 우리와도 제대로 아는 척을 하지 않았다. 어색한 미소만을 주고받았을 뿐….

곧 두 가지 소문이 따라왔다.

하나는 요섭이가 『학원』이란 학생 잡지의 '학원문학상현상모집'에서 소설부문 최고상인 '특선'에 뽑혔다는 것이었다. 전국 1등.

다른 하나는, 도저히 믿을 수 없었지만 '교사 폭행'이었다. 담임이자 사회교사인 '소대가리' 선생과 싸웠다고 했다. 요섭이가? 그것도 당선통지를 받은 바로 그 날이었다니.

최상이고 최악인 두 가지 사건이 어떻게 동시에 어울려 일어났는지 알 수 없던 우리들은 미혜가 오기만을 기다렸다.

그동안 요섭이는 5교시만 끝나면 학교를 빠져나갔다. 책가방을 옆에 끼고 성큼성큼 당당하게 걸어 나갔다. 뒤에서 선생들이 부를 때도 있었지만, 돌아보지 않았다. 선생들에겐 교장의 특별지시가 내려졌다고 했다.

'본인이 마음을 잡을 때까지, 뭘 하든 그냥 내버려두라.'

동산 위에 올라가서 저물 때까지 앉아있기도 했고, 시외버스를 타고 서창포까지 다녀오기도 했다. 요섭이 어머니나, 평생 한량인 아버지도 뭘 어째야 할지 갈피를 잡지 못하는 모양이었다. '문창천재'의 달라진 모습에 학교도 마을도 다 뒤숭숭했는데, 미혜는 2주만인 일요일에야 집에 왔다. 영란이네 '미영빵집'에 다들 모여앉았다. 미혜, 영란이, 창수, 광도, 그리고 나.

발단은 장윤태의 휴학이었다. 아니, 요섭의 '작심'이 먼저였다. '아주 독하게' 한 일이라고 미혜는 설명했다.

3학년에 올라오면서 요섭과 윤태는 처음 한 반이 되었다. 이미 전국적인 '유명인사'가 된 윤태를 요섭은 대놓고 무시했다. 인사나 대화는커녕 눈도 마주치려 하지 않았다. '백지동맹'을 일으켰을 때도 그랬다. 주동자인 요섭은 반 아이들과 하나하나 다 악수를 나누면서

'약해지면 안 돼?'

'걱정마, 우리가 이길 거야!'

다짐도 하고 격려도 했는데… 윤태만은 건너뛰어 버렸다. 윤태는 내밀던 손을 물끄러미 내려다보고 있었다고.

아이들은 하나둘 요섭을 따라하기 시작했고, 윤태는 곧 외톨이가 되어버렸다. 밖에 나가면 모두가 환대하고 박수쳐 주는 '명연사', '반공소년'이 학교 안에선 찬밥 신세였다. 9월, 윤태가 쓰러진 학생회관 강연의 청중들은 바로 남강제일중 학생들이었고, 요섭이는 맨 앞줄 한 가운데 자리에 팔짱을 끼고 앉아있었다….

따돌림 때문이란 걸 대부분 선생들이 알아차렸는데, '백지동맹' 사건으로 이미 찍혀있던 요섭을

'이 자식, 두고 보자!'

하고 특히나 벼르는 사람이 있었다. 요섭의 담임이고 사회교사인 '소대가리' 양태봉 선생. 별명대로 체격도 크고 머리도 크고 주먹도 큰 사람이었다. '백지동맹' 때는 그 주먹으로 요섭의 책상을 쾅쾅 내리치기도 했었다.

사건이 나던 날, 요섭은 국어교사이자 문예반 지도교사인 김순희 선생으로부터 당선통지 엽서를 받아들었다.

한요섭 군에게.

축하합니다. 요섭 군의 작품 「포구」가 제13회 학원문학상 중등부 소설 특선작으로 결정되었습니다. 아래와 같이 준비하여 보내주시면 고맙겠습니다.

당선소감(원고지 2매 이내)

사진(자연스러운 스냅사진)

자기 일인 듯 좋아하면서 김순희 선생은 물었다.

"적당한 사진이 있어?"

"아뇨."

"그럼 새로 찍어야겠네? 가만있자… 아, 그래! 남천강 유원지 알지?"

"네."

"거기 가면 사진사가 있다. 빨리 나오는 걸로 한 장 찍어달라고 그래. 돈 있어?"

"……."

김 선생은 돈까지 요섭에게 쥐어 주었다. 시간표를 확인하면서 당부
도 했다.

"지금 점심시간이고, 5교시는 내 시간이니까 괜찮은데… 6교시가 사
회네?"

"……."

"늦으면 안 돼. 무슨 말인지 알지?"

김 선생도 알고 요섭도 알았다. 그 양태봉 선생은 자리를 비우고 있었다.

"말은 해놓겠지만…. 늦지 않는 게 좋아. 가! 빨리."

요섭은 늦어버렸다.

점심을 먹으러 갔다는 사진사가 좀처럼 돌아오지 않아서였다. 6교시
사회시간이 거의 끝나갈 무렵에야 교실에 들어설 수 있었다.

분위기가 벌써 싸늘했다. 아이들의 시선, 칠판 앞에 버티고 선 양태봉
의 표정… 그게 문제가 아니었다. 책가방이 교탁 위에 올려져 있고, 교과
서를 비롯한 내용물들이 그 옆에 쌓여 있었다. 누구의 것이겠는가. 분노로
몸이 떨려왔다. 늦었습니다… 하고 고개를 숙일 수가 없었다. 선 채로, 선
생을 마주 노려보았다.

"나와."

앞으로 나갔다.

"이건 뭐지?"

역시 그랬다. 파란 표지의 두꺼운 노트를 들어 보였다. 코앞에 대고 흔
들었다.

"이게 뭐냐고?"

"……."

속표지에는 씌어있었다.

강창성 문집.

1967년 2월 27일 밤, 문창 동산공원에서 강 선생이

'나중에 읽어봐라'

하며 건네줬던 노트는 할아버지 한정원 선생에게 뺏겼고 불태워졌다. 별다른 내용은 아니었다. 한때 문학청년이었음을 짐작하게 하는 시와 산문들이었고, 사실 수준이 높다고도 할 수 없었다. 그래도 그 마음을 기리며 한 편, 한 편, 기억에 의지해서 복원해가는 중이었다.

"이게 뭐냔 말이다, 이 자식아!"

노트로 얼굴을 후려치는 양 선생. 아프지도 않았다.

"이래도 되는 겁니까?"

"뭐?"

"늦은 건 죄송합니다. 그렇지만, 이래도 되는 겁니까?"

"이 자식이…."

주먹을 들어올리는 순간, 벨 소리가 울려 퍼졌다. 수업 끝이었다.

"좋아! 따라와!"

노트를 들고 '소대가리' 양 선생은 교실을 나갔다.

교무실로 들어서자 김순희 선생이 벌떡 일어났다.

"양 선생님! 제가 말씀드렸잖아요!"

"그게 문제가 아냐, 지금!"

반말로 받으면서 양 선생은

"이리 와!"

요섭을 끌고 교감 선생 앞으로 다가갔다.

"뭡니까?"

"교감 선생님! 문창간첩사건 기억하시죠?"

"아, 예. 기억납니다."

"이놈, 한요섭이가 그 연루자인 것도 아시지요?"

"그랬었지요."

"그랬었지요가 뭡니까? 그랬었지요가!"

"……."

"강창성이란 놈이 아직도 안 잡힌 것도 아시지요?"

"예."

"이걸 좀 보십시요!"

내던지듯 건넨 노트를 받아서 교감 선생은 한 페이지 한 페이지 조심스럽게 펼쳐보고 있었다. 요섭은 이미 체념했다. 어쩔 수 없다고. 무슨 일이 닥쳐와도 받아들일 수밖에 없다고. 단, 용서나 선처를 빌지는 않으리라고.

"이걸… 그 강창성이가 썼다고요?"

"아니지요! 이놈이 쓴 겁니다!"

"……."

"머리 좋은 놈이니까 하나하나 외워두었다가 쓴 거란 말입니다!"

"허어, 그래요…?"

사람 좋은 교감 선생은 오히려 감탄하는 표정인데,

"어디 제가 좀 봐요."

김순희 선생이 끼어들었다.

"그래요, 전문가가 좀."

교감이 순순히 넘겨준 노트를 팔랑팔랑 빠르게 훑어보고 나서 김순희 선생은 어깨를 으쓱 추켜 보였다.

"뭐가 문제죠? 그냥 시, 산문인데?"

"뭐가아?"

양 선생은 노트를 빼앗아 들더니, 한 대목을 펼치고는 큰소리로 읽어 내려가기 시작했다.

선구자
　　　　강창성

벌판에서 돌아온 사람

다시 벌판으로 떠났었지

세상 어디에도

그의 집은 없으리라

이 저녁

나도 그의 이름을 지운다

머리 한 번 쓰다듬고

기다리라는 다짐도 없이

큰걸음으로 떠난 이름

저문 벼랑 끝에서 강물 위로

몸을 던지는 대신

돌아보지도 않고 떠난 이름

한 시절의 빗돌이던 이름

이제는 아무도

부르지 않는 그 이름

그는 무엇을 찾았을까

무엇이 있었을까

이제 나 또한 떠나가면

별도 없는 어느 저녁

누군가는

내 이름에 두 줄을 그으리

어쩌면 눈물 한 방울

그 위에 번저가리.

그 아래, 짧은 산문이 붙어있었다. 독립투사 오일도의 이름을 어려서
부터 귀에 못이 박히도록 들으면서 자라났다. 1946년 8월 15일, 동산공원
에 세운 비석 제막식 때 처음 대면했고, 또 그게 마지막이었다. 그 사람이
머리를 쓰다듬어줄 때, 열두 살이던 소년 강창성은 양손 가득히 축하 떡
을 들고 있었다. 두고두고 한이 된다….

거기까지 다 읽고 나서 양 선생은 노트를 교무실 바닥에 내동댕이쳤다.
"오일도가 누구야? 월북한 빨갱이! 강창성이 누구야? 월북한 빨갱이!
강창성이 오일도를 그리워하고, 그 뒤를 따르겠다는 거 아냐! 이런 글
을 외워두었다가 정리하는 심뽀는 또 뭐야? 자기도 그 길을 가고 싶다! 빨
갱이 삼대가 아니냐고!"

"양 선생님…"

김순희 선생은 조심스러웠다.

"제가 보기엔 그 반대예요. 그 사람이 간 길도 허망하다, 그 사람을 이젠 잊겠다, 자기를 기억해주는 사람이 혹시 있다면, 그 사람도 언젠가 나를 잊겠지… 이런 글이잖아요."

"여보세요. 국어 선생만 글을 압니까? 나도 알아요! 그런 게 바로 역설적인 표현 아닙니까! 결국은 잊지 못하는 거고, 잊지 말라는 거지!"

"……."

"아, 됐고!"

양태봉 선생은, 구경꾼처럼 서 있는 요섭에게로 돌아섰다.

"너 이 자식! 장윤태도 너 때문에 휴학한 거잖아, 그렇지?"

요섭은 대답하지 않기로 했다. 다가서면서 멱살을 잡는 양태봉.

"네가 괴롭혔지? 그렇지?"

"……."

"말해봐, 임마! 잘난 입으로 왜 말을 못 해?"

"모른 척 지냈을 뿐입니다."

"왜 모른 척해?"

"그런 것도 이유가 필요합니까? 개인적으로 그냥 싫었을 뿐입니다."

"싫어?"

"예."

"그런 애국자가 왜 싫어?"

요섭은 그만 피식, 웃어버리고 말았다.

"웃어어?"

눈앞에서 양태봉의 얼굴이 일그러지더니

"이 빨갱이새끼!"

주먹과 발길이 어지럽게 날아오기 시작했다. 털썩 주저앉자

"너, 오늘 죽어봐라!"

의자를 들어 어깨를 내리쳤다. 두 손으로 머리를 감싸면서 요섭은 한마디 비명도 지르지 않았다. 지기 싫었다. 두 번, 세 번… 둥글게 몸을 웅크리기만 했다.

"애국이 웃겨? 반공이 웃겨? 웃겨?"

의자를 내던지고도 분을 못 이겨서 씩씩거리는 양태봉을 아무도 말리지 않았다. 어떡해, 어떡해… 김순희 선생의 목소리만이 들려올 뿐이었다.

"너 이 새끼, 지난봄에 뭐라고 했어? 뭐, 이런 게 교육입니까아…?"

우열반 편성에 항의하면서 요섭은 교장선생에게 질문했었다.

'이런 게 교육입니까?'

"오냐, 이런 게 교육이다, 이 새끼야!"

다시 발길질이 이어졌다. 옆으로 구르는 요섭의 몸뚱이를 두 발로 번갈아 밟아댔다.

"빨갱이새끼! 그 잘난 할애비 빽으로 살아난 놈이…"

그 말을 듣는 순간, 요섭은 자신도 알 수 없는 힘으로 벌떡 일어나고 말았다.

"아니야!"

양태봉의 우람한 몸을 두 손으로 와락 떠밀어버렸다. '소대가리' 양태봉은 교감 책상에 뒤통수를 부딪치면서 나동그라졌다.

"야, 임마!"

그제야 선생들이 우루루 달려들었다.

1970년 11월 ⑥

다음날은 토요일이었고, 오전 두 시간을 요섭은 혼자 상담실에서 대기했다. 이미 각오는 되어있었다.

"교장실로 오라셔."

급사를 통해 전갈이 왔고, 어쩐지 서늘하게 느껴지는 복도를 걸어서 교장실을 향했다.

겁날 거 없어.

교장실에는… 할아버지 한정원 선생이 와있었다. 아침까지도 아무 말 없더니… 교감선생과 양태봉도 앉아있었다. 뒷덜미에 흰 거즈를 반창고로 붙여놓고, 잔뜩 찌푸린 표정이었다.

"앉아라."

교감의 목소리는 부드러웠지만, 바로 제 책상 앞에서 벌어진 그 끔찍한 폭행을 그냥 방치했던 사람이었다. 교장을 마주 보게 놓인 의자에 요섭은 엉덩이를 걸쳤다.

정면에 교장.

왼쪽으로 한정원 선생.

오른쪽으로 교감과 양태봉.

자신이 마치 법정에 나온 피고 같지만 요섭은 꼿꼿이 허리를 세웠다.

겁날 거 없어.

험, 험 하고 교장이 목소리를 가다듬었다.

"너 스스로가 잘 알고 있겠지만, 어제 그 행동은 피교육자인 학생으로 선 도저히 용납될 수 없는 거다."

그보다 앞선 양태봉의 폭행에 대해서는 언급하지 않았다. 교복을 벗고 상처와 피멍을 보여줄까 싶었다.

"교칙대로라면 퇴학이고, 그보다 더 큰 문제도 있지만… 너 하나 살리자는 마음으로 우리가 합의를 봤다."

한정원 선생의 작품이겠지…. 요섭은 눈을 감아버렸다. 아무도 이해하지 못하겠지, 양태봉을 향해 달려들던 그 분노의 이유를… 하고 생각하니 오히려 마음이 편해졌다.

"진심으로 뉘우치고 사과한다는 전제하에, 정학 수준에서 그치기로 했다. 그러니 이 자리에서 양태봉 선생님께 무릎 꿇고 사과하도록 해라."

사과? 무릎까지 꿇고? 입술을 깨무는데

"교장선생님!"

양태봉이 먼저 나섰다.

"그것만으론 부족합니다."

"부족해요?"

"예."

"그럼 뭘 원하시오? 다 합의한 거 아니오?"

"아무래도 억울하고 분합니다. 전교생 앞에서 사과를 받고 싶습니다."

"……."

"전체조회 때 무릎 꿇고 사과해야 합니다. 학생이 선생을 폭행한 겁니다! 그것도 빨갱이….”

“양 선생!”

교감이 당황해서 말을 끊었다.

“그 얘기는 하지 않기로 했잖소!”

“예, 좋습니다. 좋고요… 어쨌든 그렇게라도 하지 않으면, 제가 어떻게 학생들 앞에 설 수 있겠습니까?”

어디까지나 피해자라는 말이었다. 빨갱이라는 사실도 눈감아주고 있는데… 이런 생각인 모양이었다. 교장도 고개를 끄덕였다.

“알겠어요. 한요섭!”

“…….”

“할 수 있겠지?”

요섭은 천천히 몸을 일으켰다.

“할 수 없습니다.”

“뭐?”

“분명히 말씀드리겠습니다. 우선 저, 빨갱이 아닙니다. 그 노트 어디에 공산주의에 대한 글이 있었습니까? 강창성 선생이 간첩이라서 그렇다고요? 가령 저 문으로 그 강창성 선생이 나갔다고 합시다. 저 문을 열고닫고 하는 모든 사람이 다 빨갱이가 되는 겁니까?”

아무도 대답하지 못했다.

“수업시간에 늦은 건 제 잘못입니다. 그렇지만 사정이 있었고, 선생님도 알고 있었습니다.”

“…….”

“학생이라고, 개인 소지품을 함부로 뒤져도 됩니까? 폭행도 제가 당한 겁니다. 교감 선생님이 바로 눈앞에서 보지 않으셨습니까! 다들 구경만 하지 않았습니까! 저는, 견디다 못해서 한 번 떠밀었을 뿐입니다!"

"다쳤잖아, 선생이!"

교감이 한마디 했지만 요섭은 더 목소리를 높였다.

"예, 처벌하십시오! 전학 가라면 가겠습니다. 그것도 안 된다면 그냥 퇴학시키십시오!"

벗어들고 있던 학생모를 바닥에 내던지고 요섭은 교장실 문을 박차듯 빠져나왔다. 문 앞에 서 있던 학생 하나가 놀라서 뒤로 물러났다. 학생회장 성재호였다.

"요섭아…."

그 눈빛도 외면하고 요섭은 학교 건물을 빠져나왔다. 곧 쫓아오는 목소리가 있었다.

"거기 서!"

한정원 선생이었다. 멈추지 않을 수 없었다. 하얗게 질린 얼굴로 할아버지가 다가왔다.

"이 게 무슨 짓이냐, 불량배도 아니고."

"……."

"돌아가서 사과해."

"사과할 일 없습니다. 다 들으셨잖습니까?"

"선생은 선생이야!"

"싫습니다."

"못 하겠으면…."

한 선생은 손가락으로 요섭의 얼굴을 겨냥했다.

"짐 싸서 문창으로 가!"

각오한 바였다. 요섭은 대답도 하지 않고 돌아섰다. 한 선생의 노한 목소리가 뒤통수를 때렸다.

"전학이든 퇴학이든, 니 애비한테 알아서 하라고 그래!"

교문을 나서서 언덕배기 길을 내려가는데

"요섭아!"

이번엔 재호가 쫓아왔다. 책가방과 모자를 들고 있었다.

"아직 포기하지 마. 우리도 그냥 있진 않을 거다."

들고 온 것을 받으면서 요섭은 고개를 저었다.

"그럴 거 없어. 끝난 일이야."

책가방은 옆구리에 끼고, 모자는 길옆 도랑에 집어 던졌다. 돌아서서 다시 걷기 시작했다.

"요섭아…."

"잘 지내라. 나중에, 고등학교에서 보자."

긴 이야기를 마치면서 미혜는 울먹거렸다.

"요섭이 안됐지, 그치…."

다들 말이 없었고, 나는 또 생각했다. 요섭이도 누군가에겐 다 얘기하고 싶어 하는구나, 그게 미혜구나…. 그리고 미혜는… 그 요섭이를 위해서 울어 줄 수도 있구나.

요섭이가 안됐다는 생각은… 글쎄, 아주 조금? 설사 비극이라고 해도 요섭이는 항상 주인공이 아닌가. 역시 대단하다는 생각이 더 컸다.

1970년 11월 ⑦

그 가을의 사건들은 그것으로 끝이 아니었다.

광도가 서울에 다녀왔다. 영란이한테 돈을 빌려서, 하루 결석하면서… 돌아온 광도의 표정은 전보다 더 어두워졌다. 요섭이처럼 무단조퇴를 하기 시작했다. 요섭이는 교문으로 걸어 나가고 광도는 담장을 뛰어넘었다. 둘이 어울리는 것 같지는 않았다. 문창도 넓다.

소문도 있었다. 광도가 서울 갔던 날 저녁에, 엄마 오유라 씨가 강물에 투신했다는 내용이었다. 뒤를 밟던 창수가 겨우 구해냈다고… 돌아온 광도에게 이렇게 말했다고.
'서울 가지 마.'
'내 눈에 흙이 들어가기 전엔 안 돼.'

문창리에 전화가 들어왔다. 검은색 전화기에 달린 손잡이를 돌리면 우체국 교환대에 앉은 교환원이 받아서 연결해주는 방식이었다.
우리 집은 161번. 개통한 지 이틀 만에 아버지 전화를 받았다.
"너, 일고 들어갈 수 있지?"
남강에는 남강제일고, 남강고, 남녀공학인 남강중앙고, 남강상고, 남강농고, 남강여고, 남강여상이 있다. '일고'라면 남강제일고. 제일 세다.

"들어갈 수 있지?"

아니라고 대답할 수 없는 목소리였다.

"예."

그리고… 요섭에 이어서 또 한 명의 전학생이 왔다.

유인실.

서창포에 있는 서포중학교에서 왔다. 역시 뭔가 사고를 쳤겠지만 자세한 내막은 알 수 없었다. 껑충하게 키가 컸고, 그다지 예쁜 얼굴은 아니었는데 늘 살짝 흘겨보는 듯한 눈빛이 매력적이라고 남자애들은 입을 모았다. 영화배우 유안나의 동생이라는 게 또 화젯거리였다.

우리는 알지 못했다.

짝짝 소리 내어 껌을 씹으면서 기린처럼 성큼성큼 걸어 다니는 그 여자애가 두고두고 요섭이의 발목을 잡을 줄은. '천재' 한요섭의 늪이 될 줄은.

1971년 2월

졸업식이 끝났다.

결국 나타나지 않았지만, 방학을 빼면 두 달도 채 다니지 않은 문창중의 졸업식 또한 요섭이의 독무대였다. 제법 큰 '학원문학상' 트로피를 창수가 대신 받았다. 학교 이름은 남강제일중으로 박혀있다고 했다. 지난해 나온 『학원』 12월호에는 사진도 당선소감도 없이 작품만 실렸다. 우리도 읽었다.

졸업식을 전후해서는 이틀 전에 있었다는 남강제일중 졸업식 소식이 온통 화제였다. 요섭의 친구이고 '동지'였던 학생회장 성재호가 사고를 쳤다. 중학교 졸업식도 재학생 대표가 '송사'를 하고 졸업생 대표가 '답사'를 한다. 그 답사를 성재호가 거부했다는 것이었다. 마이크 앞에 서서 약 5분쯤 침묵을 지켰는데 당황한 선생들이

'너, 왜 이러니?'

'좋게 가자, 응?'

'끝까지 이럴래?'

달래고 위협했지만 흔들리지 않았다고 했다. 요섭이가 당한 일에 대한 항의라는 것을 선생들도 알고 학생들도 알았다. 교육감을 비롯해서 내빈들이 가득한 남강시민회관 식장에서 교장선생은 큰 망신을 당한 셈이

었고, 자리로 돌아오는 성재호에게 졸업생들은 모두 박수를 쳐주었다고. 외치는 아이도 있었다고.

'성재호 만세!'

'한요섭 만세!'

요섭이는, 두 학교를 다 졸업한 셈이었다.

우리들은 옛 우물 나무 뚜껑 위에 요섭이의 트로피 상자를 올려놓고 모여 섰다. 요섭이 외에도 창수와 광도, 그리고 나는 모두 남강제일고에 합격했다. 정원이 3백 명이었는데, 남강제일중에서 '동일계 진학'으로 무시험 입학하는 학생들을 빼고 50여 명만을 타 중학교 출신으로 선발했다. 2대 1이 조금 넘는 경쟁을 우리 넷은 무난히 넘어섰다. 그러니까 나도, 전화상으로만 이루어졌던 아버지와의 약속을 지켰다. 확인 전화는 오지 않았다.

요섭이, 광도, 나는 버스 통학을 하기로 했고, 창수는 이미, 4~5평쯤 된다는 신문사 남강지국에서 야전침대를 놓고 지내는 중이었다. 배달 자리를 알아보다가 아예 인수해버렸다. 역시 이입삼 선생 명의였고 자금도 신세를 졌다. 수익을 반씩 나누기로 했다는데 얼마나 되는지, 과연 꼬박꼬박 따져 받을지는 알 수 없었다. 문창지국과는 규모가 달라서 배달원만 일곱이라던가, 여덟이라던가. 창수도 물론 배달까지 하는데, 해보다 힘들면 상고 야간부로 전학할 계획이라고.

영란이는 진학을 포기하고 빵집 일에만 매달리기로 했다. 장기적으로는 식당으로 바꾸겠다는 계획이었다. 최근 들어 문창을 찾아오는 낚시꾼들이 부쩍 늘었다며 영란이는 눈을 빛냈다. 그런 꿈이 아니더라도 원래

고등학교까지는 어려운 사정이기도 했다. 그다지 넉넉하지 못한 집안의 5남매 중 맏이였다.

그래도 늘 호탕한 영란이는 광도가 없는 자리에서 킬킬거리기도 했다.

'장사꾼이 중졸이면 차고 넘치지 뭘. 박태출 회장은 무학인데!'

미혜는… 남강여고에 올라갔다.

"이거, 어떡하지?"

창수가 턱짓으로 트로피를 가리켰다.

"저기 있긴 한데….'

영란이는 벤치에 앉으면서 동산 쪽을 가리켰다.

"벌써 취했을걸…?"

"난 시내 들어가봐야 해서…. 집에 좀 가져다주지?"

"너네 집엔 안 들러?"

"집은 무슨…. 내 꺼도 좀."

제 몫의 졸업장과 상장, 부상을 영란이에게 안기는 창수였다. 광도에게는 부탁하지 않았다.

"야! 내가 다 어떻게…!"

영란이가 비명을 지르는데

"요섭이 껀 나 줘."

끼어든 사람은… 유인실이었다. 광도보다도 살짝 더 큰 키, 변함없이 짝짝 껌을 씹고 있는 인실이는 집이 있는 서창포 서포종합고등학교에 가게 되어있었다.

'그깟 학교, 뭐가 중요해? 난 어차피 서울 가서 패션모델 할 건데!'

큰소리를 치는가 하면 이런 말도 했다.

'난 진짜 최고 아니면 연애 안해! 진짜 부자, 진짜 깡패, 진짜 최고 천재!'

"있는 데 알아."

제 것인 양 트로피와 상장을 챙겨 들자 창수가 미간을 찌푸렸다.

"우리도 알아. 놔둬."

"나하고 약속이 돼있다니까!"

눈 흘기며 돌아서는 인실이를 아무도 붙잡지 못했다.

"에이, 난 모르겠다…."

창수가 가고, 광도가 소리 없이 사라지고… 둘만이 남자 영란이는 한 아름 짐을 끌어안으면서 일어났다.

"따라가보자."

인실이는 동산으로 올라가고, 영란이와 나는 그 아래 동산공원에 멈춰 섰다.

"좀 쪽팔린다, 그지?"

어깨를 추켜 보이는 영란이는 표가 나게 초조한 표정이었다. 사실 나도 그랬지만 궁금증이 더 컸다. 믿기 어려웠다. 약속이 돼 있다고? 둘이 언제부터 그렇게? 요섭이가 서창포에 자주 가기야 했지만 설마?

얼마나 지났을까.

"안 되겠다, 인호야."

제 짐을 몽땅 내게 안기더니, 영란이는 인실이처럼 큰 걸음으로 동산 오르막길을 올라가기 시작했다.

'박태출 회장 애향공덕비' 아래 네 사람 몫의 졸업장과 상장, 상품들을 내려놓고 나는, 공원을 천천히 한 바퀴 돌았다. 언젠가 미혜가 들려준 이야기를 떠올리면서.

1967년 2월 27일, 바로 그날 저녁에 요섭이를 데리고 와서 강창성 선생은 물었다고 했다.

'옛날에 여기 어떤 비석이 있었는지는 알고 있니?'

'예, 창수 할아버지.'

'지금 이 비가 무슨 의미인지도 알 테고.'

'예.'

'두 비석 다, 같은 사람들이 세운 거다.'

'……'

'언젠가는 이 비석도 사라지고, 다른 사람의 비가 설 수도 있겠지.'

'……'

'나는 거기, 이렇게 새겨져 있었으면 좋겠다. 한, 요, 섭.'

두 바퀴째를 다 돌기 전에 영란이는 내려왔다. 벌겋게 상기된 얼굴이었다.

"가자, 인호야."

그날 이후로 영란이는 거의 1년 이상이나 요섭이와 말을 섞지 않았다.

나는 그때 동산공원을 걸어 나오면서 미혜를 생각했다. 요섭이도 이 일만은 얘기하지 못하겠지… 하다가, 나 스스로 놀라지 않을 수 없었다. 뭔가 마음이 놓이는 듯한 느낌이 들어서였다.

1972년 8월

광도 엄마, 오유라 씨가 죽었다.

끝내 마을 앞 남천강에 빠져 죽었다. 광도는 전혀 눈치채지 못했다고 했고, 창수는 남강에 있으니 새벽에 집을 나가는 고모의 뒤를 예전처럼 쫓아갈 수 없었다.

끝내 비밀을 간직하고 떠난 셈이었다. 강창성 선생과 함께 떠났던 것인지 아닌지. 함께였다면 목적지는 어디였는지. 왜 혼자만 태창그룹 사람들에 의해 정신병원에 넣어졌는지. 강창성 선생의 행방에 대해 아는 것이 있는지. 그리고… 소꿉친구였던 두 사람이 정말 서로 사랑했던 것인지.

창수네 일가의 선산은 문창산 중턱에 있다. 천하명당이라던 그 한구석에 묘를 썼다. 어쨌든 출가외인이 아니냐며 문중 사람들이 반대했지만, 창수 아버지 오희재 씨는 들은 척도 하지 않았다. 삼우제를 마치자마자 광도를 데리고 서울로 갔다. 광도는 작별인사도 없이 문창을 떠났다. 남겨진 소문이 이랬다.

'내 눈에 흙이 들어가기 전엔 못 보낸다.'

광도 엄마만 버팅긴 것이 아니라, 박태출 회장 또한 그동안

'제 에미가 손을 잡고 와서 사정하기 전엔 거둬주지 않겠다.'

하며 맞고집을 부려왔다고.

얼마 지나지 않아 창기도 일본으로 떠났다. 같은 남강역에서 기차를 타고, 광도와는 반대 방향인 부산으로 광춘이와 함께 갔다.

형인 동기가 군에 입대하면서 보스인 '호택이형' 아니 '황 사장'에게 간청을 했고, 광춘이가 몇 차례나 부산을 오가면서 그쪽 '업자'들과 접촉했다. 연락만 오면 출발한다면서 8월 초부터 미영빵집에 머물며 대기하고 있었다.

소식을 받은 날 저녁, 창기는 나를 미선이 묘 앞으로 불러냈다.

"나, 드디어 간다."

감회 어린 목소리였지만, 무어라 기분을 맞춰주기 어려웠다. 축하한다고 할 수도 없어서

"철이는 괜찮아?"

조카 애를 입에 올려버렸다.

"어, 서울 가는 줄 알아."

이제 일곱 살인 철이는 동문시장의 마스코트 같은 존재가 되었다고 들었다. 귀염성 있는 얼굴에 넉살까지 좋아서 모든 가게 모든 상인들이 예뻐한다고 했다. 한 가지 난처한 것은 가끔씩

'나, 원래 이름은 마이클이야!'

하고 우기는 일이었다. 어째서 그러냐고 물으면 입을 다물어버렸다. 창기가 아무리 혼을 내도 소용없었다.

'너, 마이클이 진짜 이름이야, 철이가 진짜 이름이야?'

하고 묻던 시장 사람들이 이젠 '마철이'라고 부른다면서 창기가 씁쓸하게 웃은 적이 있다.

'그 동네에선 마이클이라고 했던 모양이야…'

누나는 '철이'라고만 했는데… 어쨌든 소문은 차츰 사실과 비슷하게

나버린 모양이었다.

그래도 창기네 식구들은 꿋꿋하게 살아가고 있었다. 어머니는 노상에서 나물 장사를 하고, 아버지는 청소도 하고 리어카도 끌고, 마철이는 뒤에서 미는 시늉으로 쫓아다니고…. 그 모습들을 떠올리는지 잠시 말이 없던 창기가 이윽고 입을 열었다.

"인호야, 잘 들어."

"어."

작별인사인가 했는데 아니었다.

"광도 엄마 죽을 때 말야…. 우리, 거기 있었어. 광춘이하고 나하고."

"……."

"광도도 있었어."

"……."

"새벽에 바람 쐬러 나갔었거든."

광도 엄마가 분명했다. 강변 자갈밭에 서서 검은 강물을 바라보고 있었다. 날이 조금씩 밝아오면서 점점 더 뚜렷이 모습이 드러났다. 바람에 날리는 긴 머리, 소복 같은 흰 한복차림, 원래 키가 큰 편인데 이상하게 많이 작아진 것처럼 보였다. 움직이기 시작했다. 강물 쪽으로.

"저거…."

"조용해."

광춘이는 입술에 손가락을 세워 보였다.

"저거…."

한 발 한 발 물속으로 걸어 들어갔다. 발목에, 무릎께에, 허리춤에… 강물은 점점 더 깊어지고 광도 엄마는 조금씩 조금씩 묻혀들어갔다. 바람이 더 거세게 머리칼을 날렸다.

"안 돼!"

일어나려는 창기의 어깨를 광춘이가 힘주어 붙잡았다. 손가락으로 자갈밭 건너 홀아비바위 쪽을 가리켰다. 그 아래 숨듯이 서서, 강물을 지켜보는 사람이 있었다. 광도였다.

"뭐야?"

"가만히 있어."

"야…."

자갈밭 좌우로 갈대숲이 펼쳐져 있어서, 광도 편에서는 이쪽이 보이지 않는 모양이었다. 제 엄마만을 바라보고 있었다. 온몸에 소름이 돋는 것 같았다.

"가만히 있어, 가만히."

귓가에 대고 이르는 광춘이의 목소리도 음산하기만 했다.

'이게 뭐야…?'

쑤욱, 광도 엄마의 머리가 꺼져 들어갔다. 광도는 꼼짝도 하지 않았다.

'안 돼!'

어떻게 된 것일까? 한 손이 불쑥 솟아오르더니 마구잡이로 허공을 휘저었다. 첨벙첨벙 물거품이 일고, 외치는 소리가 들리는 것만 같았다.

'살려줘!'

'죽기 싫어! 이게 아니야!'

'광도야! 창수야!'

'누구 없어요?'

광도는 움직이지 않았다. 바라보고만 서 있었다.

창기의 눈앞이 흐려지는데… 휘젓던 손마저 사라졌는데… 물거품이 잦아드는데… 광춘이는 더 나직하게, 더 음산하게 속삭였다.

"죽는 게 사는 거야…."

"광도는 그냥 떠나더라. 끝까지 우리를 보지 못하고. 그렇게 된 거야."

나는 몸을 떨지도 못했다. 내가 새벽 강물 속으로 빠져 들어가는 느낌이었다. 마지막의 그 허우적거림은 무엇일까…. 모두가 무서웠다. 광도 엄마나 광도나 광춘이나 창기나.

"광춘이하고 나, 둘이만 알고 있기로 했어. 영란이한테도 비밀."

그런데 왜?

"생각을 해보니까, 우리 말고 누구 하나는 꼭 알고 있어야 할 거 같애."

"……."

"나, 꼭 돌아오겠지만… 사람 일은 모르는 거 아냐? 또 광춘이는… 그인생, 앞날을 어떻게 보장하냐? 안 그래?"

대답할 수 없었다. 왜 나에게?

"자기 엄마가 죽는 거… 광도는 보고만 있었어. 그래서 서울로 갔지. 나하고 광춘이도 결국 마찬가지…. 넌, 알고 있어야 돼. 우리가 한 짓…."

"……."

창기는 후우 하고 한숨을 토해냈다.

"그래도 이젠 좀 낫다. 떠날 수 있을 거 같애."

대신 나는 엄청난 짐을 떠안았다. 견뎌낼 수 있을까? 툭, 어깨를 치는 창기.

"인호야, 안 잊어버렸지?"

"뭐?"

"우리 편."

창기, 광춘, 영란, 나, 그리고 미선이… 다른 편은? 윤태, 광도, 창수, 요
섭이, 미혜… 창기가 몸을 일으켰다.

"잊지 마."

1972년 10월

10월 17일.

아침도 아닌 밤 7시에 대통령 특별선언이 있었다. 이날 하교하는 학생들에게 선생들은 일렀다.

"내용은 모르지만 중대발표가 있으니 TV를 꼭 보거라. 없는 집은 라디오라도 들어라."

"친애하는 국민 여러분!

나는 우리 조국의 평화와 통일 그리고 번영을 희구하는 국민 모두의 절실한 염원을 받들어 우리 민족사의 진운을 명예롭게 개척해나가기 위한 나의 중대한 결심을 국민 여러분 앞에 밝히는 바입니다…."

2개월간 헌법 일부의 효력을 정지시킨다고 했다.

국회를 해산하고 정당 및 정치 활동을 금지한다고 했다.

비상국무회의가 헌법 기능을 대신 담당한다고 했다.

그날 이후 비상계엄령이 선포되고, 대학에는 휴교령이 내려지고, 언론과 출판에 대한 검열이 행해지고 유신헌법 초안이 발표되었다. 해산된 국회는 건너뛰고 11월에 찬반 국민투표를 실시한다고 했다.

개헌안의 핵심은 '통일주체국민회의'였다. 국민들의 직접선거로 그 대의원을 선출하고 의장은 대통령이 맡아서 통일정책에 대한 논의와 결정을 전담한다고 했다.

대통령직선제는 폐지되고 통일주체국민회의에서 대통령을 선출한다. '체육관 선거'의 시작이었다. 국회의원 정수의 3분의 1을 통일주체국민회의에서 선출한다. 대통령 몫이라는 얘기였다.

아직 투표권이 없는 우리들에게도 교장이나 일부 교사들은 목청을 높였다.

국난극복을 위해!

능률적인 국정운영을 위해!

남북통일을 앞당기기 위해!

한국적 민주주의의 토착화!

이른바 '10월 유신'의 시작이었지만, 사실 1971년 12월 6일에 이미 예고되어 있었다. 박정희 대통령은 국가안보를 위해서라는 명분으로 '국가비상사태'를 선언했다. '국가보위에 관한 특별조치법'도 만들었다. 대통령은 필요 시 국가비상사태를 선포할 수 있고, 집회나 시위를 규제하고 언론·출판에 대해 특별조치를 취할 수 있고, 특정 근로자의 단체행동권을 제한할 수 있고…. 유신으로 가는 사전 작업이었다.

우리들의 친구 요섭이도 어쩌면 이런 작업에 일조한 셈이었다. 1972년 봄, 서울에서 '국가비상사태 극복을 위한 전국학생글짓기대회'가 열렸는데 고등부 3등을 했다. 그리고… 장윤태가 1등이었다. 도 예선에서는 요섭이가 1등, 장윤태가 2등. 윤태는 남강중앙고 1학년이었다. 1년 휴학

후에 중앙고를 선택했다. 우리 친구들, 누구보다도 요섭이를 피해서인 것 같았다.

글 제목은 「나는 반공소년이다」.

강연 활동은 접었다지만 여전히 '반공소년'이라 외치고 있었다.

요섭이는 「농촌에서 띄우는 편지」.

'그냥 서울 구경 갔다 온 거야.'

싱글싱글 웃기만 했다. 1등이나 3등이나, 무슨 의미가 있느냐는 듯이. 국가비상사태나 무엇이나.

10월 유신.

분명한 실체는 알 수 없지만, 하늘 가득 비구름이 밀려오는 것 같은 불안감이 우리에게도 있기는 했다. 그 막연한 불안감을 품고 묵묵히 학교에 나갔다. 월요일엔 애국 조회를 하고, 금요일이면 교련복을 입고서 교련 조회를 하고, 1주일에 두 번씩 교련시간마다 총검술을 하고, 7교시 이후에도 보충수업을 받고… 아무도 정치 얘기는 하지 않았다. 대신 11월에 있을 전교회장 선거를 입에 올렸다. 이미 세 명이 출마 의사를 밝혔다.

성재호.

오창수.

김우석.

중학교 때 각각 회장이었던 재호와 창수는 그렇다 치고, 김우석은 좀 의외였다. 문과 수석을 다투는 우등생이었다. 본인 의사와 관계없이 요섭이를 거론하는 친구들도 제법 있었지만, 자격 미달이었다. 이번부터 학생회장 후보는 성적이 평균 80점 이상이라야 된다고 학교 측에서 못을 박았다. 교장의 결정이라고도 했지만 '높은 곳'에서 내려온 지침이라는 말을 아이들은 더 믿었다. 어쨌든 전례 없는 조치였고 요섭이는 이젠 낙제를 걱정해야 하는 열등생이었다.

문제아이기도 했다. 1주일에 2~3회는 담을 넘어 무단조퇴를 했고, 결석도 드물지 않았다. 주로 어딜 가는지 나는 알고 있었다. 서창포…. 누구를 만나는지도 짐작은 할 수 있었다.

살얼음을 밟는 듯한 그 가을에도 요섭이는 변함없이 담을 넘었고, 나는 늘 그렇듯 조용하게 지냈다. 유신이니 독재니 해도 내게는 그저, 산 너머에서 솟아오르는 검은 연기 같았을 뿐이었다. 불이 났구나, 큰 불일까? 저 산을 다 태우지는 않을까? 그래도 뭐 우리 동네까지야….

하지만 모두가 나처럼 생각하고 있는 것은 아니었다. 열일곱 살, 열여덟 살… 다들 어렸지만, 더는 어리지 않은 친구들도 있었다.

1972년 11월 ①

학생회장 선거가 사흘 후, 후보들의 정견발표가 이틀 뒤로 다가온 화요일 오후였다. 웬일로 조퇴를 하지 않고 있던 요섭이가 다가왔다.

"짜장면 먹으러 안 갈래?"

두 번 함께 간 적이 있었다. 중앙극장 앞에 있는 동아반점 3층 구석방에 앉아서 기다리자 광춘이가 왔고, 탕수육과 짜장면을 시켜주었다. 나를 빼고 둘은 고량주도 마셨다.

"싫어?"

"아냐, 가."

짜장면도 짜장면이지만, 나는 요섭이의 말에 고개를 저어본 적이 없었다.

예전 그 방에 자리를 잡았는데, 광춘이는 오지 않고 다른 아이들이 하나씩 나타났다.

성재호, 회장 후보.

오창수, 회장 후보.

김우석, 회장 후보.

정형길, 부회장 후보.

김우석과 정형길은 러닝메이트였다. 회장 후보는 셋인데 부회장 후보는 하나, 그러니까 정형길은 이미 당선된 거나 마찬가지였다. 재호는 끝까지 요섭이를 설득했다고 나는 알고 있었다. 손을 잡자, 부회장은 성적 제한이 없지 않냐…. 요섭이는 웃기만 했다고 들었다.

요섭이는 짜장면, 탕수육에 난자완스까지 주문했다. 고량주도 빼놓지 않았다. 요섭이야 이미 술꾼이었지만 재호도 연거푸 잔을 비웠다. 우등생이자 모범생 김우석까지도

"한 잔만."

하고 잔을 내밀었다. 창수와 나와 정형길은 마시지 않았다. 짜장면이나 요리나 맛을 느낄 수가 없었다. 왜 나를 데리고 왔는지?

"자, 재호야."

웬만큼 먹고 마신 뒤에야 요섭이가 입을 열었다.

"조용한 장소에서 다들 보자고 했으니까, 이제 시작하지?"

재호의 부탁으로 모임을 주선한 모양이었다. 열등생에 문제아가 되었어도 요섭이의 영향력은 작지 않았다.

"잠깐."

재호는 등 뒤로 문을 열고 통로 쪽을 살폈다.

도로 닫고 돌아앉는 표정이 예사롭지 않았다.

"유신헌법, 다들 어떻게 생각해?"

불쑥 내민 칼날이나 마찬가지였다. 아무도 선뜻 대답하지 못했다. 국민투표는 11월 21일. 다음다음 주였다.

"우선…."

대답을 기다리지 않고 재호는 책가방에서 몇 장의 16절지를 꺼냈다. 한 장씩 나눠주었지만 내 몫은 없어서 다행이었다.

"거기 적힌 대로야."

재호는 조금 쉰 듯한 목소리를 냈다.

"그게 유신의 배경이고, 진짜 계획이야. 유신? 한마디로 하면 박정희와 군사정권의 영구집권, 그 이상도 이하도 아니야."

"……."

"어때, 소감들이?"

아무도 대답하지 않았다.

"아무렇지도 않아?"

"재호야."

요섭이가, 읽고 난 종이를 내 앞으로 밀어놓았다. 나는 읽을 수 없었다.

"다 알겠는데… 그래서 뭘 어쩌자는 거냐? 구체적인 얘기를 해."

"좋아."

끄덕이면서 재호는 네 장을 모두 거둬들였다. 성냥통을 끌어당겨 불을 그어서 한 장 한 장 태우기 시작했다. 화르르 타올라 빈 그릇에 내려앉는 검은 재를 보면서 나는 옛날 일을 떠올렸다. 미선이 묘에서 요섭이가 졸업장, 손으로 쓴 그 졸업장을 태워 소지 올리던 일을. 요섭이도 같은 생각이었을까… 남은 재를 훌훌 털어버린 손바닥으로 재호는 탕! 하고 탁자를 두들겼다.

"우리, 데모하자!"

"……."

"모레, 정견발표장에서 떨치고 일어나는 거야!"

데모? 유신반대 데모? 그러면 학생회장 선거는 파장이 되어버린다. 그뿐인가, 그 후에 닥쳐올 일들은… 생각하기도 겁이 났다.

창수는 늘 그렇듯 표정의 변화가 없었다. 쉽게 말하지 않지만, 일단 말하면 실행하는 스타일이었다. 무리하다 싶은 일도 밀어붙인다. 이입삼 선생과 동업자가 된 것만 봐도 알 수 있었다.

김우석은 당황한 기색이었지만 여전히 침착했고, 정형길은 검은 테 안경을 자꾸만 밀어 올리며 어쩔 줄을 모르고 있었다.

요섭이는 이미 예상하고 있었던 듯했고, 재호는 목소리를 더 내리깔았다.

"그냥 있을 수 없는 거 아냐? 지금 남강대는 휴교 중이라서 움직이지 못하고 있어. 우리가 나서야 돼. 우리가 일단 일어나기만 하면 남강고, 중앙고, 농고, 상고… 다 연계할 수 있어. 내가 책임진다."

"우린 고등학생이야."

정형길의 신중한 반응에 재호는 언성을 높였다.

"사일구를 생각해 봐. 고등학생이 어려? 우리 학교를 선두로 남강의 오개 고등학교가 전국에서 가장 먼저 일어났다! 이건 역사가 되는 거야…."

"……."

"나 혼자 추진할 수도 있지만, 우리가 다 함께 나서면 전교생이 두말없이 따를 거야."

"삼학년은?"

김우석이 물었다. 대학입학 예비고사가 눈앞에 닥쳐와 있었다.

"강요는 하지 않아. 선택에 맡기겠지만, 제법 동참할 거라고 봐."

"취지는 좋아, 그렇지만…."

정형길은 아예 안경을 벗어 내려놓았다.

"시간이 좀 필요하지 않을까? 그러니까 내 말은, 일단 회장선거를 치르고, 회장 당선자가 추진하면 더 좋지 않을까…."

"시간이 없어!"

재호는 단호하기만 했다.

"국민투표까지 얼마 안 남았기도 하고, 이런 일은 그냥 전격적으로 해치워야지, 신중론으로 시간을 끌면 꼭 문제가 생겨. 역사가 다 그래."

"……"

"또, 선거가 끝나면 이 중에도 당선자가 있고 낙선자가 있지…. 서로 입장이 달라지는 거야. 네 사람의 입후보자가 선거도 때려치우고 나섰다! 얼마나 명분이 서겠어? 안 그래?"

재호의 논리와 기세는 거의 압도적이었다. 창수가 먼저 대답했다.

"난, 하겠어."

나는 떠올리지 않을 수 없었다. 창수의 아버지와 할아버지와 증조부를.

이북방송 상습청취로 집행유예.

월북한 빨갱이 독립운동가.

친일파 대지주.

"넌?"

김우석의 대답은 엉뚱했다.

"담배 있냐?"

멈칫했던 재호가 책가방에서 담뱃갑을 꺼냈다. 한 개비 뽑아주고 불까지 붙여주었다. 문과 수석 김우석은 깊게깊게 연기를 빨아들였다가 파랗게 뿜어냈다.

"다들 한다면, 나도 빠질 생각은 없어."

"형길이는?"

"난 러닝메이트야. 우석이가 한다면…."

"네 생각을 말해!"

"한다고."

"좋아! 다들 고맙다!"

재호는 앞에 놓인 잔들을 채우기 시작했다. 고량주, 고량주, 고량주, 엽차, 엽차, 엽차… 창수가 엽차잔을 밀어내고 고량주 작은 잔을 잡았다. 하얗게 웃으면서 재호가 술을 따라주었다.

　"자, 건배하자. 내가 유신, 하면 너희들은 반대! 알았지? 자, 유신!"

　"반대!"

　쨍—. 여섯 사람의 잔이 허공에서 만나는 소리가 귀를 울렸고, 나는 마치… 심장이 뚝 떨어지는 듯한 느낌이었다. 엽차잔을 든 손이 떨려왔다.

　이게 뭐야? 나도…?

　"요섭아."

　탕수육 한 점을 씹어 넘기고 나서 재호는 옆에 앉은 요섭의 어깨를 감싸 안았다.

　"넌 시국선언문을 써줘."

　요섭이는… 재호의 팔을 떼어냈다.

　"난 빠질게."

　모두 동작을 멈췄다. 다들 숨도 쉬지 않는 것 같은 침묵이 내리깔렸다.

　"우리가 다 하는데…."

　한참 만에야 재호가 입을 열었다.

　"천하의 한요섭이가 빠진다고?"

　"아니, 하지. 나도 하는데…."

　요섭이는 한 마디 한 마디 또박또박 힘주어 대답했다.

　"그냥 참여만 할게. 전교생 중의 한 명으로. 그렇지만, 무슨 특정한 역할을 맡진 않을 거야. 너네 네 명이면 충분해. 더 이상 얘기하지 마."

　거의 넋을 잃고 있는 아이들을 두고 요섭이는 일어났다.

"인호야, 가자."

카운터에 앉아있는 주인에게 다가가서 요섭이는 뒤처리를 잊지 않았다.
"다른 애들은 더 있다 나올거구요, 계산은 김부장 앞으로 해주세요."
광춘이는 이제 '김 부장'으로 통했다.
펼쳐 읽던 신문을 접으면서 주인은 물었다.
"무슨 일들 있어?"
"여자친구 때문에 싸워서, 화해하러 온 거예요. 조용히 좀 놔두세요."
화교라는 주인은 이를 드러내며 웃었다.
"조오을 때다…."

밖은 이미 어두워졌고, 가랑비가 내리고 있었다. 남강의 최고 번화가
인 중앙통 밤거리를 우리는 나란히 걸어 나왔다. 비는… 맞을 만했다.
"재호, 대단하지?"
들고 있던 학생모를 쓰면서 요섭이 물었다.
"어."
"혈통이 투사 혈통이야."
"……."
"너, 강영성 씨 사건 알지? 신문사."
친일경찰 출신 남강서장 현태남, 젊은 기자 강영성, 4·19, 5·16, 필화
사건…. 현창국!
"알아."
"그때 편집국장이 재호 아버지였어. 성경수 씨라고. 글을 쓴 건 강영성
씨였지만, 그 글을 실은 건 성경수 씨였지."

"……."

"같이 짤리고, 같이 국토건설단 다녀오고… 지금까지 폐인으로 살지. 재호네 집, 너 모르지?"

"어."

"강 건너."

'강 건너'란 그냥 '강을 건너서'라는 말이 아니었다. 남천강 북쪽 산등성이에 자리 잡은 빈민촌을 가리키는 말이었다. '피난민 동네'라고도 했다. 거기 산다고? 재호의 교복 차림은 늘 고급스럽고 단정하기만 했다. 부잣집 아들 같았다.

"대단한 거야, 성재호…."

중얼거리면서 요섭이는 한 발짝 앞서나갔다. 부지런히 그 뒤를 쫓아가는데… 마주 오다가 우뚝 멈춰서는 사람이 있었다. 덩치가 크고, 우산 아래 드러난 얼굴도 컸다. 지나쳐가는 요섭이를 노려보고, 나를 훑어보고… 표정과 눈빛이 예사롭지 않았다. 뒷덜미를 잡아챌 것만 같았다.

중앙통의 한쪽 끝인 우체국 앞에 이르렀을 때야 요섭이가 불쑥 내뱉었다.

"소대가리야."

'소대가리 양태봉.' 요섭이를 문창중으로 쫓아냈던 장본인. 지금은 남강농고로 옮겼다는데… 조심스럽게 돌아보았지만, 빗줄기와 불빛과 행인들 속에 이미 묻혀버린 뒤였다.

"저래 봬도…."

요섭이는 걸음을 늦추지 않았다.

"클래식 애호가라더라. 지금 음악감상실 가는 걸 거야."

181

1972년 11월 ②

비를 계속 맞으면서 요섭이와 나는 남천강 유원지에 이르렀다. 강을 따라가는 산책로에서도 걸음을 멈추지 않았다. 요섭이는 앞에, 나는 두어 발짝 뒤에.

"인호야."

"어."

"내가 빠진다고 해서 이상했어?"

"약간."

"이젠 말야, 남들 앞에 서는 일… 하고 싶지 않아서 그래."

"……."

"남들이 기대하는 대로 살지 않으려고, 이젠."

요섭이가 멈춰 섰고, 우리는 어두운 강물을 내려다보고, 역시 불빛 하나 없는 강 건너편을 바라보았다. 늘 그랬듯이 나는, 요섭이의 말 뒤에 숨은 말들을 더듬어보고 있었다.

"인호야, 미안하다. 나… 너, 이용한 거야."

알 수 없는 말이었다.

"이런 일일 거라고 예상했고, 어쩌면 설득당할 수도 있겠다 싶었거든. 재호하고 나하고는 그런 사이잖아."

"……."

"인호, 네가 옆에 있으면 흔들리지 않을 것 같아서…. 사실 너 때문에 내가 노, 할 수 있었던 거야. 미안하다."

이젠 알 수 있었다. 씁쓸한 기분이 없지 않았지만, 그래도 도움이 되었으니 다행이라는 생각이 더 컸다.

그치지 않는 비를 맞으면서 어둠 속에 서 있으려니, 있었던 일이 모두 꿈만 같기도 했다.

한요섭.

성재호.

오창수.

김우석.

정형길.

다섯 명이 한자리에 모였고, 거기 나도 있었다니. 유신반대 데모를 결의하고, 나도 엽차잔이나마 마주 부딪쳤다니…. 이틀 후면 전교생이 거리로 쏟아져 나간다니, 나도 거기서 무언가 외치고 있을 거라니…. 실제로 일어났고 일어날 일이라니…. 모든 게 끝났을 때 나는 어디에 서있을까? 요섭이의 위치는 알 것 같았다. 역시 요섭이는 재호보다도 더 대단했다. 그렇게 재호를 인정하면서도 거부하고 일어날 수 있었으니까… 진짜 용기였다. 말로는 내 덕이라고 했지만.

"인호야, 들어볼래?"

"……."

"나, 시 하나 썼다."

내일이 지나간다

내일이 지나간다
백년 뒤에 내릴 비가
앞서가는 이의 어깨를 적시고
살아보지 못한 날들의 추억
아직 오지 않은 사랑이
남겨놓은 상처
뜨기도 전에 떨어져
젖은 별들을 밟고 가며
나는 소망한다
언젠가는 나도
소년이 되리라.

눈물이 날 것 같았다. 하지만 '아직 오지 않은 사랑'이라고? 미혜는?
유인실?

이런… 하고 나는 속으로만 나에게 혀를 찼다. 이런 날, 이런 장소, 이
런 순간에까지… 나란히 서 있는 요섭이에게 정말로 백 년쯤 뒤처진 것
같았다.

요섭이는 다음날 학교에 나오지 않았다. 그다음 날도, 또 다음 날도.

1972년 11월 ③

목요일, 정견발표회는 열리지 않았다. 자연히 데모도 없었다. 3교시 끝난 쉬는 시간에 입후보자 네 명은 상담실로 호출당했다. 남강경찰서 형사들이 기다리고 있었고, 교문 앞에는 지프차 두 대가 대기 중이었다.

'학교에서 이래도 되는 겁니까?'

버팅기는 성재호를 구둣발로 걷어차면서 질질 끌고 갔다는 후문이었다. 교장선생은 항의는커녕 그 등 뒤에서

'미안합니다, 미안합니다…'

허리만 굽혀대고 있었다던가. 요섭이는 결석이고, 나를 찾는 사람은 없었다.

금요일, 김우석과 정형길은 학교에 나왔다. 재호와 창수는 소식이 없었고, 역시 아무도 나를 부르지 않았다.

그날 오후, 이입삼 선생이 교문 앞에서 기다리고 있었다.

"너, 요섭이 행방 알지?"

"……."

"큰일 났다, 이놈아!"

1972년 11월 ④

"여기 앉자."

요섭이 말대로 나는 마치 벤치처럼 길게 걸쳐 놓은 바위에 걸터앉았다.

"여기가 전망이 제일 좋아. 석양 때는 더 좋지."

우리가 건너온 섶다리와 나란히 뻗은 철교, 저만치 서쪽으로 남강교를 지나며 휘어 돌아가는 남천강이 한눈에 들어왔다. 유원지가 보이고 들판이 그 뒤에 펼쳐지고, 서면산과 매봉 사이로 문창 가는 길이 뻗어있고… 저물어가고 있었지만 석양을 볼 것 같지는 않았다. 흐리고 바람 부는 날이었다.

"기다리고 있어."

어깨를 툭, 쳐주고 요섭은 '강 건너' 마을을 향해 올라갔다.

힘든 날들이었다. 번쩍 손을 들고 외치고만 싶은 시간들이었다.

'저도 있었어요!'

'잡아가세요!'

미혜를 찾아가고 싶기도 했다. 옛날처럼 거짓말을 하고 싶었다.

'사실은 내가 다 한 거야. 내가 주동자야!'

그러면 미혜는 대신 외쳐줄지도 몰랐다.

'문인호가 주동자예요! 잡아가세요!'

재호와 창수는 퇴학을 당했다. 전학도 허용되지 않았다. 신문사 지국
은 지켜냈다. 이입삼 선생이 나섰다.

'내가 지국장이다! 퇴학당했다고 배달원으로도 쓰지 못하나?'

김우석은 1주일 정학. 정형길은 무사했고, 뒤늦게 치러진 학생회장 선
거에 단독으로 출마해서 당선되었다. 부회장이 아닌 회장.

유신헌법안에 대한 국민투표는 11월 21일에 있었다.

91.9% 투표.

91% 찬성.

그 헌법에 의해 '통일주체국민회의' 대의원을 선출하고, 그 사람들이
대통령을 뽑게 되어있었다. 대통령 임기는 6년. 2회니 3회니 하는 중임제
한조항은 아예 있지도 않았다. 남강은 물론 전국이 다 조용했는데 장윤태,
그 친구는 가만있지 않았다. 국민투표 하루 전날 남강신문 1면에는 엽서
한 장 크기로 '혈서'가 실렸다.

'유신만이 살길이다'

'반공소년으로 널리 알려진 중앙고등학교 1학년 장윤태 군이 본지에
혈서를 보내왔다…' 하고 시작되는 설명이 붙어있었다. 이제는 '유신소
년'이 되려는 모양이었다.

요섭이는 무사한 셈이었다. '무단결석 등 출결 불량'으로 1주일 정학

처분을 받았을 뿐이었다. 이입삼 선생 덕이었다.

그날, 이입삼 선생과 나는 시외버스를 타고 서창포에 갔다. 해수욕장 한구석에 있는 '해변여인숙'을 찾아들었을 때는 이미 밤이 늦어있었다. 영화배우 유안나네 집이라고 그 일대에선 유명하다는데 단층으로 작은 규모였다. 밖에서 볼 때는 창문 두 개에만 불이 켜져 있었다. 둘 중 하나인 '내실'은 비어 있었다.

"계세요?"

"아무도 없어요?"

이 선생이 고함을 쳤지만 아무 대답이 없었다. 어디선가 음악소리만이 들려올 뿐이었다. 라디오인지 전축인지 녹음기인지 모르지만 영어로 부르는 노래였다. 통로를 따라 양쪽으로 달려있는 문들 중에서 제일 안에 있는 109호실에서 새어 나오고 있었다. 이 선생이 손으로 가리켰다.

"가봐라."

멈칫거리는데, 이 선생이 제풀에 손을 내저었다.

"아니다, 내가."

성큼성큼 걸어가더니 쾅쾅쾅 문을 두들겼다.

"한요섭! 여기 있냐?"

대답은 없고 노랫소리는 여전했다.

"한요섭!"

왈칵 문을 열자 까아악―. 여자의 비명이 터져 나왔다. 이 선생이 뒤로 물러나면서 고개를 옆으로 돌렸다. 음악소리가 그쳤다.

"나 이입삼이야, 임마!"

문이 닫히고, 다시 열리고, 반바지에 흰 블라우스만 걸친 여자가 혼자

나왔다. 흐트러진 머리를 고갯짓으로 넘기면서, 블라우스 단추를 채우면서, 이입삼 선생을 흘겨보면서, 맨발로… 서창포종고에서 퇴학당했다는 그 유인실이었다. 책가방을 든 채 서 있는 나를 내려다보며 씨익 웃더니, 내실 안으로 들어가 버렸다. 뭔지 모를 향긋한 냄새가 코끝에 남았다.

"빨리 나와, 임마!"

열려있는 문을 이 선생은 다시 두들겼다.

"무슨 일인지 알지?"

"……."

"담당이 현창국이야, 현창국! 무슨 뜻인지 알아?"

현창국…. 그 끔찍한 이름까지 듣고도 한참 만에야 요섭이는 방을 나왔다. 교복 차림에 모자는 벗어들고 책가방을 옆구리에 끼고… 술기운도 있어 보였다. 이 선생이 등을 떠밀었다.

"그놈이 또 미친 짓 하기 전에, 빨리 가자!"

어두운 백사장을 건너서 서창포 마을 쪽으로 걸어가는데

"요섭아! 잘 가!"

멀리 등 뒤에서 인실이가 고함을 쳤다.

"나! 서울 가서! 모델 돼서 만나러 올게!"

발이 푹푹 빠지는 모래밭을 휘청휘청 걸어가면서 요섭은 대답하지 않았고, 이 선생이 나직하게 내뱉는 소리를 나는 들었다.

"미친 것…."

요섭이가 재호를 데리고 와서 우리들 셋은 나란히 앉아 저녁 무렵의 남천강 풍경을 내려다보았다. 재호는 배지를 뗀 교복 윗도리에 교련복 바지를 입고 있었다.

"재호야."

요섭이가 조심스럽게 입을 열자

"그 얘기는 하지 말자."

한마디로 잘라버리는 재호였다.

"아니, 난…."

"밀고자 아니란 얘기잖아."

"……."

"알아. 너 의심하지 않아."

"……."

"천하의 한요섭이가 밀고 따위를 하겠어? 뻔한 거지. 두 놈 다거나, 그 중 한 놈이거나."

두 놈, 한 놈… 그날 동아반점에서의 만남을 아는 사람이라면 누구라도 짐작할 수 있는 일이었다. 아는 건 여섯 명뿐이고, 나는 의심조차도 받지 않는 존재였다. 무슨 조사를 어떻게 당했는지 모르지만, 아무도 내 이름은 입에 올리지 않았겠지….

"요섭아."

"어."

두 사람은 마치 둘만이 있는 것처럼 둘만의 대화를 이어가고 있었다.

"뭐, 내 걱정은 안해도 된다. 검정고시 봐서 대학 갈 거니까."

창수도 같은 생각이라고 듣고 있었다. 요섭이는 대답이 없고 재호는 발밑에서 돌멩이 하나를 주워들었다.

"난, 혁명가가 될 거야."

"……."

"이 정도는 좌절이라고도 시련이라고도 할 수 없어. 오히려 행복하면 행복하지. 결심을 굳혔으니까. 언젠가는 세상을 뒤집어엎을 거야."

돌멩이를 휘익 던졌지만 강물까지는 가지 않았다. 너무 멀었다.

"요섭아."

"어."

"솔직하게 말해봐. 박정희에 대해서 어떻게 생각해?"

"독재자의 길로 가고 있는 건 분명하지만…."

"하지만?"

"강직하고 청렴한 건 사실 아닌가? 개인적인 흠결은 없다고 생각해."

흥, 하고 코웃음을 치면서 재호는 다시 한번 돌멩이를 주워 던졌다. 역시 강물까지는 닿지 않았다.

"다카기 마사오가 누군지 알아?"

"누군데?"

"박정희."

"……."

"일본 관동군 장교로 활약하던 때의 이름이지. 창씨개명한 이름이라고."

설마… 싶은데 재호는 무슨 문서라도 낭독하듯 읊어 내려갔다.

대구사범학교 졸업.

문경보통학교 교사로 근무.

만주국 만주군관학교 입학, 수석 졸업.

일본육사 입학, 3등으로 졸업.

관동군 소위, 중위.

해방 후 조선경비사관학교를 거쳐 육군 대위.

1948년 10월, 여순반란사건 이후 남로당 관련 혐의로 사형선고, 감형, 석방.

6·25 때 복직.

"그다음에야 잘 알 테고… 이게 박정희의 실체야. 말이 된다고 생각해?"

요섭이는 대답하지 않았고, 나는 믿을 수가 없었다. 친일에 좌익이라는 말인가. 대한민국의 최고 권력자! 재호가 일어났다.

"진심으로 충고할게."

"……."

"학교공부를 접은 건 이해해. 그러면 다른 공부를 해야 하는 거 아냐? 시인이나 작가가 될 거라면 말야."

"……."

"책 읽고 공부해, 요섭아. 공연히 방황하고 술이나 먹고… 그럴 시간에."

요섭이는 아무 대답도 하지 못했다.

"또 보자, 요섭아."

내게는 단 한마디도 건네지 않고, 재호는 일어나서 '강 건너' 마을 쪽으로 올라가 버렸다.

재호는 현창국 앞에서도 당당했다고 들었다. 정식재판에 넘겨달라, 소년원에 보내도 좋다! 훗날 알게 된 것이지만 최소한의 처벌로 그친 이유는 남강경찰서장의 신중한 결단이었다고 했다. 국민투표를 앞두고 전국이 다 조용한데 남강에서만, 그것도 고등학생들이 시위를 하려 했다면… 자칫 공보다 과가 더 크게 보일 수도 있다고 현창국을 제지했다는 것이었다. 그렇게 풀려나면서도 재호는 고개 한 번 숙이지 않았다는 아이였다.

그런 재호에게 제대로 한방 맞았다는 기분인지 요섭이는 한참을 말이 없더니, 책가방에서 무언가를 꺼내 봉투를 까고 내밀었다.
"읽어봐."
편지였다. 어두워져가고 있었지만 아직은 읽을 만했다.

안녕하세요.

나는 제주제일고 3학년 고대룡입니다. 한요섭 군과 비슷한 부류의 인간이라고 생각하면 될 겁니다. 문학소년? 아닙니다. 나는 이미 한 사람의 시인입니다. 아무도 인정하지 않겠지만, 하하.

사실 한 군이 중3 때, 학원문학상에 특선한 소설 「포구」를 보고 편지를 했었어요. 작품도 좋았지만 사진도 당선소감도 없는 사연이 궁금했었지요. 아무 소식 없더군요. 그런데 지난 4월 전국학생글짓기대회 기사를 보고 남강제일고에 다닌다는 걸 알았습니다. 오래 망설이다가 다시 편지를 띄웁니다.

오늘도 이곳 제주에는 바람이 심하게 붑니다. 먼 수평선에서부터 너울파도가 밀려오고 폭풍주의보가 내려졌습니다. 이런 날 저녁이면 늘 제주항 부두로 나갑니다. 후려치는 바람에 눈물 흘리면서.

부산이나 목포로 가는 정기연락선 말고도 오밀조밀 화물선, 어선들이 모두 발 묶여 있습니다. 그 배들을 보면서, 방파제 너머 시커멓게 일렁이는 바다를 보면서, 아무 기약도 없었지만 나는 탄식합니다. 아아….

오늘도 떠나지 못하는구나.

그러곤 내 작은 방으로 돌아와 시를 씁니다. 오늘은 편지를.

사실 엊그제 좋은 소식을 받았습니다. 경희대학교 문예현상공모에서 제가 시 당선을 했다네요. 「바람의 끝」이라는 졸작으로요. 무시험 입학 특전에 1년간 장학금을 준답니다. 예비고사만 붙으면 드디어 저 바다를 건너갑니다.

자랑하려는 건 아닙니다. 요섭 군도 내년에 꼭 응모하라고 권하고 싶어서입니다. 경희대 국문과에는 황순원, 조병화라는 두 거목이 계십니다. 그분들을 바라보면서 한시절을 함께하면 어떨까요?

한요섭 군에게도 자신만의 검은 바다가 있고, 혼자만의 수평선이 있을 겁니다. 건너세요.

1974년 3월 어느 날 꼭 만나게 되리라고 믿습니다. 한잔 사지요. 주량은 어떤지 궁금하네요. 저는 막걸리 여덟 되입니다. 하하하하….

남쪽 섬에서 고대룡.

내 가슴이 바닷물처럼 출렁이는 것 같았다. 요섭이가 또 다른 종이 한 장을 내밀었다.

"내 답장."

저무는 강의 노래

멀리서 온 편지를 접어들고
저무는 강을 바라본다
먼 바다 먼 수평선까지
흘러 천리를 간다 해도
발밑에서 눈 끝까지
여기만이 내 세상
지금만이 나의 인생

흔들려도 여기 이 자리
고단해도 이 한 저녁
그저 강물 위를 스쳐가는
바람결의 열일곱 살이여

떠나본 적 없으니
돌아갈 곳 모르고
그리운 것 없으니
서럽지도 않아라

다만 오지 않은 날과
먼 사람들을 생각하며
저무는 저 강을 바라본다.

그저 먹먹했다. 왜 이 글들을 보여주는지, 알 것 같기도 하고 모를 것 같기도 했다. 슬쩍 훔쳐본 요섭이의 옆얼굴은… 외롭고 추워 보였다. 누가 안아줘야 할 것 같았다. 품어줘야 할 어린애 같았다. 그래서 묻고 말았다.

"요즘, 미혜 본 적 있어?"

이런… 하고 못난 나를 나무랐지만 엎질러진 물이었다. 요섭이는, 오래 사이를 두었다가 짧게 대답했다.

"아니."

1973년 11월

대학입학예비고사가 하루하루 다가오던 어느 날, 아버지 전화를 받았다. 3년 만에 두 번째였다.

"공부 열심히 하고 있나?"

"예."

"네 형, 전문학교 다니는 건 알지?"

알고 있었다. 남강실업전문학교. '실전'이라고들 부른다. 예비고사에 붙지 않아도 갈 수 있는 학교.

"아닙니다."

잠시 침묵 후에 아버지는 다시 물었다.

"넌, 공부 제법 한다면서?"

"아닙니다."

"서울에 있는 대학 갈 생각은 없나?"

"예, 없습니다."

"왜?"

"실력이 안 됩니다."

엄마를 혼자 둘 수는 없습니다… 라고는 하지 않았다.

"잘 생각해봐. 사내놈이 꿈이 있어야지."

생각해볼 것도 없었다. 이젠 예비고사도 지역별로 합격자를 뽑게 되어있었다. 서울에 있는 대학에 가려면 서울지역을 지망해야 한다. 원서에 1지망과 2지망을 각각 밝혀야 했는데, 나는 어디에도 '서울'이라 쓰지 않았다. 경희대학교 문예현상공모 시 부문에 당선한 요섭이는 당연히 1지망을 서울로 썼다. 예비고사는 붙어야 하기에 요즘은 제법 공부에 열심이었다. 낯선 그 모습이 어쩐지 재미있기도 하고, 조금은 실망스럽기도 했다.

"뭐 필요한 건 없냐?"

엄마는 이제, 이웃한 창수네 집에서 창수 엄마와 함께 한과를 만들고 있었다. 남강에 있는 큰 떡집에서 가져가는데, 돈보다도 나는 엄마에게서 나는 달착지근한 냄새가 좋았다. 떠날 수 있다 해도 떠나지 않을 생각이었다.

"없습니다."

전화가 끊겼다.

1974년 2월

누가 뒤에서 툭, 어깨를 쳐서 나는 뒤를 돌아보았다.

미혜.

미혜였다.

베이지색 코트에 베이지색 베레모를 쓰고 꽃다발을 안고 있었다. 두 개였다.

"겨우 찾았네."

"……."

"축하해, 졸업."

배시시 수줍게 웃으면서 꽃다발을 내밀었다. 둘 중 하나는 아직 미혜의 품 안에 남아있었다. 정말 오랜만이었고, 만나게 될 줄은 알고 있었다. 광춘이가 동아반점에서 점심을 내기로 했다. 졸업과 입학을 동시에 축하한다는 자리였다.

요섭이는 경희대 국문학과 문예장학생.

창수는 검정고시, 예비고사, 본고사를 차례로 거치고 고려대 경제학과.

나는 남강대 국어교육과.

미혜는 남강대 음악교육과.

영란이도 나오는 그 자리에 앞서서 미혜는 졸업식장까지 찾아왔다. 물론 주인공은 당연히 따로 있었지만, 적어도 꽃다발만은 똑같은 것이었다.

"요섭인 어디 있어?"

"좀 기다려야 돼. 행사가 하나 더 있어."

"끝난 거 아냐?"

"명예졸업식이란 게 있어."

"명예졸업식?"

무어라 설명하기 전에 우렁우렁 외치는 소리가 울려 퍼졌다.

"다들 모입시다—."

300명 졸업생 중에 한 200명 정도가 졸업식이 끝난 시민회관 앞 광장에 다시 모여 섰을 때는 희끗희끗 눈발이 날리기 시작했다. 시민회관 계단을 연단 삼아 김우석이 서 있었다.

"고맙습니다, 학우 여러분! 우리들의 친구 성재호 군과 오창수 군의 명예졸업식을 시작하겠습니다!"

모두들 조용하게 박수를 쳤다. 요섭이의 아이디어였고, 김우석이 진행을 자청했다. 요섭이는 축사를 하기로 했는데 창수는 오지 않는다는 소식이었다.

'쪽팔리게 뭘.'

"여러분의 진정한 우정으로 빛나는 남강제일고 제십칠 회 명예졸업생을 소개하겠습니다! 성재호 군!"

김우석이 호명하자, 시민회관 안에서 유리문을 밀며 재호가 등장했다. 언제 들어가 있었던 것일까. 검은 바지에 좀 얇아 보이는 회색 점퍼, 머리는 치렁치렁한 장발이었다. 아이들을 내려다보며 손을 흔들었다. 박수가 쏟아지고, 웃음 띤 얼굴로 재호는 김우석을 마주 보고 섰다. 우석이 준비한 졸업장을 읽었다.

명예졸업장

정의로운 투쟁 끝에 교정을 중도에 떠나야만 했던 친우 성재호 군에게 우리 모두의 우정과 존경을 담아 이 졸업장을 드립니다.

"오창수 군은 사정상 참석하지 못해서, 같은 졸업장을 역시 성재호 군에게 전달하겠습니다."

두 장의 졸업장과 두 개의 꽃다발을 재호는 차례로 받아들었다. 다시 박수, 박수…. 재호가 정면으로 아이들을 내려다보고 서서 목청을 가다듬었다.

"감사합니다, 학우 여러분."

다시 짝짝짝 박수소리. 내 옆에서 미혜도 손뼉을 쳤다.

"우선 여러분께 알려드리겠습니다. 저와 오창수 군은 검정고시, 예비고사, 본고사를 통과해서 나란히 고려대학교에 합격했습니다!"

또 다시 박수.

"감사합니다. 생각해보면 여러분과 헤어진 날이 까마득하게 느껴지기도 합니다만, 퇴학, 검정고시, 이런 명예졸업… 저는 상처라고 생각하지 않습니다. 오히려 혁명가의 훈장이라고 생각합니다! 이 졸업장은 또한 하나의 상징이기도 합니다! 오늘 같은 의식을 통해서! 혁명가와 민중은 진정한 하나가 되는 것입니다!"

양손에 나눠 든 졸업장과 꽃다발을 흔들면서 목소리를 한껏 높이는 성재호.

"실패했던 저의 투쟁! 여러분의 오늘 이 졸업식 투쟁! 저는 잊지 않겠습니다! 그리고 우리는! 결코 머지않은 날에! 함께! 더 큰 투쟁에 나서게 될 것입니다! 그때 다시 만납시다! 그때 다시 함께합시다!"

와아— 하는 함성과 박수 속에 재호가 뒤로 물러났다. 다음은 요섭이의 차례였다. 거부하고 불참한 학생회장 정형길 대신 축사를 하게 되어있었다.

"다음 순서는…."

김우석의 말을 잘라먹기라도 하듯, 모여선 아이들의 등 뒤 대로 쪽에서 터져 나오는 소리가 있었다.

"요섭아! 한요섭!"

아이들이 양쪽으로 갈라지고, 그 가운데로 늘씬하게 키 큰 여자가 걸어들어왔다. 검은 롱코트, 앞을 열어젖혀서 검은 가죽으로 된 미니스커트가 보였다. 길게 뻗어내린 두 다리, 검은 롱 부츠. 짝짝 껌을 씹고 있었다.

"한요섭, 어디 있어?"

유인실…이었다. 『선데이서울』 화보에도 크게 나왔다는 신인 모델 유인실… 요섭이는 시민회관 계단 중간쯤에 엉거주춤 멈춰서 있었다.

"어디 있는 거야?"

아이들 중 몇몇이 손가락질로 가르쳐주었고

"요섭아!"

유인실은 기린처럼 성큼성큼 달려가서 계단을 뛰어올랐다.

"한요섭!"

"……."

"졸업 축하해!"

와락 요섭이를 끌어안는 유인실. 그다음은… 찰랑거리는 단발머리가 두 사람의 얼굴을 가려버렸다. 와아아— 하는 환성, 웃음소리, 박수소리, 휘파람소리… 조심스레 옆을 돌아보니 미혜는 이미 뒷모습으로 멀어져

가고 있었다. 들고 있던 꽃다발은 내 발밑에 떨어져 있었다. 계단 위에서는 또 무슨 일이 벌어졌는지 우와아— 아이들의 환성이 귀를 찢을 것만 같았다.

점심 모임에 미혜는 오지 않았다. 요섭이도 나타나지 않았다. 눈은 종일 내렸다.

1975년 4월 ①

닫힌 도서관 유리창으로 나는 본관 앞 분수대 광장을 내려다보았다. 본관 '49계단' 중간쯤에 올라서서 주먹을 휘두르며 무언가를 외쳐대는 총학생회 부회장 김창일의 모습이 마치 무성영화 한 장면 같았다. 그보다 몇 계단 위에 펼쳐진 플래카드의 붉고 검은 글씨는 섬뜩하기만 했다.

백만학우 통곡한다 김상진을 살려내라!

유신독재 철폐하고 박정희는 물러가라!

김상진은 4월 11일에 할복자살한 서울농대생이었다. 유신독재에 항거해서 모든 학생들이 일어나야 한다는 '양심선언문'을 남겼다고 했다. 그보다 앞선 4월 8일에 고려대 휴교령이 내려졌지만, 서울 각 대학의 데모는 점점 더 확산하고 있다는데… 그 불길이 남강대까지 번져온 것이었다. 나는 이미 알고 있었다. 총학생회장 강환태 형이 같은 하숙집이었으니까. 미술교육과 학생 둘을 데려다 놓고 직접 플래카드를 만드는 모습도 목격했다.

분수대를 둘러싸고 모여있는 시위대는 한 3백 명 정도? 그래도 남강대에서는 4·19 이후 처음 있는 일이라고 들었다. 환태 형은 '그것 자체로 역사'라고 했지만 과연 무사히 진행될까? 보이지 않는 어딘가에서 장윤태가 움직이는 중이었고, 어느새 출동한 경찰병력이 교문 앞을 지키고 있었다. 서울에서도 예사로 경찰이 캠퍼스 안까지 진입한다지 않던가. 이중으로 밀폐된 유리창 안에서 지켜보는 것만으로도 가슴이 떨려왔다. 우리 국어교육과에서도 여럿이 가담하고 있었다. 여학생들까지.

괜찮을까?

속으로 중얼거렸을 때, 지금껏 꺼져있던 분수대에서 갑자기 물줄기가 하늘로 솟구쳐올랐다. 그게 신호였을까? 하얀 와이셔츠 차림의 학생 하나가 계단을 뛰어올랐다. 김창일을 거칠게 밀어냈다. 무어라 삿대질하며 버팅기자 이단옆차기가 날아가고 김창일이 벌렁 나자빠지며 계단을 내리굴렀다. 다시 서넛이 올라가서, 두 명씩 펼쳐 들고 있는 플래카드를 잡아채서 찢고 짓밟았다. 김창일을 제압한 흰 와이셔츠가 아래쪽을 손가락질하며 뭔가 소리를 쳤고, 분수대 주변은 돌연 어지러운 싸움판이 되어버렸다.

아니, 싸움이 아니었다. 이십여 명쯤 되는 한 무리가 시위대 학생들을 일방적으로 공격하고 있었다. 제대로 저항도 못 하면서 대열이 무너지기 시작했다. 분수대로 뛰어드는 여학생도 있었다. 쫓아 들어가서 머리채를 움켜잡는 놈도….

이제 여유롭게 팔짱을 끼는 계단 위의 지휘자는… 그랬다. 동기형이었다! 긴 얼굴에 큰 키, 마른 몸매. 남강 건달 조직의 이인자가 된 광춘이 밑에서 행동대장을 한다는 동기형. 일본으로 간 창기의 형. 그렇다면 분수대의 저들은?

광춘이를 떠올리지 않을 수 없었다.

윤태도.

법학과 1학년인 윤태는 전날 저녁에 하숙집으로 전화를 걸어왔었다.

'너네 하숙집 거기, 강환태 있지?'

놀라서 그냥 끊어버렸는데… 광춘이와 윤태가 연계되어 있다는 말인가? 그럴 리가… 고개를 갸웃하는 내 눈 아래서 4·19 이후 최초의 남강대 시위는 무참하게 으깨어지고 있었다. 이중창이라 비명소리가 들리지 않는 게 다행이라면 다행이었다.

'문인호!'

도서관을 나서는데 불러세우는 목소리가 있었다. 윤태였다. 분수대를 돌아오고 있는 중이었다. 짙은 회색 양복에 넥타이까지 졸라맨 정장 차림. 그것도 싫었다.

"그러지 않아도 올라가려고 했는데, 알아서 나오네 뭐."

"……."

"너야 뭐 맨날…. 도서관 사서도 아니고."

"……."

"얘기 좀 하자."

팔을 끌어당겼다.

"바쁜데…."

빠지려 했지만

"믿겠다, 믿겠어. 문인호가 바쁘다니."

놓아주지 않고 분수대 옆 벤치에 눌러 앉혔다. 어쩔 수 없이 나란히 앉고 말았다. 그저 짧게 끝나기만을, 데모니 강환태니 하는 말은 나오지 않기를 바랄 뿐이었다.

"인호, 너도 참 이해가 안 간다. 미술이면 미술이지 왜 국어교육과며…
그냥 문창에서 버스로 다니지 하숙은 왜 해? 엄마가 섭섭해하지 않으셔?"

엄마는 말했다. 이젠 성인이니까 '프리하게' 살아야 하지 않겠느냐고. 연
애도 해보고, 엄마 보고프면 가끔 뭐… 너무 자주는 오지 말라고. 나는 2
주에 한 번쯤 문창에 다녀오곤 했다. 토요일엔 가지 않았다. 자연히 일요
일에 돌아오는 일도 없었다.

"아까, 데모하는 놈들 작살나는 거 봤어?"

"아니."

"봤구만 뭐."

"……."

"내 작품이다. 공식적으로는 데모하는 놈들끼리 내분이 일어나서, 자
기들끼리 싸우다가 깨져버린 거지 뭐."

나는 다시 광춘이를 떠올렸는데

"너, 광춘이 생각하지?"

윤태는 코웃음을 쳤다.

"광춘이가 내 말을 들을까 싶지? 광춘이? 난 그런 놈 상대 안해. 그보
다 높은, 이 거하고 놀지."

엄지손가락을 세워 보였다. 광춘이의 보스인 호택이형, 아니 황 사장?

"건달도 주먹이 다가 아냐. 알아?"

"……."

"이런 내가 너를 불러놓고 허튼소리 하겠어? 잘 들어!"

이젠 후려치는 듯한 말투이고 표정이었다. 가슴이 서늘해졌다. 옛날
문창지서 조사실에서 이 순경과 마주 앉았을 때 같았다. 아니, 그보다 더
했다. 윤태는 '멀대'가 아니다.

207

"너도 아까 현장을 봤으면 뭔가 이상하지 않냐? 왜, 회장인 강환태가 안 나타나고 부회장 김창일이 리드했을까?"

하긴… 그래도 모르는 일이었고, 윤태는 스스로 대답했다.

"내 생각은 이래. 이것들이 역할을 분담한 거지. 일차, 이차… 오늘 한 꺼번에 둘 다 잡혀가면 곤란하니까."

우리 하숙집 2층엔 방이 셋뿐이었고 김창일 등이 수시로 드나들었지만, 거기까지는 알 수 없었다.

"그러니까 이젠 강환태가 또한번 거사를 할 거다, 이 거지. 오늘 깨지는 걸 보고도 호응할 놈들이 있을지는 의문이지만."

"……"

"강환태, 어디 있어?"

"몰라."

윤태는 내 어깨를 턱, 턱 두들겼다.

"그래, 모르겠지. 모르겠지만… 그래도 이 정도는 알겠지 뭐. 평소에 강환태 자주 찾아다니는 놈들이 어느 과, 누구누군지… 그렇지?"

"몰라."

강하게 부인해야 했지만, 어쩔 수 없이 목소리가 떨려 나왔다. 미워하지 않으려고 했는데, 국민학교 졸업식, 그 이후에도… 미워하지 않아도 될 이유를 찾아보려고 애썼는데… 이젠 두렵기까지 했다. 괴물 같았다. 그것도 진화해가는 괴물.

"강환태나 똘마니들이나 결국엔 다 잡히게 되어있어. 지들이 무슨 문 창기라고, 일본으로 튈 거야, 어쩔 거야?"

왜 창기까지… 주먹이 불끈 쥐어졌지만 내가 할 수 있는 일은 없었다. 그저 묵묵히 발아래를 내려다볼 뿐.

"좀 빠르냐 늦으냐, 그거뿐인데… 학교에서나 경찰이나 꼭 주동자급만 처벌하겠나? 애먼 놈들도 딸려가는 거지 뭐. 영문도 모르고 따라다닌 놈들, 그게 무슨 의리인 줄 알고서… 못 본 척, 못 들은 척 입 다문 놈들…."

"……"

"인호야."

"어."

"너, 엄마 실망시키면 안 되잖아? 금쪽같은 새끼에 금쪽같은 엄마."

이 자식이….

"네 아버지도."

이 자식이 정말… 푸르르 몸을 떠는데, 윤태는 지갑에서 명함 한 장을 꺼내 내밀었다. 받아들 수밖에 없었다.

"잘 생각해보고 연락해. 내가 또 전화하게 하지 말고, 나 피할 생각도 하지 마. 하숙집 아니라 문창까지도 찾아갈 수 있어."

법학과 신입생환영회에서 윤태는 웅변하듯 말했다는 소문을 들었다. 재학 중에 고시 합격할 것이며, 검사가 될 것이며, 빨갱이 때려잡는 선봉장이 되겠다! 벌써 반쯤은 된 것 같았다.

"우리, 옛친구 아냐? 얼굴 붉히지 말자."

다시 어깨를 두들기고 윤태는 일어났다.

얼마나 지났을까.

"인호야."

발소리도 없이 다가온 사람은… 미혜였다. 악보와 책들을 안고 있었다. 입학하고 1년이 더 되었지만 단둘이 보는 건 처음이었다. 가끔씩 서먹서먹하게 지나치기만 했었는데.

"윤태가 뭐래?"

보고 있었구나. 미혜도 도서관 어딘가에 있었구나.

"얘기가 긴 걸 보니까… 나도 알아야 할 일인 것 같은데…?"

나도 그랬다. 혼자서는 빠져나가지 못할 것 같았다.

미혜의 반응은 빠르고 분명했다.

"피해버려."

하지만 어디로 어떻게?

"요섭이한테 가면 어때? 서울까지야 지가 못 쫓아가겠지."

요섭이… 간다면야 박대하지는 않을 것 같았다. 보고 싶기도 했다. 여름방학에도 겨울방학에도 요섭이는 내려오지 않았다. 그런데… 미혜는 지금도 요섭이와 연락을 하고 지낸다는 말인가? 고등학교 졸업식 날 그런 꼴을 보고도? 그날 이후 남강 일대에는 요섭이와 인실이의 스캔들이 파다하고, 점점 새끼를 치는 중인데도? 선뜻 대답하지 못하는 나에게 미혜는 수첩을 펼쳐 내밀었다.

"하숙집 전화번호 적어줘."

그러면… 요섭이만이 아니라 미혜도 내 번호를 알게 된다는 얘기였다. 그 와중에도, 그런 정도로도 내 가슴은 설레고 있었다.

저녁 무렵, 전화를 걸어온 요섭이는 거침없었다.

"내일 당장 올라와! 알았지?"

1975년 4월 ②

경희대학교 후문이면서 부속 경희고의 정문이기도 한 회색 철문 앞에는 국방색 전투복을 입은 경찰들이 잔뜩 깔려있었다. 흠칫했지만 그들은 어떤 대오를 이루고 있지 않았다. 검은 헬멧이며 방독면, 방패들을 무더기 무더기 쌓아놓은 채 삼삼오오 모여 서서 담배를 피우거나, 아예 포플러나무 아래 자빠져있기도 했다. '로마군단'이라고 부른다는 말은 들었는데, 무슨 패잔병이거나 지친 노동자 같은 모습들이었다. 그리고 왜 다들 늙수그레한 것일까… 경희슈퍼 앞 평상에서는 두 사람이 장기를 두고 있었다. 내 쪽을 향해 앉은 사람은 경찰이었고, 등을 보이고 있는 상대는 민간인이었다. 곱슬곱슬한 장발에 우람한 덩치. 때 이른 검정색 반소매 티셔츠가 터져나갈 것만 같았다. 장이야! 멍이야! 호탕한 웃음소리도 울려 퍼졌다.

그들 모두에게서 적당히 물러난 담장 아래 나는 멈춰 섰다. 남강역에서 전화했을 때 요섭이는 일러주었다.

서울역에서 지하철 타고 청량리역.

택시를 타고 경희대 후문.

그 앞에서 다섯 시.

5분이 지났어도 요섭이는 나타나지 않았고, 장기를 두던 장발의 덩치가 일어났다.

"잘 됐습니다아."

"데모를 해도 좀 살살들 해. 응?"

"죄애송합니다아. 살살 하면 맛이 납니까?"

"뭐어?"

장기 상대만이 아니라 주변의 경찰들이 모두 와하하하 웃어버렸다. 내겐 놀라운 모습들이었다.

"수고들 하셨습니다아—."

손까지 흔들면서 내 앞으로 걸어오는 사내는 네모난 큰 얼굴에 검은 테 안경을 걸치고 있었다. 키가 한 180? 몸무게는… 100kg에 가까울 것 같았다. 쿵쿵 걸어와서 멈춰 섰다.

"인호 씨죠?"

"……."

"나, 고대룡이란 놈입니다."

대뜸 내미는 손이 무슨 야구글러브 같았다. 이 사람이 고대룡? 아, 소리가 나올 만큼 엄청난 힘으로 내 손을 잡았다가 놓아주면서

"갑시다."

성큼성큼 앞장을 섰다. 뒤를 따르려니 벽 하나를 앞에 세운 것만 같았다. 이 사람이 그렇게 감상적인 편지를 요섭에게 써 보낸 장본인이라니…. 바람이 거센 날 저녁이면 제주항 부두로 나가서 아무 기약도 없었으면서 한탄한다고. 오늘도 떠나지 못하는구나…. 주량이 막걸리 여덟 되라는 말은 맞아 보였다. 숨차게 따라가는 나를 돌아보며 걸음을 늦추고 있었다.

"하숙집엔 못 갑니다. 손님… 손님인지 뭔지…, 하여튼 누가 와서요. 요섭이가 나올 수 없어서 대신 제가."

같은 하숙집이란 건 알고 있었다. 어떤 손님이기에?

"아무래도 경찰이나 뭐, 그쪽인 거 같아요."

"요섭이한테 무슨 일이 있습니까?"

"그놈이야 데모도 안하는데 뭘. 성재호 때문이 아닐까요?"

"……."

"그리고 아무래도 그게… 눈치가… 요섭이하고 오래전부터 아는 사이 같던데?"

"그 손님이요?"

"예."

현창국을 떠올렸지만 내색할 수는 없었다.

"재호하고 요섭이가, 무슨 연락이 있나요?"

"이 동네에 숨어있어요."

"……."

"일주일쯤 됐죠. 수배중이고요."

수배 중, 일주일, 현창국… 이쪽은 이쪽대로 심각한 상황이었다. 공연히 온 것은 아닐까… 주택가를 지나 국민학교 담장을 끼고 길은 이제 시장으로 접어들고 있었다. 어디로 가는 것일까?

"오긴 딱 좋은 날에 오신 겁니다."

무슨 뜻?

"내일쯤은 우리도 휴교를 할 거 같고, 오늘 밤 시낭송회를 하거든요. 제가 문학회 하나를 만들어서 회장을 하고 있습니다. 문학회 이름이 뭔지 압니까?"

우람한 체격으로 사람들 사이를 날렵하게 빠져나가면서 고대룡은 이야기를 그치지 않았다. 그가 피한 행인들이 내 앞으로 닥쳐와서, 쫓아가기가 힘이 들었다.

"하수상문학회."

"예에?"

"문학회 이름이 하수상문학회라니까요. 왜, 그 시조 있지 않습니까. 시절이 하수상하니 올동말동 하여라…."

와하하하… 웃음을 터뜨리는 고대룡. 다들 놀라서 돌아보아도 거침없기만 했다.

"끝내주는 이름 아닙니까? 최명길, 그 사람한텐 미안하지만."

김상헌이었다. 하지만 누가 지적이라도 한다면, 흘겨보며 혀를 찰 것 같았다. 쪼잔하기는…그 게 뭐 중요해?

"뭐, 올똥말똥문학회라고 하는 놈들도 있어요. 하하하하…."

"……."

"아, 잠깐요."

갑자기 웃음을 그치면서 멈춰 섰다. 시장길은 거의 끝나가고 있었다.

"저기 보세요."

'휘경집'이란 간판을 단 대폿집에서 막 나오는 사람들이 있었다. 셋은 노인들이고 하나는 조금 젊어 보였다. 하나하나 고대룡이 가리켜 보였다.

"잘 보세요. 황순원 선생입니다."

짙은 회색 양복에 검은 베레모를 쓰고 있었다.

"사학과 김성식 교수."

검은 양복에 흰 머리를 정갈하게 빗어넘긴 모습이었다. 황순원 선생과 비슷하게, 키가 크지 않았다.

"사학과 엄영식 교수."

키가 큰 편이었다.

"영문과 박용주 교수."

제일 젊어 보이는 그 사람이었다. 곱슬거리는 은발에 이목구비가 큼 직큼직해서 서양사람 같은 인상이었다.

"우리가 존경하는 양반들입니다. 저렇게 어울려 다녀서 사인방이라고 들 하지요."

고대룡은 꼼짝도 하지 않고 서서 네 사람의 뒷모습을 바라보고 있었 다. 큰길로 나서서 하나하나 택시를 타고 떠날 때까지…. 황순원 선생과 박용주 교수는 같은 차에 올랐다. 끝까지 눈으로 배웅하고 나서야

"갑시다."

고대룡은 다시 걸음을 옮겼다. 다른 사람처럼 말이 없어져서, 내가 먼 저 물어보았다.

"황순원 선생님은 어때요?"

"사막이고 오아시스죠."

"예?"

"수업시간은 솔직히 재미없어요. 그렇지만 가끔씩 술자리를 같이하면, 그게 오아시스죠. 거기서 한마디씩 툭툭…. 진짜 공부는 거기서 하는 셈이 죠. 내가 제일 감명받은 말씀이 뭔지 알아요?"

"뭔데요?"

"한번은 이러시더라구요."

우뚝 멈춰서서 고대룡은 또박또박 말을 이었다.

"소설 속에서도 사람 함부로 죽이면 안 된다…"

"……"

"특히나, 자살로 결말을 짓는 건 가장 무책임한 일이다…"

"……"

"우리 집, 부자 아닙니다."

깊게, 깊게 끄덕거리는 나를 두고 고대룡은 엉뚱한 소리를 꺼내고 있었다.

"문예장학생이라지만 장학금은 일 년뿐이고, 한 학기에 이십몇만 원씩… 우리 부모님들 등골이 빠지죠. 어머니는 해녀입니다."

나는 그저 계속 끄덕일 수밖에 없었다.

"그렇지만, 그 한마디 말씀만으로도… 그 돈, 아깝지 않지요."

그 말이었구나…. 황순원 선생의 말씀도 말씀이지만, 고대룡의 표정과 목소리가 더 감동적이었다. 이제야 그런 편지를 보냈던 사람다웠다. 큰 바윗돌 같은 몸집 속에 뭔가 출렁거리는 게 느껴졌다.

"갑시다."

'대학서점'이라는 헌책방 앞에서 고대룡은 다시 멈춰 섰다. 유리문 안을 가리켰다.

"저 사람 보이죠?"

헌책들이 더미더미 쌓인 한구석에 책상이 하나 있고, 한 사람이 무언가를 쓰고 있었다. 얼굴을 파묻다시피하고 있어서 반백인 머리만이 보였다.

"공씨 아저씨, 공씨, 이러는데 저 양반 이름은 공진석 씹니다."

"아, 예."

"작가지망생이에요."

그 한마디만 하고, 고대룡은 돌아섰다. 또 성큼성큼 앞서서 걸어갔다. 정말 쫓아가기 어려운 사람이었다.

'작은엄마집'이라는데 간판은 없는 술집에서 또 한 사람이 기다리고 있었다. 홀이 아닌 방에서 혼자 술상을 받고 앉았다가 일어났다.

"요섭이 일년 선배, 박충규라고 합니다."

크지 않은 몸집에, 웃으면 두 눈이 거의 보이지 않는 얼굴이라서 마음이 편했다.

"요섭이 올 때까지, 우리끼리 먹고 있지요, 뭐."

고대룡이 손을 내밀었던 것처럼, 앉자마자 서슴없이 잔을 건네왔다.

"아, 저는…."

"압니다, 알아. 받아만 두세요."

억지로 잔을 쥐어 주는데, 잠깐 닿은 것만으로도 알 수 있었다. 따뜻한 손이었다.

나를 사이에 두고 둘이서 연거푸 몇 잔씩을 비우더니, 고대룡이 불쑥 질문을 던져왔다.

"인호 씨는 글 안 써요?"

"……."

"국어교육과잖아요. 그림도 좋다던데?"

어디까지 알고 있는 것일까. 요섭이는 무슨 말들을 한 것일까.

"전 그냥… 국어선생이면 됩니다."

"그럼, 국어교사로서의 꿈은 뭡니까?"

"야, 야…."

박충규가 눈살을 찌푸렸지만 고대룡은 쉽게 놓아주려 하지 않았다.

"뭐가 있을 거 아닙니까?"

나는 말하고 싶었다.

평범한 국어교사로 나날을 보내고 있으면 언젠가는, 교과서에 요섭이의 글이 실리는 날도 오겠지. 그 글을 내 목소리로 아이들에게 읽어주고 싶다고.

꼭 교과서에 나오지 않더라도, 좋은 책을 내겠지. 그 책을 아이들에게 권하고 싶다, 그중에서도 가장 좋은 대목을 골라서 교실에서 읽어주고 싶다고. 그게 꿈이라면 꿈이라고.

하지만 말할 수 없었다.

소주잔만 만지작거리는 나를 더는 다그치지 않고, 고대룡은 크게 고개를 끄덕거렸다.

"역시 들은 대로네요."

박충규도 웃으면서 끄덕인다. 한 학년 위인 두 사람과 요섭이는 얼마나 친한 것일까.

"인호 씨는, 말을 하는 사람이 아니고 듣는 사람이라더니…, 인호 씨 앞에선 이상하게 모든 걸 다 털어놓고 싶어진다더니… 진짜 그러네요."

요섭이가? 그런 적이 아주 없지는 않았다.

"나도 그래요. 나, 원래 이렇게 말 많은 사람 아니거든요."

"아이구, 그러셔어?"

박충규가 웃었지만 고대룡은 더 정색을 했다.

"농담 따먹기 말고 진담을 말하는 거야. 진심을 담은 진담! 이 가슴 속의 말들!"

"……"

"인호 씨."

내 손은 다시 야구글러브 안으로 들어갔다.

"인호 씨는 귀한 존재예요, 알아요?"

"……."

"내 말 새겨들어요. 결국엔 인호 씨 같은 사람이 역사의 기록자, 증언자가 되는 거예요. 나나 요섭이나, 성재호나 이건 다 허깨비예요, 허깨비! 뭐, 그렇게 되기도 힘들겠지만, 잘돼봤자 한 시대의 허깨비들…. 당장은 무대 위에서 춤을 추고 있으니까 뭐라도 되는 것 같지만, 긴 눈으로 보면 주인공들은 따로 있다, 이 말이에요. 비록 객석이라고 해도 끝까지 남아있는 사람, 모든 것을 지켜본 사람… 그게 바로…."

"아, 구라 좀 그만 풀어!"

고대룡의 말허리를 자르면서 들어선 사람은 요섭이었다.

"야, 너…."

머쓱해진 고대룡이 내 손을 놓아주었다.

"징그럽다, 징그러워. 고구라, 고구라…."

절레절레 고개를 저으면서 요섭은 술자리에 끼어 앉았고 박충규가 반색을 했다.

"마침 잘왔다, 잘왔어. 시끄러워서 원."

"통성명들은 했어?"

"어, 했어."

내 대답에도 요섭이는 고개를 흔들었다.

"아냐, 내가 다시 소개할게."

고대룡을 턱짓으로 가리켰다.

"여긴 회기동 무법자."

박충규의 등을 툭툭 두들겼다.

"이 형은 회기동 보안관!"

까르르르… 홀에서 '작은엄마'가 웃음을 터뜨렸다.

"야, 야…"

이상하게 풀이 죽어서 고대룡은 요섭에게 잔을 넘기고 있었다.

"찾아온 거, 누구야?"

요섭은 고대룡이 아니라 나를 향해서 대답했다.

"현창국."

"……"

훌쩍 잔을 비우고, 한마디 덧붙였다.

"중앙정보부에 특채됐다더라."

"뭐래?"

고대룡이 물었다.

"성재호지 뭐."

1975년 4월 ③

「4월의 장미」, 「황사바람 속에서」, 「풍향계」, 「서울에는 봄이 없다」….
비슷비슷한 분노와 결기를 담은 시편들의 낭송이 한차례 지나가고, 사회
를 맡은 요섭이 선언했다.

"이상으로 일부 순서를 마치고, 잠시 쉬었다가 이부를 계속하겠습니
다. 한잔씩들 하십시오."

박수를 치는 사람들은 다해서 삼십 명쯤…. 출연자와 청중이 반반이었
지만 나름대로 성황인 셈이었다. 대룡의 말마따나 '사상 초유'의 '대폿집
시낭송회'였으니까. 학교 측에서 교내외의 모든 집회를 막고 있어서, 경찰
이나 정보당국이 알면 잡혀갈 수도 있는 '불온한 모임'이라서 어쩔 수 없었
다고 했다. 방안에는 '하수상문학회' 회원들이 앉고, 탁자가 다섯 개인 홀에
는 알음알음으로 모여든 청중들이 술잔을 기울이고 있었다. 시작하기 전
에 고대룡은 내 귀에 대고 한 사람 한 사람의 '정체'를 알려주었다.

대학주보 편집 간사라는 이 선생. 삼십 대 중반쯤이었는데 덩치가 고
대룡과 엇비슷했다. 학생기자들을 네 명 데리고 왔다.

좀 전에 보았던 대학서점 공진석 씨.

근처 양복점과 문방구 주인.

회원이 아닌 국문과 학생이 셋.

신문방송학과가 둘.

각각 이름이 송희, 창순이, 양숙이라는 '아가씨'들도 있었다. 학교 앞인 이 회기동에 방을 얻어놓고 청량리 쪽 술집에 나가는 호스티스들이었다. 그중 제일 반반한 얼굴인 양숙이가 성재호를 숨겨주고 있었다. 방 두 칸 짜리인 바깥채를 혼자 쓰고 있어서, 한 칸을 선뜻 내주었다고 했다. 대룡이 잠깐 화장실 간 사이에 요섭이와 박충규가 조심스럽게 나누는 얘기도 들었다.

　"형, 정말 괜찮은 걸까?"

　"성재호하고 양숙이?"

　"어."

　"믿어야지 뭐. 만약 무슨 일이 있다면…."

　"있다면?"

　"성재호도 그 수준밖에 안 된다는 얘기겠지."

　"대룡이형 때문에 그렇지 뭐. 대룡이형이 좋아하는 거 몰라?"

　"알아, 알아. 그 이유도 있고, 또 그 현창국인가 뭔가도 나타났다니 까… 내일 아침에 의정부로 데려갈려고."

　"형 집에?"

　"아니, 적당한 데가 있어."

　아가씨들 바로 옆 탁자에 혼자 앉은 사람은 체대 4학년 복학생이라고 했다. 아마추어 복싱 라이트헤비급 선수 김무광. 거무스름한 얼굴에 곱슬 곱슬한 머리를 하고 앉아서, 말없이 소주잔만 비우고 있었다. 그가 들어섰 을 때 천하의 고대룡도 놀란 기색이었다.

　"저 새끼가 왜…?"

　내가 보기에도 수상쩍었다. 1부 시낭송이 이어지는 중에도 내내 뭔가 비웃는 듯한 표정이었다. 옆자리의 아가씨들을 힐끗힐끗 훔쳐보기도 했다. 특히 양숙이를… 아무래도 '폭탄' 같았다. 고대룡과 맞붙으면 누가 이길까, 하는 생각이 들 수밖에 없었다.

"자, 그럼…."

요섭이 일어나서 2부를 시작하려는데 탕탕탕, 문을 두들기는 소리가 났다. 모일 사람이 모두 모이자 주인 '작은엄마'는 안으로 문을 걸고 밖에는 '금일 휴업'이라 써 붙여놓았다. 화장실도 방을 통해서 안으로 드나들게 했다.

"아줌마! 문 열어!"

"경찰이야! 열어!"

어쩔 수 없다는 듯 조리대 뒤에서 일어난 작은엄마가 문을 열었다. 이파리 두 개짜리 경찰 하나와 곤봉을 허리에 찬 방범대원 둘이 들어섰다.

"지금 이거 뭐야?"

"……"

"무슨 짓들 하는 거냐고!"

"저기, 그게…."

작은엄마가 머뭇거리자 대룡이 일어나는데

"가만있어."

박충규가 제지하면서 홀로 나갔다.

"수고 많으십니다아—."

"당신이 주동자야?"

"영찬이 형님 잘 계시죠?"

"……"

경찰은 놀란 표정이었는데, 박충규는 방범대원들의 어깨를 툭툭 두들기고 있었다.

"김대장도 잘 있고?"

"······."

평소에도 누구나 서른쯤으로 나이를 본다는 박충규는 단 두 마디로 일행을 제압해버렸다.

"자, 나가서 얘기합시다, 나가서···."

양떼를 모는 것처럼 밖으로 끌고 나가버렸다.

5분쯤 지나서 돌아왔다.

"어떻게 됐어?"

초조하게 묻는 작은엄마에게 씨익 눈이 안보이게 웃는 박충규.

"내가 누구야?"

"해결됐어?"

"그러엄."

"어떻게?"

박충규는 손가락 다섯 개를 펴 보였다.

"오천원?"

"어."

짝짝짝 박수가 터져 나왔다.

"역시 회기동 보안관!"

"오빠, 멋쟁이!"

의기양양하게 방에 들어와 앉는 박충규에게 고대룡이 물었다.

"근데 영찬이형이 누구야?"

"회기파출소 소장."

"김대장은?"

"방범대장."

와하하하… 폭발하듯 웃음이 터져 나왔다. 하지만 나는 보았다. 혼자 시무룩한 김무광이 무언가 씨부렁거리는 그 입모양을 읽을 수 있었다.

씨발놈….

마지막 순서는 회장인 고대룡이었다. 무대라고 설정해놓은 문턱께에 버티고 서서 원고도 없이 우렁우렁한 목소리로 낭송을 시작했다.

어떤 연가

사랑하는 사람아 도끼를 다오
진정 사랑한다면 도끼를 다오

길은 이제 끝나가고
숲은 깊고도 어둡다
그만 돌아가자고
돌아가도 된다고 속삭이지 말아라.

늘 이런 숲과
이런 어둠을 꿈꾸었다
끝없는 길을
끊어진 길을
길 없는 길을 소망했다.

맨몸뚱이 도끼 한 자루로
가고 또 가서
끝내는 하늘 찌른 저
검참쇠나무 아래 쓰러져 눕는
찬 비 맞은 주검이 되어
이 땅의 황토흙으로 돌아가는
그렇다, 저주받은
암흑의 벌목꾼을 열망했다.

사월이 가고 젊음이 가고
사랑하는 사람아 그제야 너는
한 걸음 한 걸음 이 길을 따라
고이고이 걸어서 오너라
핏내나는 바람으로 흘러가버린
우리들의 청춘을 울면서 오너라.

발자국마다
도끼자국마다 말라붙은
한 잎 꽃이면 좋다
이 땅에 때늦은 봄날
먼 아지랑이라도 좋다.

그러니 사랑하는 사람아
지금은 도끼를 다오

진정 사랑이라면

날 푸른 도끼를 다오.

"검참쇠나무는, 제가 만든 가상의 나무입니다. 검고 크고, 쇠처럼 단단한 나무… 무엇을 뜻하는지는 여러분의 상상에 맡기겠습니다."

마치 웅변 같은 낭송을 마치고 고대룡은 지그시 눈을 감았다. 박수소리도 무겁게 울려퍼졌다.

"자, 그럼…."

요섭이 일어났다. 서두르는 눈치였다.

"이것으로 시낭송회를…."

"잠깐만요!"

손을 들고 일어선 것은 양숙이였다. 탤런트 한혜숙을 닮은 얼굴, 짝 달라붙는 하늘색 원피스. 조금 휘청거리면서 걸어왔다.

"나도 하나 읊을게요."

와― 환성이 터져 나왔다. 고대룡, 요섭이의 옆에 와서 나란히 서는 양숙이.

"제목은… 음, 도끼와 날개!"

도끼와 날개

도끼로는 갈 수 없다

날아서 가야 한다

그런데 생각해 봐

나 같은 년에게

날개가 어디 있나?

와하하하… 웃음과 박수가 쏟아졌다.

"죽이는데?"

"장원이다, 장원!"

"캄샤합니다, 캄샤합니다…."

양숙이는 마치 무대에 선 '미스 코리아'처럼 한 손을 들어 흔들며 답례하고 있었고, 나는 보았다. 그 옆에 서 있는 고대룡의 두 뺨으로 주룩 눈물이 흘러내리는 것을. 그 의미도 알 것만 같았다. 하지만 시작부터 불안불안하던 '대폿집 시낭송회'는 역시 해피엔딩일 수 없었다. 김무광이 일어섰다.

"아, 조용들 하고!"

두 손을 내저어 분위기를 가라앉혔다.

"질문 하나 합시다!"

한 발 앞으로 나서자 이편에선 고대룡이 맞상대가 되었다.

"뭡니까?"

"검참쇠나무란 게 뭡니까?"

"아까 설명했잖아요!"

"그러니까, 박정희 대통령 각하가 검참쇠나무다 이거요? 대통령각하를 도끼로 작살내고 싶다, 이거냐고!"

"……."

"대답을 해! 왜 못 해?"

"이보세요!"

고대룡 대신 양숙이가 목소리를 높였다.

"왜 깽판이에요? 나가요!"

"뭐? 이 걸레같은 년이….”

퉤, 김무광이 바닥에 침을 뱉자 고대룡이 몸을 날렸다.

"이 새끼가!”

"하이구….”

김무광이 피하면서 주먹을 날렸고, 고대룡의 우람한 덩치가 벌렁 뒤
로 넘어갔다. 탁자가 둘이나 자빠지고 소주병이 굴러떨어지고 찌개 냄비
가 쏟아지고…. 다들 우루루 일어나자 김무광은 빈 소주병을 쨍— 하고
깨들었다.

"좋아! 다 덤벼!”

모두 멈칫하는데

"김무광이!”

대학주보 이 선생이 앞으로 나섰다. 밀리지 않는 체격이지만 젊은 나
이는 아니었다.

"너 여기 왜 왔어?”

"……..”

"애초에 여길 왜 왔냐고!”

"왜? 무식한 놈은 이런 데 못 오나?”

"너, 쁘락치지?”

"뭐?”

"쁘락치 맞잖아! 내가 다 안다, 이 자식아!”

"말 다했어?”

김무광이 깨진 소주병을 칼처럼 내밀었다.

"어디 쑤셔봐!”

이 선생은 좀 취한 것 같았다. 양복저고리를 벗어던지고 셔츠를 걷어

올려서 불룩한 배를 내밀었다.

"못 할 줄 알아?"

"해봐!"

"이게 정말…."

진짜 찌를 것 같은 순간이었다.

"야, 이 쌔끼들아!"

창순이라는 아가씨가 일어났다.

"이 못난 쌔끼들이…. 할 거면 임마, 청와대 앞에 딱 가서 '유신반대다! 박정희 물러가라! 하다 못해 혈서라도 한 장 쓰고 이래야지! 뭐, 도끼가 어떻고 쁘락치가 어떻고…, 에라, 이 한심한 놈들아! 말로 거시기하면 자손이 귀하다고 했다, 이 씨팔놈들아…."

다들 어안이 벙벙해져 있는데 송희라는 쪽도 빠지지 않았다. 자그마한 몸집으로 달랑 탁자 위에 올라섰다.

"나도 있다, 이놈들아! 나도 있다고! 양숙이만 여잔 줄 아냐?"

훌훌 원피스를 벗어 던졌다. 가무잡잡한 알몸에 걸친 팬티와 브래지어마저… 작은엄마가 얼른 달려들어 감싸 안았다.

"미쳤어, 다들?"

"놔아!"

팔을 뿌리친 송희가 탁자 위에 털썩 주저앉았다. 공진석 씨의 코앞에서 허어엉 소리 내어 울음을 터뜨렸다. 알몸인 채로.

"나도 데려가, 엄마…."

정신을 차리지 못하고 있는 김무광에게 슬그머니 다가간 창순이가 소주병을 뺏어버렸다. 저항도 없었다. 상황종료였다.

1975년 4월 ④

등대여관에 들어섰을 때는 열한 시가 지나있었다. 사 들고 온 술과 안 줏거리를 방바닥에 내려놓는 고대룡을 향해 박충규가 물었다.

"요섭이는?"

"몰라서 물어? 여자 만나러 갔겠지. 저기 곤돌라쯤에서 기다리고 있겠지 뭐. 청량리 부림호텔 정도나 갈 테고."

"야, 야."

"뭐 어때? 인호 씨도 다 알 텐데…. 인호 씨, 유인실 알죠? 영화배우."

인실이는 이제 영화 쪽으로도 데뷔했다.

"예."

"요섭이하고 둘이 그렇고 그런 사이라는 것도 알죠?"

"소문은요."

"거봐, 모르는 사람이 어디 있어?"

어금니로 소주병을 따고 마른오징어를 찢고… 여관방에 술판을 벌여 놓으면서도 고대룡은 계속해서 투덜거렸다. 나쁜 새끼, 이런 날까지도, 아주 환장을 했어, 환장을….

"우리는 그렇다 쳐. 인호 씨도 왔는데, 씨발놈…."

잔을 깜빡했다면서 병나발로 술을 들이붓고 있었다.

"좋아, 좋아. 뭐, 여배우하고 연애할 수도 있지 뭐. 그렇지만 양다리는 곤란하잖아? 편지도 하고 전화도 하는 그 여자는 뭐가 되는 거냐고오."

미혜로구나 했다.

"이 새끼, 오늘은 내가 그냥…."

고대룡은 으르렁거리는데

"인호 씨."

나를 부르는 박충규는 술기운이 있는 것 같지도 않았다.

"요섭이는 오지 않을 거고, 조금 있으면 성재호 그 친구가 올 텐데…
만나서 좋을 거 없지 않을까요?"

말뜻은 알 수 있었다. 수배 중인 친구와 접촉했다가 나중에 무슨 덤터
기를 쓰게 될지도 모른다…. 나는, 다른 이유로 해서 피하고 싶었다. 겨우
장윤태 정도를 겁내서 서울까지 왔다고 하면… '혁명가' 성재호는 속으로
얼마나 웃을까.

"우리야 밤새 술 먹을 거니까… 공연히 옆에서 벌설 이유도 없고…."

그렇다고 선뜻 대답할 수도 없어 머뭇거리는데 고대룡이 벌떡 방바닥
을 차고 일어났다.

"갑시다!"

가게들이 모두 문을 닫은 시장길을 걸어 국민학교 교문 앞에서 고대
룡은 멈춰 섰다.

"담배 한대 피고 갑시다."

어둠 속에서 고대룡은 담배를 피워물고, 나는 우두커니 서서 길 건너
주택가의 불빛들을 바라보았다. 통금시간이 다가오고 있었다.

"인호 씨."

"예."

"조용하지요? 서울 같지 않지요?"

"예."

"저기 조금만 나가면 큰길이에요. 버스, 택시… 지금 난리도 아닐 겁니다. 직선거리로 불과 한 이십미터…? 저쪽은 소위 귀가 전쟁! 이쪽은 적막강산…."

"……."

"시 하나 읊어볼까요?"

골목길의 망명

한 걸음만 안으로 들어서면
세상은 이렇게 조용합니다

모든 것은 그저 풍문일 뿐
어디선가 개가 짖고
누군가는 늦은 밥상 앞에 앉고
자장가 소리
누군가는 아이를 재웁니다.

"그다음은… 에이, 모르겠다!"

"……."

"시는 즉흥시가 최고라는데, 이 돌대가리로…. 요섭이같이 소설이나 쓸까…?"

요섭이 옆에서 늘 그랬듯이 그저 조용히, 나란히 서 있을 수밖에 없었다.

요섭이처럼, 다른 모두들처럼 고대룡도 나의 대답을 기다리지는 않았다.

"오늘, 박충규 그놈, 하는 거 봤죠?"

마무리도 그의 몫이었다. 머쓱해서 서 있는 김무광의 어깨를 감싸 안고 나갔다가 혼자 돌아왔다. 그때는 이미 창순이와 송희도 호호, 헤헤… 무슨 일이 있었느냐는 듯 술잔을 비우고 있었다. 충규 씨, 우리 잘했어?

"보신 대로예요. 무슨 일이나 다 대책을 가지고 있는 놈이지요. 또 어떤지 알아요? 우리도 가끔은 무교동이나 명동 쪽으로 나가기도 하거든요. 열한 시 좀 지나면 택시 잡느라고들 난리가 납니다…."

합승을 해야 하는데 고대룡은 늘 외친다고 했다.

"경희대! 경희대!"

종로나 명동에서 경희대 가는 사람이 얼마나 되겠는가. 택시가 잡히지 않으면 박충규가 나선다고 했다.

"동대문!"

쉽게 잡힌다. 동대문에서 내려 또 외친다.

"청량리!"

청량리에서는

"경희대!"

번거롭긴 하지만 어김없이 통금 전에 도착할 수 있다. 의정부에 있는 집에 갈 때도 학교 앞에서 청량리, 신설동, 미아리를 거치면 일사천리다.

"그렇지만 난…."

길게 연기를 뿜어내는 고대룡. 벌써 세 개비째였다.

"그렇게 살기 싫어요. 잡히든 안잡히든 경희대! 경희대! 이러면서 살

겁니다. 까짓거, 밤을 새든 말든, 통금에 걸리든 말든!"

꼭 택시만을 두고 하는 말은 아니기에, 나는 조심스럽게 물어보았다. 택시 이야기인 것처럼.

"요섭이는 어때요?"

"그 새끼는… 가만히 뒤에 서있죠. 웃으면서."

"……."

"뭔가 다른 방법을 알고 있는 놈같이. 그렇지만 나서기 싫다는 듯이…."

어릴 때도 그랬다. 그 게 요섭이였다.

"폼나지! 멋있지! 그런데 문제는… 다른 방법은 없다는 거지! 뭐가 있겠어! 씨발놈…."

그 새끼, 씨발놈… 욕을 할 때마다 느낄 수 있었다. 이 사람은 요섭이를 정말 좋아하는구나.

"인호 씨."

"예."

"내려갈 때, 주소 꼭 알려주고 가요. 내 맘에 드는 사람들한테 편지질하는 게 내 취미활동이에요. 뭐, 요섭이 소식도 전해드리고."

"……."

"그놈이 편질 하겠어요, 전활 하겠어요? 여자한테나 하지. 자, 갑시다!"

교회를 지나고 슈퍼를 지나고 불 꺼진 복덕방을 지나서 고대룡은, 마치 여관처럼 쪼르르 창문이 달린 2층 건물 앞에 멈춰 섰다. 2층 맨 구석, 불이 켜진 방을 올려다보면서 어이없다는 듯 중얼거렸다.

"뭐야, 저 자식…."

고대룡은 가고, 하숙방에 요섭이와 나, 둘만 남았다. 요섭이는 책상 앞에 앉고 나는 개켜놓은 이불에 눕듯이 기대앉았다. 옆모습을 보이면서 요섭이가 혼잣말처럼 입을 열었다.

"한 이삼일 있다 내려가면 될 거야."

"……."

"광춘이가 다 조치해놓겠대."

광춘이가 윤태를 만난다는 얘기겠지 싶었다. 그렇다면 올라올 필요도 없지 않았을까? 아니었다. 광춘이와 요섭이는 또 달랐다. 나 혼자 어떻게 남강 건달 세계의 이인자를 찾아갔겠는가.

"고마워."

진심이었지만 요섭이는 끄덕이지도 않았다.

"근데, 재호는 안 만나도 돼?"

언젠가 했던 말처럼 둘 사이는 각별하지 않은가. 묻지 않을 수 없었다. 아니, 고대룡의 얘기 때문이었는지도 몰랐다. 언제나 웃으면서 뒤에 서 있다….

"내가 있으면, 재호가 오버할 가능성이 많아."

"……."

"임꺽정이가 내 욕 많이 했지?"

"누구?"

"고대룡 말야."

고대룡이 임꺽정이라고? 심각한 중에도 피식 웃음이 새어 나왔다. 한 방에 나가떨어지면서?

"뭐, 그냥 이말 저말…."

"읽어봐라."

요섭이가 건네준 것은 두 장의 편지지였다.

유인실 양에게.

분주한 일정 중일 것으로 압니다. 동향인으로서 인실 양의 눈부신 활동에 늘 자랑스런 마음을 가지고 있습니다. 신인 여배우상 후보로도 오르내리더군요.

우리 한 번 본 적 있지요? 언젠가 서창포로 한요섭 군을 데리러 갔던 바로 그 선생입니다. 이입삼이라고 합니다. 여러 가지 인연도 있고 해서 한요섭 군의 장래에 큰 관심과 기대를 갖고 있는 사람입니다.

인실 양.

서울은 어떤지 모르겠으나 이곳 남강 일대엔 인실 양과 한요섭 군의 스캔들이 파다합니다. 동거설, 비밀결혼설, 심지어는 벌써 아이가 있다는 소문까지 있습니다. 물론 나름대로 한요섭 군을 잘 알기에 스캔들은 스캔들일 뿐이리라고 믿습니다. 하지만 짐작하건대 전혀 근거 없는 유언비어는 아닐 것이며, 조만간 싸구려 주간지에 대문짝만한 폭로기사가 실리지 않을까 예상됩니다.

인실 양.

나는 두 사람의 이성 관계, 그 자체에 대해서는 별 관심이 없습니다. 솔직히 말해서 이런 스캔들이 모델 겸 여배우 유인실 양의 장래에 어떤 영향을 미칠 것인지도 신경쓰지 않습니다.

그러나 한요섭 군은 다릅니다. 그 친구는 우리 문학사를 장식할 시인이나 작가로 성장할 재목입니다. 한 여인과의 온당치 못한 사랑놀음에 빠져 황금 같은 청년기를 낭비해선 안됩니다. 그가 얼마나 방황하고 번민하고 있는지 나는 알 수 있습니다. 이

대로 가면 곧 파멸하고 말 겁니다. '술과 장미의 나날'은 결코 시인이나 작가의 인생이 아닙니다. 어쩌다 빠져들었다 해도 어느 한 시기에 그쳐야 하며, 짧으면 짧을수록 좋겠지요.

인실 양.

인실 양이 한요섭 군을 과연 얼마나 사랑하는지 나는 알지 못합니다. 진정으로 사랑한다면 그를 놓아주세요. 고독하지만 올곧은 문학청년으로 살아가게 해주세요. 그게 사랑입니다.

너무 케케묵은 공자님 말씀이지요?

그렇지만 삶의 진실은 바로 이런 곳에 있습니다. 세월이 많이 흐른 뒤면 이렇게 주제넘은 나의 간섭을 고마워할 때가 있을 겁니다. 반드시 그럴 겁니다.

한요섭 군의 은사 아닌 은사로서 나는 혈서를 쓰듯 이 글을 씁니다.

인실 양.

부탁합니다.

이입삼

※ 아시겠지만 이 편지는 비밀입니다. 어디까지나 인실 양 개인의 자발적인 결단으로 해주세요.

이입삼 선생의 네모난 얼굴이 눈앞에 있는 것 같았다. 이입삼은 역시 이입삼이었다. 바로 오늘 전해 받았다는 말일까? 비밀로 해달라는 당부를 무시하고 요섭에게 건네주었다고? 솔직한 것일까, 경박한 것일까… 알 수 없었다. 아니, 더 생각할 힘이 없었다. 불과 몇 시간 동안 얼마나 많은 사람을 보고, 얼마나 많은 이야기를 들었단 말인가. 앉지 않고 서 있었다면 그만 쓰러지고 말았을 것이다.

"인실이가…."

요섭이가 조금 갈라진 목소리를 냈다.

"헤어지자더라."

1975년 4월 ⑤

다음날, 경희대도 휴교에 들어갔다.

요섭이와 고대룡과 박충규와 나는 전철을 타고 인천 월미도에 갔다.

'대룡이가 터져버릴 것 같애.'

아침부터 박충규가 재촉해서였다. 덕분에 나도 생전 처음으로 바다를 보게 되었다. 고2 때 이입삼 선생과 함께 간 서창포에서 본 것은 그저 어둠뿐이었다. 떠나기 전에 지난밤의 이야기를 들을 수 있었다.

열한 시 반쯤에 성재호는 등대여관에 왔다. 아무래도 위험하니 의정부 쪽으로 옮기자는 제안에 고개를 흔들었다.

'내가 알아서 한다. 그동안은 고마웠다.'

정작 위험한 장소는 이런 데라면서, 5분 만에 등대여관을 떠나 양숙이네 집으로 돌아가 버렸다.

전철 안에선 다들 말이 없었고, 택시를 타고 도착한 월미도는 섬이 아니라 황량한 매립지였다. 흙먼지 날리는 바닷가에 포장마차가 늘어서 있을 뿐이었다. 내가 처음 본 바다는 누렇고 탁하기만 했다. 흐린 날이라서 수평선도 보이지 않았다.

"바다도 바다가 아니야…."

고대룡은 탄식했다. 술이나 먹자면서 박충규는 일행을 포장마차 안으로 밀어넣었다.

술기운이 오르자 고대룡은 말없이 혼자 밖으로 나갔고, 오래지 않아 노랫소리가 들려왔다.

술 마시고 노래하고 춤을 춰봐도
가슴엔 하나 가득 슬픔뿐이네
무엇을 할 것인가 둘러보아도
보이는 건 모두가 돌아앉았네
자 떠나자 동해바다로…

막 목청을 높여야 할 대목에서 노래는 끊겨버렸다. 아무 소리도 더는 들리지 않았지만 떠올릴 수 있었다. 맨땅 위에 주저앉은 고대룡의 뒷모습을…. 나는 미선이 아버지 문태식 씨를 생각했고, 요섭이가 들려준 고래들 이야기를 생각했다. 먼 어느 바닷가 모래밭에 떠밀려온 고래들. 돌아가지 못하고, 어쩌면 부러 돌아가지 않고서… 죽어가는 그 고래들. 고래도 눈물을 흘릴까? 고대룡은 그랬다. 양숙이가 취한 목소리로 「도끼와 날개」를 읊을 때…. 그 양숙이는 아침에도 성재호를 위해 밥상을 차렸겠지.

하지만 고대룡은 임꺽정처럼 씩씩거리면서 돌아왔다.
"야, 가자!"

하숙집에 도착하자 경자라는 식모아이가 요섭에게 쪽지를 건네주었다.

"여자분인데요, 몇 번이나 전화했어요!"

요섭이는 주인집 거실에 있는 전화기로 달려들었고, 우리는 마당에 서서 기다렸다. 한 마디 한 마디 짧고 다급한 요섭이의 목소리만이 들려왔다.

"여보세요?"

"양숙씨, 나예요. 한요섭!"

"뭐라구요?"

"네."

"네."

"네."

"알았어요."

"작은엄마집으로 와요, 지금!"

다 짐작이 갔고, 뛰쳐나온 요섭이가 확인해주었다.

"재호가 잡혀갔대!"

그런 순간에도 나는 혼자 고개를 갸웃했다. 왜 고대룡이 아닌 요섭이를 찾았을까, 양숙이는.

고대룡의 편지
— 1975년 7월

7월 중순, 고대룡의 첫 편지를 받았다. 말했던 '편지질'의 시작이었다. 처음부터 길지는 않았다.

그날, 양숙이 집에 쳐들어와서 성재호를 잡아간 것은 경찰이 맞다고 했다. 현창국의 중정 쪽은 아니었다고. 뒤늦게 요섭이를 다시 찾아온 현창국이 으르렁거렸지만 별다른 일은 없었다고.

재호는 학교에서 제적당했지만 감옥에는 가지 않고, 육군에 입대했다고. 54년생이었다는, 내가 모르는 사실까지도 전해주었다.

'한 번도 본 적 없지만'이라고 단서를 달면서 오창수의 소식도 써 보냈다. 함께 고려대에서 제적. 55년생인데다 3대 독자라서 군대는 해당이 없고, 이곳저곳 도서관을 전전하면서 다시 입시공부를 하는 중이라고. 찾아간 요섭에게 이번엔 서울대라는 목표를 밝혔다고. 고대에서 제적당하고 서울대에 들어간다? 실현 여부를 떠나서 그런 발상만으로도 대단하지 않으냐고 고대룡은 탄복하고 있었다.

마지막 두 문장이 언제까지나 마음에 걸렸다.

'양숙이는 회기동을 떠났어요.

애를 가졌다는 소문만이 남았습니다.'

고대룡의 편지
— 1975년 8월

인호 씨, 잘 지내지요?

오늘 우리는 박정희 대통령을 만났습니다. 거룩하게도! 경례도 했지요. '충! 성!'

하하하하. 소위 '중앙학도호국단' 발단식에 참가했다는 얘깁니다. 우리 경희대를 대표해서, 여의도 '5·16 광장'에서.

서울 소재 모든 대학에서 200명씩 동원됐답니다. 다른 데는 어쨌는지 모르지만 우리 학교는 교련 학점 미달자들로 인원을 채웠지요. 어쩝니까? 교련이 펑크나면 즉시 '학적변동자'가 되어서 군대에 끌려가는데… 모여보니 나, 충규, 요섭이 외에도 작은엄마집 단골들은 거의 다 '선발'되어서 한참을 웃었지요. 유유상종, 초록이 동색.

학교 버스에 관광버스까지 출동해서 여의도를 오가며 3일간 연습, 하루 총연습 후에 오늘 본행사가 있었지요. '대통령 각하 임석'하에.

지난봄에는 분명히 데모대에 끼어서 돌을 던졌을 놈들이 '열'과 '오'를 지어 사열을 받고 분열을 했지요. 사열대에 버티고 선 박정희를 우러러보면서. 소총을 어깨에 메고, 군악대 행진곡에 발맞춰.

짠짠짠짠, 쿵작쿵작.

분열 앞으로 갓!

짠짠짠짠, 쿵작쿵작.

우로오 봣!

충! 성!

짠짠짠짠, 쿵작쿵작.

여자대학교 학생들은 흰 블라우스 차림으로 사열대 좌우에 도열해서 박수를 치고, 마지막엔 합창을 이끌었지요.

배우면서 지이키자아 학도호국다안—.

참가한 전원이 합창하는 말미에 우리 학교 200명은, 내 '사주(?)'에 따라서 이렇게 바꿔 불렀지요.

핫도오그다아—.

이불 속의 활갯짓… 우리의 저항은 고작 그 정도…. 행사 후에는 4 · 6 배판 사이즈의 고려당 카스텔라와 손바닥만한 기념 메달이 문교부장관 이름으로 나왔지요. 학교 측에선 현금 2천 원씩. 화대죠 뭐. 화대.

버스로 한강 다리를 건너올 때 내가 또 바람을 넣었지요.

"자, 우리! 카스텔라는 먹고! 메달은 버립시다!"

우리 버스에서는 모두 창문으로 기념 메달을 한강에 집어던졌지요. 아, '모두'라고는 할 수 없겠네요. 소중하게 간직한 친구들도 분명 있었으니까…. 그편이 더 자연스럽지 않아요? 어느 쪽이나 일사불란, 혼연일체는 좀.

어쨌든 오늘은 대낮부터 작은엄마집에서 카스텔라 안주로 소주를 마시는 진풍경이 펼쳐졌지요. '안주는 안 시키냐?'면서 성화를 부리던 작은엄마도 웃고 말았지요.

이제 '학도호국단'이 총학생회를 대신하고, 학교 측이 임명하는 그 대표를 '사단장'이라고 한다네요. 75학번인 지금 1학년부터는 1주일씩 '병영집체훈련'도 가야 하고요. 모든 대학의 군대화?

그래도 다들 조용합니다.
언제 무슨 일이 있었느냐는 듯 조용합니다.
나도 그만 입을 다물기로 합니다.

P.S. 요섭이는 뭔가 쓰고 있어요. 그뿐입니다.

고대룡의 편지
—1976년 10월

한요섭 필화사건에 대한 보고

1.

1975년 11월 어느 날, 작은엄마집에 세 사람이 있었습니다.

글을 쓰지 않는 박충규가 물었지요.

"신춘문예 준비는 하고있는 거야?"

나는 선뜻 대답했습니다.

"석기시대란 걸 쓰는 중."

"석기시대?"

"장시야. 산문시고… 원고지 한 삼십장?"

신문의 한 면을 독차지해버릴 생각이었습니다.

"세 편씩 내야되지 않나?"

"그래서 고민이야. 나머지 두 편."

"그 맹세, 변함없는 거지?"

"그러엄."

1학년 신입생 때부터 나는 큰소리쳐 왔습니다. 재학 중에 데뷔해서 '학생시인' 소리를 듣겠다, 그만한 재능도 없이 무얼 하겠느냐, 안 되면 졸업과 동시에 붓을 꺾겠다….

"제주도 관광단도?"

"그럼, 그럼."

신춘문예에 당선되기만 하면, 국문과 친구들 중 희망자는 전원 제주도 관광을 시켜주겠다…. 이 또한 해마다 거듭되는 나의 약속이었지요. 물론 상금으로.

"요섭이, 넌?"

옮겨간 질문에 요섭이는 의외로 순순히 대답하더군요. 그놈답지 않게.

"소설, 준비하고 있어."

"시가 아니고 소설?"

"소설."

"어떤 거?"

"제목은 훈장. 그 이상은 묻지 마."

"군대 이야기야?"

"군대 이야기면서… 묻지 말라니까!"

훈장. 어쩐지 내용을 알 것 같은 기분이었지요. 나는 이상주의자라서 고개를 끄덕였고, 충규는 현실주의자이기에 한마디 했습니다.

"조심해서 잘 써."

어느 쪽인지 늘 불분명한 요섭이는 말없이 웃기만 했습니다. 나중에 박충규는 내게만 한 마디 귀뜸하더라구요.

"저 자식, 여자 안 만나는 모양이지? 눈빛이 살아났어…."

2.

1976년 1월, 내 걸작은 신문에 실리지 않았습니다. 심사평에서도 이름을 찾을 수 없었지요. 신춘문예 예심은 기자들이 합니다. 그 사람들에게

'보는 눈'이 있으면 얼마나… 에이, 그만둡시다.

요섭이는 떨어졌지만 심사평엔 이름을 올렸습니다. 극찬이었어요. 심사평만 봐서는 당선이 돼야 하는데… 역시 사연이 있었더라구요. 심사위원 두 분 중에 황순원 선생이, 일부러 떨어뜨렸다는 겁니다.

마지막 두 편을 두고 결정을 하는데, 다른 심사위원인 홍 선생은 요섭이의 「훈장」을 골랐답니다. 하지만 황 선생의 생각은 달랐고, 결국 경쟁작이 당선작으로 뽑혔다는 거지요. 기자들에게 통고를 하고 나서야 우리 황순원 선생은 말씀하셨다는 겁니다.

'사실 한요섭이란 친구는 내 제자인데, 이제 이학년이다. 너무 빠른 데뷔는 독이 될 수도 있다….'

홍 선생이 여기저기 얘기를 퍼뜨려서, 요섭이의 낙선은 문단의 화젯거리가 되었다네요. 학생도 대단하고 선생도 대단하다… 솔직히 질투하지 않을 수 없는 놈이지요. 낙선을 하고도 유명해지다니! 스승으로부터 그런 총애를 받고 있다니!

신학기가 되었지만 황 선생은 그 일에 대해 일언반구 말씀이 없으셨고, 요섭이도 뭐… 까짓거, 언제 돼도 되겠지 하는 배짱인 것 같았지요.

하지만, 내심으로는 나름 초조했던 모양입니다.

3.

4월이 되어서 요섭이는 어느 유명 문학지로부터 연락을 받았습니다.

'그 「훈장」이란 작품을 정리해서 보내주면, 우리 잡지의 신인상 당선작으로 뽑아주겠다.'

이름만 대면 누구나 아는 시인이 주간 겸 발행인이었는데, 직접 연락

했다고 들었습니다. 요섭이는 그 제안을 받아들였습니다.

　인호 씨도 아시는지 모르지만 요섭이는 원고를 두 번 쓰지 않습니다. 「훈장」의 경우도 초고라는 게 아예 없었던 거지요. 새로 써야 한다는 얘기에 충규가 고개를 갸웃했습니다.

　"그게, 똑같을 수가 있나?"

　요섭이 이놈은… 웃으면서 손가락으로 제 머리를 짚어 보이더라구요. 거기 다 들어있다는 거지요. 그럴 때는 정말 쥐어박고 싶지만, 그게 또 사실인 걸 어떡합니까?

　요섭이는 원고를 보냈고, 우리는 기다렸습니다. 그 문학지는 3개월마다 신인상을 발표했는데, 6월에는 소설부문에 다른 작품이 뽑혔지요. 여름방학을 넘긴 9월호에는 아예 '당선작 없음'에 심사평도 실리지 않았더라구요.

　요섭이는 주간 겸 발행인에게 전화를 했습니다. '뽑는다고 해놓고 왜 안 뽑았느냐?'라고야 할 수 있나요? 점잖게 '원고를 돌려받고 싶다.' 이랬지요. 그쪽에선 이렇게 말하더랍니다.

　'미안하다. 뽑을 수 없는 사정이 있었다. 원고는 심사위원한테 있으니 그쪽으로 찾아가 보라. 아마 좋은 말씀을 해주실 거다.'

　그 심사위원이란 분은 유명한 문학평론가로 대학교수이기도 했습니다. 전화를 먼저 하고, 요섭이는 그 학교에 다녀왔습니다. 빈손으로 왔지요.

　4.

　단편소설 「훈장」의 내용은 이랬답니다.

전방의 어느 보병대대에 ROTC 신임소위가 전입해온다. 그 부대는 '군인정신의 신화'를 간직한 곳이었다. 훈련 중에 잘못 떨어진 수류탄에 소대원들이 다수 희생될 수 있는 위기에서, 자신의 몸을 던져 수류탄을 덮쳤던 소대장 장석천 중위!

신임소대장 현철기는 그 후임으로서 그 정신을 계승하라는 유형무형의 압력에 시달리지만, 오히려 그 신화의 진위 여부에 의문을 품는다.

마침내 모든 것이 조작된 허위이며, 장석천은 대대장의 비리를 캐다가 살해되었음을 밝혀낸다. 하지만 그 또한 대대장에 의해 사고사를 당하고, 그 죽음은 또 하나의 신화로 포장되어 남는다.

이 작품을 두고, 심사위원인 평론가 선생은 이렇게 말했답니다.

'젊은 패기는 인정한다. 그렇지만 이 작품이 지면에 실린다고 치자. 북한에서 볼 수도 있다. 그럴 경우, 북한 측의 선전자료로 이용될 게 뻔하다. 자, 보라! 남반부의 군대는 이렇게 썩어있다! 오죽하면 젊은 대학생이 소설로 썼겠는가! 이렇게 나올 수도 있다는 말이다.'

'그 재주나 정열로 다른 작품을 써보라. 단언하지만, 남북통일이 되기 전엔! 이런 작품은 대한민국의 그 어떤 지면에도 발표할 수 없을 것이다.'

묵묵히 끝까지 듣고 나서 요섭이는 말했다네요.

'저는 그런 말씀을 들으러 온 게 아니구요. 원고를 찾으러 왔습니다.'

'그게 왜 나한테 있나? 잡지사에 있지.'

'여기 있다고 했습니다.'

'뭔가 착오가 있는 모양이구만. 분명히 그쪽에 있어.'

요섭이는 빈손으로 돌아올 수밖에 없었지요. 아니, 무거운 짐 하나를 메고 돌아온 셈이었습니다. '남북통일' 운운…. 나는 하숙방 벽을 주먹으로 치고 말았습니다.

"뭐, 그런 게 있어?"

박충규, 우리의 '보안관'은 신중하더라구요.

"그게 현실일 수도 있어."

"야!"

"흥분하지 마. 기다려야 될 때도 있는 거야."

"언제까지? 말뺄 나는 날까지?"

"……."

요섭이는 입을 다물었고, 기회는 그렇게 날아가 버렸지요. 하지만 그게 끝도 아니었습니다.

5.

요섭이 아버지가 상경했습니다. 오랜 지병으로 몸도 좋지 않고, 무위도식하는 분이라고 들었습니다. 아들에게도 무심한 건지 관대한 건지, 크는 동안 제대로 된 칭찬도 잔소리도 들어본 적 없다더군요. 인호 씨도 알겠지요, 뭐.

나는… 솔직히 요섭이 방문에 귀를 대고 엿들었습니다.

"너, 데모하니?"

"아녜요. 요즘은 데모 자체가 없어요. 어느 학교나."

"친구 중에 뭐 좀, 불순한 애들이 있니?"

"아뇨, 왜 그러세요?"

"중정에서 신원조회가 내려왔단다."

"그게 무슨 소리예요?"

요섭이의 그 거룩하신 할아버지 한정원 선생에게, 평소 안면 있는 중앙정보부 남강지부(이렇게 부르는지 어떤지?)의 요원이 찾아왔답니다. 한정원 선생 그 양반, 통일주체국민회의 대의원인 건 아시죠?

'서울에서 한요섭이에 대해 신원조회가 내려왔습니다. 이유는 우리도 모르지만, 문제가 있는 거 같습니다. 단속을 좀 하십시오. 선생님께 누가 될 수도 있지 않겠습니까?'

그래서 한정원 선생이 요섭 아버지를 보낸 거였지요.

"옛날 일 때문일까? 현창국이가 중정에 들어갔다더니."

요섭이 아버지는… 추궁하는 게 아니라 진정으로 아들을 염려하는 기색이었어요. 난 장담합니다. 좋은 아버지였어요.

"현창국은 아닐 거예요. 다 알고 있는데 조회하고 말고 뭘…."

"그럼, 아무것도 짚이는 게 없어?"

요섭이는 조심스럽게 「훈장」 이야기를 꺼내더군요. 아버지는 아예 단정하시더라구요.

"그거다!"

"……"

"그 원고, 찾아와라! 아니면 나 못 내려간다!"

6.

잡지사 쪽에서는 같은 소리를 반복할 뿐이었지요.

'심사위원한테 넘긴 원고를 돌려받지 못했다.'

전화도 없이 요섭이와 나는 그 평론가를 찾아갔습니다. 아버지가 부탁을 했고 요섭이도 싫다고는 하지 않았거든요. 내 동행을.

금테안경 평론가 선생은 노발대발이었지요.

"왜 또 왔나?"

"나한테 없다지 않나!"

"그쪽에 착오가 있는 거라니까?"

이상한 점은… 우리 앞에서 그쪽에 전화를 할 수도 있을텐데 그러지 않았다는 거지요. 급기야는 이랬습니다.

"자넨 그 초고도 없어? 왜 이렇게 원고에 집착하는 거야?"

내가 나섰습니다. 최대한 나긋나긋(?)하게 상황 설명을 사실대로 다 했지요.

"그래서, 어른들께서 다 걱정을 해서 이렇게…."

"내가 쁘락치라는 거야, 지금?"

"……."

"나를 쁘락치로 모는 거냐고!"

"제가 언제…?"

"말이 그렇잖아, 말이! 내가 그 원고를 정보부에 넘기기라도 했다는 거냐고!"

"그럼 그 원고, 어디로 사라졌습니까?"

"그걸 내가 어떻게 아나? 당장 나가!"

이쯤 되자 요섭이는 자리에서 일어나더군요. 나도 따라서 일어섰지만, 그냥 물러날 수는 없었습니다.

"한 가지만 묻겠습니다."

"뭐야?"

"남북통일 전에는 어디에도 발표하지 못한다… 그거 진심이십니까?"

"진심이고! 그게 현실이야!"

7.

우리가 돌아오자 요섭이 아버지는 주인집으로 내려가서 한정원 선생과 길게 전화통화를 했습니다. 올라와서는 요섭이에게 말했지요.

"각서를 한 장 받아오라신다."

"……."

"학교 졸업 때까지는 시나 소설이나… 어떤 글도 응모하거나 발표하지 않겠다… 써라, 요섭아."

요섭이는… 썼습니다. 나를 내보내지 않은 건, 증인으로 삼는다는 뜻 같았습니다.

요섭이의 각서를 받아들고 한참을 들여다보던 아버지는… 이윽고 그 각서를 반으로 찢어버렸습니다. 다시 반으로, 다시 반으로 찢은 쪼가리들을 쓰레기통에 처넣어버렸지요.

"미안하다…."

그대로 일어나서 남강으로 내려가셨습니다.

8.

다음날 요섭이는 한정원 선생의 전화를 받았습니다. 이렇게 말했다
네요.

'이젠 정말로 내 손자가 아니다! 내가 죽어도 나타나지 마라!'

9.

인호 씨.

요섭이는 싸우고 있습니다. 이전까지도 싸우고 있었고요.

속으로 타오르는 그 불꽃이 남들에겐 잘 보이지 않을 뿐. 보여주는 걸
스스로 부끄럽게 생각할 뿐.

그리고 어디까지나 한 '개인'으로만 있으려 할 뿐.

제가 '허깨비' 얘기를 한 적 있지요? 요섭이는… 어쩌면 허깨비가 아
닐지도 모릅니다.

그나저나 이 허깨비에게는 단 한 번의 신춘문예만이 남았습니다.

고대룡의 편지
—1977년 2월

'충격적일 정도로 보기 드문 개성이지만 이 작품은 시가 아니다. 시 이전의 '그 무엇'일 뿐이다.'

지난 신춘문예 최종심에 올랐던 제 작품 「석기시대」 연작에 대한 심사평입니다. 중학생 시절부터의 내 열정에 대한 파산선고인 셈이지요. 이 심사평을 나는 또 이렇게 평합니다.

'참 잘도 아는구나.'

예, 그래서 아무런 유감도 미련도 없습니다. 나 자신에게 맹세한 대로 붓을 꺾을 뿐이지요.

인호 씨.

오늘은 우리 경희대 졸업식 날입니다. 나 혼자 작은엄마집에 앉아있습니다. 충규와 요섭이가 내 졸업장과 졸업앨범을 가지고 올 겁니다. 그것만은 우리 집에 가지고 가야 합니다. 그리고 4월에는 입대를 하게 됩니다.

막걸리 주전자와 도토리묵을 상 위에 놓고, 마지막 남은 원고지에 이 편지를 씁니다. 지금 내 마음을 온전히 이해해줄 사람은 인호 씨뿐이란 생각이 들어서지요. 요섭이도 충규도 아니라.

책은 리어카로 세 번을 실어다가 대학서점에 넘겼습니다. 값은 받지 않았습니다. 언제고 학교 앞을 다시 찾아오게 되면 술 한 잔 크게 얻어먹기로 했지요.

습작원고도 모두 불태웠습니다. 그래도 아까 그 심사평만은 지갑에 고이 챙겨 넣었지요. 다시 한번 되뇌어봅니다.

충격적일 정도로 보기 드문 개성이지만 이 작품은 시가 아니다. 시 이전의 '그 무엇'일 뿐이다.

그래요, 그렇습니다. 이 고대룡이는 충격적일 정도로 설치고 다녔지만, 시인이나 작가가 되지 못하는 '그 어떤' 존재일 뿐이었던 겁니다. 이제 내 꿈은 하납니다. 제대하고 나면 어디든 출판사에 들어가고 싶습니다. 좋은 편집자가 되어서 언젠가는 한요섭의 원고를 받을 수 있었으면 하지요. 세상에서 가장 예쁜 책으로 만들고 싶습니다. 이 고대룡에게도 이 정도 꿈은 허락될 수 있겠지요?

기차를 타고, 목포에서 제주도 가는 연락선을 탈 겁니다. 제주해협에는 아마도 진눈깨비가 날리겠지요. 그 진눈깨비 사이로 어슴푸레 한라산의 윤곽이 드러날 때쯤이면, 갑판에 엎드려 큰절 한번 하고 싶습니다. 나는… 울고 있을까요?

아, 지금 막, 저 씨발놈들 둘이 들어왔습니다.

그치겠습니다.

아 참, 양숙이는 어디 있을까요?

나, 미친놈 맞지요?

1977년 2월

약속했던 '10년마다'의 첫날 저녁, 문창국민학교 운동장에 모인 사람은 여섯이었다.

요섭이.

창수. 고려대 74학번에서 서울대 76학번이 되었다. 3월이면 사회학과 2학년이 된다고 했다.

광춘이. 여전히 '남강 2인자'의 자리를 지키고 있었다. 영란이와는 곧 혼인신고를 할 예정이라고 했다. 식은 올리지 않고, 지금처럼 따로 살면서 아이도 당분간은 계획에 없다고.

영란이. 국숫집은 그런대로 잘되는 편이었고, 뒤늦게 검정고시 준비에 들어갔다. 내게만 웃으면서 귀띔해주었다. 생각이 달라졌다고.

'둘 다 무식하면 나중에 우리 애는 어떡해?'

미혜. 학교에서 자주 마주치고 가끔은 같이 차도 마시지만, 우리들 대화의 60%는 요섭이 얘기뿐. 30%는 다른 친구들 얘기. 나머지 10%는 가령 이런 얘기였다.

'난, 제일 촌구석 학교에 가서 선생 하고싶어.'

그리고 나… 나는 이날 오후에 아버지를 만났다. 얼굴을 대하기는 꼭 10년 만이었다.

"너, 대학원 갈 생각은 없니?"

아버지는 이제 오십 대. 시청 국장이었다. 내가 상상도 해보지 않은 이야기를 꺼내고 있었다.

"석사도 따고 박사도 따고 하면, 내가 교수 자리 하나 못 만들겠니?"

"……."

"잘 생각해봐. 나한테 남은 희망은 너 하나뿐이다."

아들은 망나니, 딸은 날라리…. 아는 사람은 다 아는 얘기였다. 그렇다고 내가 대학원을? 요섭이는 군대를 미루고 대학원에 갈 계획이라고 했다.

'내가 군에 가면, 제대하기 전에 선생님은 정년퇴임을 하시게 돼. 난, 선생님하고 좀 더 같이 시간을 보내고 싶어.'

요섭이가 그냥 '선생님'이라고 하면 황순원 교수였다. 한 달에 한두 번은 술자리를 가지는데, 그 시간들이 요섭에겐 그렇게나 소중하다고 했다. 단지 그 이유 때문에 대학원에 가겠다고.

"시간이 있으니까 잘 생각해봐라."

그뿐으로 아버지와는 헤어졌고, 석사니 박사니 교수니 하는 말들은 아무런 유혹도 자극도 되지 못했지만, 나는 조금씩 흔들리고 있었다.

요섭이와 함께 다닌다면?

황순원 선생과의 술자리에 끼어들기도 한다면?

끝내 나타나지 않을 게 분명했지만, 아직 오지 않은 친구들 때문에 우리는 오래 서성거렸다.

창기는 일본에서 매달 적지 않은 돈을 보내오고 있었다. 재일동포들을 통해서 그게 가능하다고 했다. 그 피 같은 돈을⋯ 아무래도 형인 동기가 노름판에서 날려버리는 것 같다고 광춘이는 걱정했다.

광도는 재수 끝에 연세대 정치외교학과에 들어갔으니 이제 3학년이 된다고 했다. 창수가 소문을 전했을 뿐, 누구와도 연락이 닿지 않았다.

윤태는 사법고시 1차에 합격했고, '청운회'라는 서클을 만들어서 활동 중이었다. 우리 남강대뿐만이 아니라 교대와 실업전문학교까지 포함하는 조직의 부회장, 2학년이라서 부회장을 맡았을 뿐, 사실상의 회장이었다. '청운회'는, 학교 안은 물론 남강 시내 곳곳에 그 이름을 드러내곤 했다. 봉사활동도 하고 여기저기 플래카드도 내걸었다.

조국이 청춘을 부른다!
푸른 조국 푸른 남강 푸른 젊음!

미선이는⋯ 누운 자리에 여전히 누워있고 다들 만나고 왔다.

어두워진 학교운동장에서 교문 쪽을 바라보다가 영란이가 불쑥 입을 열었다.

"선생님은 못 오시겠지?"

그제야 깨달았다. 우리가 기다린 것은 강창성 선생이었다.

"근데, 꼭 오실 거 같애."

영란이만이 아니라 나도 그랬다. 우리가 가버리면 바로 그 뒤에 나타나서, 텅 빈 운동장에 우두커니 혼자 서 있을 것 같았다.

"요섭아."

영란이가 불렀다.

"왜, 그거 있잖아. 죄지은 사람이 몇 년 지나면 벌 받지 않아도 되는 거."

"공소시효?"

"어, 맞아. 그게 몇 년이지?"

"……."

요섭이는 대답하지 않았고 다른 친구들도 조용하기만 했다. 공소시효… 그게 뭐 중요하겠는가 하고 나는 생각했다. 설령 다 지났다 해도 돌아오지 않을 것 같았다. 우리들이 1967년 2월 27일 이전으로 돌아갈 수 없듯이.

10년.

10년이란 세월을 사이에 두고 저만치 어둠 속에 어린 우리들이 서 있는 것 같았다. 미선이가 구령대에 올라가서 두 손을 모아 잡고 노래를 부르는 것 같았다. 노랫소리는 들리지 않고… 우리는 저쪽으로 건너갈 수 없다. 선생님도, 그날 그때쯤은 요섭이와 함께 동산공원에 있었던 선생님도 이편으로 건너올 수 없다… 오유라 씨는 이미 죽었다.

하지만 알면서도, 알면서도 당장은 선생님이 소리 없이 나타날 것만 같았다. 학예회 때처럼 다시 우리들의 배역을 정해준다면… 내겐 어쩌면 이럴지도 몰랐다.

'넌, 내년에 대학원 가!'

'다 생각이 있어.'

대신 들려온 것은 광춘이의 목소리였다.

"야, 가자!"

1979년 10월 ①

경양식집 '곤돌라' 앞에서 서성거리고 있는 여자를 나도 첫눈에 알아 볼 수 있었다.

유인실.

청바지에 후드 티를 입고 모자를 눌러쓰고 있었지만 분명했다. 요섭이가 뭐라고 했던가.

'미안한데 같이 좀 가줘.'

두 사람의 밀회에 왜 나를? 유인실도 당황한 기색이었다. 나를 알아보는 것 같지는 않았다.

"웬일이야?"

나와 나란히 서서 요섭이는 퉁명스럽게 묻고 있었다. 인실이 머뭇거리며 내 눈치를 살피자

"괜찮아. 할 말 있으면 빨리 해."

다그치기까지 했다. 그제야 알 수 있었다. 고2 때 중국집에서와 똑같구나. 흔들릴까 두려워서 나를 데리고 온 것이었다.

"미안해. 부담 주긴 싫은데…"

인실의 목소리는 좀 떨리는 듯했고, 화장기 없는 얼굴은 창백해 보였다.

"나 좀… 어디 숨겨줄 수 있어?"

"……."

"좀 급해."

초조한 표정이었다. 학교 앞을 벗어난 주택가 초입이라 인적이 드문데도 계속 주위를 힐끗거리고 있었다.

"왜 그러는데?"

"나, 쫓기고 있는지도 몰라. 좀 위험해."

영화의 한 장면인가? 아니면 여자 성재호라도 된다는 말인가? 학교 쪽에서 오는 길에도, 홍릉 쪽으로 가는 길에도 별다른 기척은 없어 보였다. 드문드문 차들이 지나가고 건너편으로 시장바구니 든 아줌마 둘이 걸어가고 있을 뿐.

"실제상황이야?"

"진짜야. 더 묻진 마."

"알았어."

끄덕이면서 요섭은 나를 돌아보았다.

"인호야, 저쪽 안으로 쭉 들어가면 애들 놀이터가 있거든? 거기서 같이 좀 기다려줘. 곧 올게."

요섭은 서둘러 자리를 떴고, 나는 유인실과 함께 주택가 골목 안으로 들어섰다. 요섭이가 간 곳이야 뻔했다. 도서관 3층에 있는 '밝은사회연구소'로 박충규를 찾아갔겠지. 1년 방위 근무를 마치고 신문방송학과 대학원에 다니면서 직원으로 근무하고 있었다. 고대룡의 말마따나 모든 일에 해결책을 가지고 있는 사람.

어린이 놀이터에서 기다리는 동안 인실은 딱 두 마디만 했다.

"요섭이 친구?"

반말이었지만 그러려니 했다.

"네."

"같은 대학원?"

"네."

'대학원'이니 '석사과정'이니 하는 말은 여전히 거북했지만, '요섭이와 같은'이란 단서는 늘 뿌듯했다. 학교 안팎에서 그렇게 통하고 있었다.

한요섭 친구.

한요섭 동창.

같은 하숙집.

가끔 연락이 닿는 고등학교 동기들도 그랬다.

'요섭이하고 같이 있다면서?'

요섭이가 먼저 오고 곧 박충규가 나타났다. 베이지색 소형 승용차를 끌고 왔다.

"차가 있었어?"

요섭이도 놀란 표정이었다.

"우리 소장 차야. 좀 빌렸지 뭐."

"운전도 하네?"

"기본이지, 임마. 아, 안 타?"

요섭이와 유인실이 뒤에 타고 나는 조수석에 앉았다. 박충규는 매끄러운 운전 솜씨로 골목길을, 회기동을 빠져나와 동쪽으로 방향을 잡았다. 위생병원을 지나고 중랑교 다리를 건넌 뒤에야 인실에게 아는 체를 했다.

"이렇게 뵙네요. 영광입니다."

"고맙습니다."

인실의 목소리가 편안해졌다. 박충규의 매력이고 장점이었다. 처음 보는 사람도 미소짓게 만드는 푸근함이 있었다.

"고맙긴요. 요섭이 이놈 일이 내 일이지요. 더구나 이렇게 대스타를 모시는데…. 혹시 사릉이라고 아세요? 퇴계원 지나서."

"들어는 봤어요."

"거기서 우리 선배 한 분이 배 과수원을 크게 합니다. 이제 수확 철이 지났으니까 부부 단둘뿐이고…. 계시고 싶을 때까지 계셔도 됩니다. 뭐, 약간 불편하기야 하겠지만, 가을날의 시골 과수원. 괜찮지 않아요?"

"감사해요."

나도 만난 적이 있었다. 꼭 1년 전 결혼식에 다들 함께 다녀왔다. 국문과 68학번이면서 박충규에게는 대학주보 선배이기도 했다. 이윤수. 과묵하고 신중하고 선량하고… 늘어놓다가 박충규는 늘 이렇게 인물평을 마무리 짓곤 했다.

'법 없이도 살 사람이 아니고, 법이 보호해줘야 살 수 있는 사람.'

미리 전화는 했다지만 유인실이란 귀띔은 하지 않은 모양이었다. 인기 여배우의 출현에 놀라면서도 부부는 유난을 떨지는 않았다. 남편은 청소할 게 남았다며 화장실로 들어가고, 아내는 점심상을 다시 차린다고 종종걸음이었다. 승용차 옆에서 다들 서성거리다가 인실은

"얘기 좀 해."

요섭이를 잡아끌었고, 둘은 곧 5천 평인가 6천 평인가 된다는 배밭 속으로 사라져갔다. 그 뒷모습을 바라보며, 여름에 학교로 찾아갔던 미혜를 떠올렸다.

산양중학교는 미혜가 늘 원하던 오지 학교였다. 남강시에서 하루 네 번 있는 동궁면 면소재지행 버스를 타고 종점에서 비포장도로를 두 시간 걸어야 닿을 수 있었다. 일요일인데도 학교에 나와 있던 미혜는 펄쩍 뛰어오를 듯 반가워했다. 자취하는 집으로 가자는 것을 내가 말려야 했을 정도였다. 하지만… 빈 교실에서 한 시간 이상 이런저런 얘기를 나누다가 일어설 때, 내게 던진 마지막 말은 이런 질문이었다.

'유인실하고 요섭이… 이젠 진짜 안 만나?'

유인실을 남겨놓고, 셋이 탄 차가 다시 중랑교를 지날 무렵에야 요섭이 입을 열었다.

"형, 궁정동이라고 들어봤어?"

박충규는 선뜻 대답하지 않았지만 아는 눈치였다.

"알아, 몰라?"

"인실 씨가 그런 말을 해?"

"어."

"뭐라고 하면서?"

"그냥, 아느냐고… 모른다니까 그럼 됐다고."

"……."

"어디야? 얘기해봐."

"나중에."

짧게 끊어버리는 목소리가 어쩐지 무겁게만 느껴졌다. 대체 어디길래? 무엇 하는 곳이길래? 궁정동… 어쩐지 왕조시대를 연상케 하는 이름이었다. 학교 앞에 거의 다 왔을 때야 박충규가 중얼거렸다.

"유인실, 의외로…."

"의외로 뭐?"

"나름, 기개 있는 여잔가 보네?"

"……."

"그냥 딴따라는 아닌 모양이라고."

작은엄마집 건너편에 박충규는 차를 댔다.

"한요섭."

"어, 왜?"

"다 좋은데… 결혼할 건 아니지?"

"미쳤어?"

요섭이는 거칠게 차 문을 열었다. 미쳤어…? 나만 그랬을까. 어떤 예감이 섬뜩하게 스치고 지나갔다.

길을 건너서 작은엄마집을 향하던 요섭이와 나는 우뚝 걸음을 멈추지 않을 수 없었다. 그 앞 가로수에 기대듯이 서 있던 한 사내가 번쩍 손을 들어 보이고 있었다.

성재호?

재호가 맞았다. 짙은 회색 코트의 깃을 한껏 세우고 있었다. 78년 초에 제대했다는 소식은 들었지만, 대면하기는 요섭이나 나나 처음이었다.

"역시 이쪽으로 출근하는구나."

"……."

"많이 기다렸다, 임마."

번갈아 악수를 나누고, 작은엄마집 문을 밀려는 요섭을

"술은 됐어."

재호가 제지했다.

"그냥 하숙집에 가자."

"한잔하고….."

"아니, 술은 됐다니까. 술은 됐고… 나, 오늘만 좀 재위주라."

뭔가 간절한 표정이었다. 이쪽도 쫓기고 있는 걸까? 하기야 직업이 '혁명가'라는 친구가 이런 시기에 가만있을 리 만무했다.

박정희 정권은 유신 이래 최대 위기를 맞고 있었다.

78년 12월 10대 국회의원선거는 사실상 여당인 공화당의 패배였다.

공화당 68석.

야당인 신민당 61석.

통일주체국민회의를 통해 대통령이 임명하는 유정회 의원이 73석이어서 의회 지배에는 흔들림이 없었지만, 전체득표율에서 32.8%대 31.7%로 신민당이 공화당을 앞섰다. 무소속이 무려 22석에 28.1%였다. 만약 직선제로 대통령선거를 치른다면 야당이 이긴다고 해석할 수 있었다.

79년 6월, 신민당 총재인 김영삼은 외신기자클럽 초청연설에서 충격적인 발언을 던졌다.

'남과 북의 긴장 완화를 위해서라면 김일성과 면담할 용의가 있다.'

반공단체들이 신민당사에 난입해서 폭력사태를 일으켰다.

8월에는 YH무역의 노동자들이 회사 측의 부당행위에 항의하며 신민당사에서 농성을 벌였다. 경찰은 당사에 진입해서 노동자들을 끌어냈다. 김영삼 총재를 비롯한 의원들과 기자들이 폭행당했고 여성 노동자 김경숙 씨가 사망했다.

9월 15일, 김영삼은 뉴욕타임스와의 기자회견에서 주장했다.

'카터행정부는 독재자 박정희에 대한 지지를 철회해야 한다.'

10월 4일, 여당인 공화당과 유정회는 김영삼의 국회의원직을 박탈하는 제명결의안을 통과시켰다.

이후, 부산과 마산에서 시민과 학생들의 시위가 잇따랐고 '시민항쟁' 수준으로 번지기 시작했다. 비상계엄과 위수령이 선포되었지만, 시위는 전국대학으로 확산되는 중이었다.

요섭이 방에 셋이 모여앉았다. 슬그머니 내 방으로 빠지려는 나를 요섭이가 놓아주지 않았다. 요섭이는 요섭이대로, 재호는 재호대로 할 말이 많은 표정들이었지만 쉽게 입을 열지는 않았다. 어쩔 수 없이 내가 나섰다.

"군대생활은 어땠어?"

"……."

"너 같은 경우는… 고생 좀 한다던데?"

"뭐, 할 만했어. 보직은 본부중대 교육계였지만 실제로는 바둑병이었거든."

"그런 것도 있어?"

"뭔 없겠어? 테니스병도 있고, 골프병이 있는 부대도 있다더라. 맨날 대대장한테 바둑 가르치고, 연대장 관사에도 불려가고…. 덕분에 편하게 지냈지 뭐. 어디나 다 자기 할 나름이야."

"원래 바둑 뒀었어?"

"우리 아버지가 아마 삼 단쯤 됐는데, 고등학교 땐 맞뒀으니까 뭐."

그런 재주도 있었구나…. 뭔가 배신당한 듯한 기분이었다. 고생깨나 했겠지 싶었는데…. 재호가 담배를 피워물었다.

"요즘도 유인실 만나?"

요섭이가 반기지 않을 화제를 꺼냈다.

"하지 마아."

"뭐 어때? 멋있었잖아. 졸업식 때."

"……."

"행실이 별론가 봐."

담배 연기로 천장까지 도넛을 띄우는 재호. 앉은 채로 창문을 열며 요섭은 미간을 찌푸렸다.

"하지 말라니까."

"재벌회장, 거물 정치인…. 스캔들이 많더라구. 궁정동엔 안 불려가나 몰라?"

요섭이의 표정이 달라졌다.

"궁정동이 뭐하는 데야?"

"몰라? 피피가 밤마다 술타령하는 비밀장소야. 소위 안가, 안전가옥… 중앙정보부에서 관리하지."

피피는 P.P. president park. 박정희를 말한다. 보통 '박통'이라고들 하지만 DJ, YS, JP에 어울리게 PP라 부르기도 했다.

"여자 연예인들이 불려가서 시중도 들고 노래도 한다는데… 그거뿐이겠어?"

"……."

"중정요원들이 채홍사 노릇을 한다는 거야. 채홍사 알지?"

그렇다면… 유인실은 그들에게 쫓기고 있다는 말인가? 정말로 위험하지 않은가!

"피피는 지금 그런 상태야. 정치적으로는 물론이고, 인격적으로도 파탄이 난 상태…. 말기증상이지, 말기증상."

요섭이는 말이 없고 재호는 새 담배를 피워물었다.

"아 참. 고대룡, 그 친구는 뭐해?"

"지금쯤 제대했을 걸?"

대답하는 내 목소리가 떨려 나왔다. 대통령의 비밀 술자리, 말기증
상… 그 끈적끈적하고 싸늘한 촉수가 유인실을 거쳐서…?

"하나 물어보자, 요섭아."

요섭이는 고개를 끄덕일 뿐이었다.

"양숙이를 고대룡이가 짝사랑했던 거 맞냐?"

재호의 입가에는 야비해 보이는 웃음이 떠오르고 있었다. 어쩐 일이
었을까, 그 위에 겹쳐지는 얼굴은… 장윤태였다.

"재호야."

요섭이가 정색을 했다. 화를 참는 표정이었다.

"나도 하나 묻자."

"뭐?"

"그때, 칠십오년에 말야."

"칠십오년에."

"너 잡혀가고 좀 있다가 양숙이가 여길 떴거든. 유월인가 칠월인가."

"……"

"떠날 때 양숙이가 임신 중이었대. 어떻게 생각해?"

요섭이의 반격이었다. 나는 속으로만 꼽아보았다. 76년에 아이를 낳
았다면 이제 네 살… 고대룡은 편지에 썼었다. 양숙이는 어디 있을까요?
나, 미친놈 맞지요…. 하지만 끔찍할 만치 장윤태와 닮아 보이는 성재호는
태연하게 대꾸하고 있었다.

"뭐, 내 애는 아닐 거야."

한 마디 더 했다.

"화류계잖아, 화류계."

1979년 10월 ②

이게 장송곡이던가? 느리고 어둡고 장중한 음악이 끝도 없이 흘러나왔다. 그리고 간간이 울음을 참는 듯한 아나운서의 목소리.

"박정희 대통령은 가셨습니다…."

이어서 박정희의 이력이 소개된다. 끝나면 음악의 볼륨이 높아지고… 되풀이되고 또 되풀이된다. 하숙집 세면장 옆방의 한의대생이 한껏 크게 라디오를 틀어놓았고, 아홉 개의 방문이 모두 열려있었다. 날은 이미 밝아 있었지만 어쩐지 한밤중인 것만 같았다.

"도대체 뭐가 어떻게 된 거야?"

서른이 넘은 '노친네' 한의대생은 숫제 우는 소리였지만, 라디오에선 아무런 상황 설명이 없었다. 똑같은 멘트, 똑같은 음악… 재호와 둘이 있는 요섭의 방문이 슬그머니 닫혔다.

"북한놈들 짓인가? 청와대를 깠나?"

"전쟁 터지는 거 아냐?"

"설마…."

"어떻게 되는 거야, 이제?"

중구난방으로 한마디씩 하면서 다른 하숙생들은 문을 닫지 못하고 있었다.

박정희가 죽었다.

박정희가 죽었다….

아무리 입속으로 되뇌어보아도 실감이 나지 않았다.

생각해보면 우리들의 성장기는 그대로 박정희의 역사이기도 했다.

5·16 다음 해에 국민학교 입학.

2학년 때 민정 이양, 대통령 당선.

6학년 때 재선.

중2 때 3선개헌.

고1 때 3선.

고2 때 10월 유신 선포.

대학·대학원을 다닌 6년은 고스란히 '긴급조치시대'였다.

그리고 이제 막을 내렸다…?

하나하나 떠올려보는데 요섭의 방문이 도로 열렸다. 손짓을 하는 요섭이.

재호는 바쁘게 옷을 챙겨입고 있었다.

"나가게?"

"나가봐야지."

창백한 얼굴이었다. 만세를 부르고 발을 구르는 게 아니라 잔뜩 긴장하고 있었다. 요섭이 물었다.

"뭐, 짚이는 게 없어?"

"씨아이에이…일지도 몰라."

CIA? 영화 같은 얘기였다.

"씨아이에이에서 제거한다는 정보가 있었거든. 킬러를 보내거나, 국내의 누군가를 포섭하거나…."

"……."

"어쨌든 이건 아니야. 이렇게 끝나선 안 되는 거라고!"

"……."

"국민 앞에 항복해야지, 이건 아니라고!"

"결과는 마찬가지 아냐?"

"하늘과 땅 차이지. 또 다른 독재자가 탄생할 뿐이지! 제이의 박정희! 또 다른 군사정권!"

"……."

"간다! 고마워!"

코트 깃을 올리면서 재호는 뛰쳐 나가버렸다. 쿵쿵쿵 계단을 내려가는 발소리를 들으면서 나는 다시 중얼거릴 수밖에 없었다.

박정희가 죽었다….

학교를 향하던 우리는 빵빵, 하는 경적소리에 걸음을 멈췄다. 건너편에 베이지색 승용차가 멈춰서고 있었다.

"한요섭!"

박충규가 손을 흔들었다.

"소식 들었지?"

요섭이와 내가 타자마자 묻는 박충규.

"어, 어떻게 된 거야?"

어디서나, 누구나 똑같은 질문들을 던지고 있을 것 같았다. 박충규는 우선 차부터 출발시켰다. 기분 때문인지 평소보다 인적이 드문 것 같은 거리를 동쪽으로 달리기 시작했다.

"총에 맞았나 봐. 쿠데타는 아니고, 북쪽도 아니고, 궁정동에서 일이 터진 모양이라는데….”

궁정동 소리에 요섭은 입을 다물었고, 박충규는 툴툴거렸다.

"아, 씨발… 이렇게 끝나면 안 되는데….”

"근데 지금 어디 가는 거야?”

"아, 인실 씨 데려와야지.”

"……”

"이젠 괜찮을 거야. 무슨 소린가 하면….”

"그만해. 알아.”

"알아? 어떻게?”

"성재호한테 다 들었어, 궁정동.”

"아, 성재호, 성재호…. 그 친군 뭐래? 소감이.”

"이건 아니라고 하던데?”

"구체적으로?”

"그만. 나중에 얘기해.”

요섭은… 화가 난 듯한 표정이 되어있었다.

과수원에 도착하니 인실은 이미 떠나고 없었다. 머리를 긁적이면서 이윤수 씨는 말했다.

"아침에 방송 듣자마자 택시 불러달래서 타고 갔어. 그러지 않아도 사무실에 막 전화했었는데….”

박충규는 학교로 가고, 작은엄마집으로 들어서던 요섭과 나는 깜짝 멈춰서고 말았다. 텅 빈 홀에 혼자 앉아있는 사람이 있었다. 갈색 콤비 양복 차림이었다. 우람한 덩치, 아직은 짧은 머리, 변함없는 검은 테 안경….
고대룡이었다. 막걸릿잔을 내려놓고 번쩍 두 손을 들어 올렸다.

"만세에—."

편지
—1979년 12월

어제 문창에 내려왔습니다.

아시겠지만 졸업논문을 내지 않았으니 그저 수료일 뿐이고, 2월 졸업식엔 가지 않아도 됩니다.

다니면서 잘 생각해보라고 하셨지만, 제 생각은 변하지 않았습니다. 석사학위니 교수니 하는 것들은 저와는 거리가 멉니다. 군에 갔다 온 후에 평범한 국어교사의 길을 가겠습니다.

2년간 등록금, 감사합니다.

덕분에 좋은 사람들과 좋은 시간을 보냈습니다.

너무 과분했습니다. 잊지 않겠습니다.

오래오래 건강하십시오.

인호 올림.

1981년 2월 ①

요섭이와 나는 1980년 4월에 나란히 입대했다. 요섭이는 스물다섯, 나는 스물여섯 살이었다. 79년 12·12사태로 전두환 등 신군부세력이 사실상 정권을 장악한 상태에서, 이른바 '서울의 봄'이 한창일 무렵이었다.

논산훈련소 시절을 요섭이와 나는 한 내무반에서 지냈다. 25연대 6중대 4소대. 요섭이는 많이 힘들었다.

첫날, 내무반장인 홍 하사는 요섭을 '향도'로 지명했다. 학교 같으면 반장이나 실장이다. 침상에 부동자세로 서서 요섭이는 놀랍게도 거부했다.

"할 수 없습니다."

홍 하사는 믿을 수 없다는 표정이었다. 군에서, 훈련병이, 첫날 첫 명령을?

"지금 뭐라고 했어?"

"할 수 없습니다."

"왜?"

"남들에게, 싫은 소리 하고 싶지 않습니다!"

홍 하사는 더 묻지 않았다. 요섭의 복부에 주먹을 날렸다. 한 번, 두 번… 배를 움켜쥐고 주저앉은 요섭에게 선언했다.

"너는 향도다, 여긴 군대고."

그렇게 요섭이는 향도가 되었고, 홍 하사의 샌드백이 되었다. 점호에서, 내무생활에서 지적사항이 나올 때마다 요섭이를 때렸다. 원인 제공자가 누구이든 요섭에게 책임을 물었다. 요섭이는 아무 말 없이 그 폭행을 견뎌냈고, 나중에는 우리 소대원들이 모두

"우리 향도가 불쌍하다."

"나이도 많은데."

"우리가 잘하자, 우리가."

하고 나서게 되었다. 요섭이는 자기 고집을 지켜냈다. 열중쉬어, 차려, 경례 같은 것 말고는 누구에게도 이래라저래라 싫은 소리를 하지 않고 훈련소를 나왔다. 행정학교로 후반기 교육을 받으러 갔고, 나는 강원도 원천의 보병대대에 배치되었다. 주특기가 '일빵빵' 소총수였지만 운 좋게 행정병이 될 수 있었다. 본부중대 서무계 조수. 신상명세서의 글씨 때문이었다고 했다. 사실 어려서부터 글씨는 예쁘다는 말을 많이 들었다. 그리고 아는 사람만 아는 비밀이었지만, 누구의 글씨라도 똑같이 흉내낼 수 있었다. 뭐, 굼벵이도 어쩐다고.

광주항쟁 소식은 훈련소에서 들었다. 물론 교관이나 조교들은 다들 '광주사태'라고 했다.

5·17은 '구국의 결단'이라고 했고, 9월에 원천에서 맞은 전두환 국보위 상임위원장의 11대 대통령 취임은 '역사적 사명'이었다.

10월에는 5공 헌법안에 대한 국민투표에 한 표를 행사하기도 했다. 군대라고 해서 찬성 투표를 강요하는 사람은 없었다. 인사계가 이렇게 말했을 뿐.

"다 아는 방법이 있어."

그리고 투표함 옆에 싱글거리며 앉아있었을 뿐.

한두 번 농담을 던졌을 뿐.

"한 번 까볼까? 이리 줘봐."

고참들은 키들거리고 '쫄따구'들은 찔끔, 했을 뿐.

모든 일이 그렇지만 군대 생활은, 지레 겁을 먹었던 것에 비하면 견딜 만했다. 단, 아침 구보와 야간사격만은 힘이 들었다. 구보 때마다 코피를 쏟아서 '문코피'란 별명을 얻었고, 야간사격 측정에서 한 발도 맞추지 못해 '문빵발'이 되기도 했다.

엄마에게 편지를 썼고 영란이에게도 썼고 미혜에겐 쓰지 못했고, 요섭이는 어디에 있는지 알 수 없었다.

'통일주체국민회의'를 본뜬 '대통령선거인단'의 투표로 5공화국의 첫 대통령이 된 전두환의 취임식이 3월 3일로 다가오고 있던 81년 2월, 나는 작대기 두 개짜리 일병 '5호봉'이었다. 1박 2일의 악몽은 아무런 예고도 없이 시작되었다. 첫 휴가를 기다리고 있을 때였다.

1981년 2월 ②

따르륵 따르륵 둔탁하게 울리는 전화기를 나는 얼른 들어 올렸다.

"통신보안, 본부중대 행정반입니다."

"여기 위병손데, 본부중대 일병 문인호, 면회왔다."

나? 처음 있는 일이었다. 엄마가? 설마?

"면회자가… 누굽니까?"

"사대대 인사장교 박광도 중위라는데?"

광도? 중위? 나를? 믿을 수 없는 소리였다.

"우리 사대대 말입니까?"

"그래, 우리 사대대."

4대대는 원래 사단 신병교육대였지만, 지난 12월부터 '삼청교육대' 교육생들을 수용하고 있었다. 인사장교 중위라면 ROTC? 그럴 수도 있겠지만 어떻게 나를?

"알았어, 몰랐어?"

"네, 알았습니다."

전화기를 내려놓고도 무엇에 홀린 듯한 기분이었다. 내가 여기에 있는 걸 어떻게 알며, 알았다 한들 왜 면회를 온단 말인가. 고2 때 서울로 간 후, 친구들 중 누구에게도 연락이 없던 재벌 2세 박광도가.

"누구 면회 왔대?"

옆 책상에서 『선데이서울』을 보고 있던 서무계 사수 이 병장이 그다지 달갑지 않은 기색으로 물어왔다.

"접니다."

"그래? 그럼 나가봐야지."

"괜찮겠습니까?"

2월 내내 '근무자'가 부족해서 이 병장은 골머리를 앓고 있었다. 본부중대는 원래 외곽초소 보초는 서지 않았다. 그런데 1중대가 523탄약고로 경계근무 파견을 나가는 바람에 2개 초소를 떠맡았다. 가뜩이나 열외병력이 많은 본부중대인데 참모부 상황근무자, 내무반 불침번에 외곽보초까지 세우다 보니 절대적으로 인원이 부족했다. 누군가 한 명이라도 외박을 나가는 게 반가울 리 없었다.

"첫 면회잖아. 쫑 끊어놓을게, 우선 보고 와."

토요일에서 일요일까지의 외박이 설레지 않는 건 아니었다. 하지만 상대가 광도라니…. 갈피를 잡을 수 없는 기분으로 행정반을 나섰다. 창기가 들려주던 이야기에서 여전히 벗어날 수 없었다. 엄마인 오유라 씨가 남천강에 빠져 죽을 때 지켜보고만 있었다지 않는가. 그 생각만 하면 소름이 돋았다.

위병소 옆 대기실에서 기다린 사람은 다이아몬드 두 개 광도만이 아니었다.

"인호야…."

하얀 소복에 회색 코트를 걸친 영란이가 일어났다. 그 옆 의자에는… 하얀 보자기로 싼 상자 하나가 놓여있었다.

"인호, 오랜만이다."

나를 내려다보며 내미는 광도의 손을 잡으면서도, 덥싹 안겨 오는 영란이의 어깨를 감싸 안으면서도 그 상자에서 눈을 뗄 수가 없었다.

"인호야, 인호야…."

파들파들 떨면서 흐느끼던 영란이가 한 손을 뻗어서 상자를 가리켰다.

"광춘이야."

"……."

"저게 광춘이래애…."

내 품 안에서 '여장부' 영란이가 몸부림을 쳤다.

이 병장이 중대장 대신 '가라' 사인을 한 외박증을 받아들고 나는 장교 숙소인 BOQ를 향했다. BOQ 관리병인 문인오에게 미안하다는 말을 하고 싶었다. 그새 이 병장이 짜놓은 근무자 명단을 보니 02시에서 04시 12초소 외곽보초로 인오가 들어가 있었다. BOQ 관리병은 원래 열외인데 나 대신이었다.

광춘이 때문에, BOQ로 가는 은사시나무길이 허공에 떠 있는 것만 같았다.

영란이는 말했다.

1월 19일에 광춘과 동기형을 비롯한 50여 명이 '삼청교육대' 2진으로 남강을 떠났다. 건달들만이 아니었다. 신문기자도 있고 공무원도 있었다. 남강역에서 먹고 자던 노숙자도 끌려갔다.

그리고 이틀 전에 군으로부터 연락을 받았다. 원천에 와서 유골을 인수해가라…. 사단 병참부를 찾아가니 광도가 기다리고 있었다. 인사장교였다고 했다. 그 광도 입회하에, 화장한 재를 담은 상자 하나만을 건네받

왔다…. 광도에게 내 편지에 적혀있던 부대명을 보여주니 놀라면서 바로 여기라고 했다.

똑똑똑, BOQ 정비실 유리창을 두들겼지만 대답이 없었다. 한 번 더 두들겨도 마찬가지였다.

"문인오!"

이름을 부르자 창문이 열리고

"뭐야?"

고개를 내민 것은 내무반장 양세철 하사였다.

"문인오, 어디 갔습니까?"

"교육 중이다."

"예?"

"지금 내가 교육시키는 중이라고."

양 하사의 얼굴은 벌겋게 상기되어 있었다. 또 무슨 짓을 하고 있 길래?

"잠깐 얘기 좀 할 수 없습니까?"

"교육 중이라잖아, 임마!"

거칠게 문이 닫혔다.

BOQ가 멀리 보이는 PX 앞 벤치에 앉아서 나는 기다렸다. 사과보다 도 이젠 다른 불안감에 그냥 떠날 수가 없었다. 닫힌 정비실 창문 안에서 분명 무슨 일이 일어나고 있는 것 같았다. 영란이와 광도가 기다리고 있 을 걸 생각하면 더욱 초조하기만 했다.

문인오는 80년 7월 군번이었다. 8월 말에 신병으로 왔을 때, 나와 함께 놀림감이 되었다.

'문인호, 문인오…. 야, 이거 헷갈려서 어떡하나?'

'생긴 꼴도 어째 기집애 같은 게, 쌍둥이네?'

결국 인오는 '문공팔'이 되었다. 군번이 08로 끝나기 때문이었다. 나는 73으로 끝나서 '문칠삼'.

'문칠삼!'

'문공팔!'

놀리며 불러대던 고참과 간부들은 또 새로운 별명을 만들어냈다. 인오가 아침 세면장에서 코피를 쏟아서였다. 내가 이미 '문코피'였기에 '쌍코피'가 되었다. 하나는 문코피, 하나는 쌍코피!

'문칠삼!'

'문공팔!'

'문코피!'

'쌍코피!'

문인오의 수난은 그뿐이 아니었다. 7월 군번인 데다 광주 출신이어서, 대대장부터 내무반 고참들까지 누구나 한 번씩은 건드리고 넘어갔다.

'너, 광주에서 데모했지?'

'아닙니다!'

'그럼 뭐 했어?'

'서울 남대문시장에서 시다했습니다!'

'무슨 시다?'

'청바지 만들었습니다!'

그 정도는 예고편에 지나지 않았다. 10월부터 내무반장이 된 양세철이 틈만 나면 군기를 잡았다. 이런 식이었다.

　'야, 문공팔!'

　'네, 이병 문인오!'

　'너, 남대문시장에서 일한 거 맞아?'

　'네, 맞습니다!'

　'오월달에 광주엔 없었다, 이거지?'

　'네, 그렇습니다!'

　'좋아. 그럼 물어보자. 광주에서 데모한 놈들, 도청에서 총 들고 난리친 놈들, 다 공산당 맞지?'

　'……'

　'빨갱이잖아! 북괴 지령을 받은 빨갱이 폭도!'

　'……'

　'아쭈, 이놈 봐라? 따라서 복창한다, 알았어?'

　'네.'

　'광주는, 빨갱이다!'

　'……'

　'빨갱이, 폭도다!'

　'……'

　'이 새끼가!'

　주먹으로 명치 바로 위 가슴팍을 쥐어박았다.

　'못 해? 이래도 못 해?'

　쿵, 쿵, 쿵, 쿵…. 겉으론 표가 안 나고 속으로 골병이 든다고 했다. 이틀에 한 번 사흘에 한 번…. 그래도 말을 듣지 않았다. 내가 말했었다.

'이유는 모르겠다만, 그냥 해버려. 뭐 어때?'

'안 돼, 형.'

둘만 있을 때면 인오는 나를 형이라고 불렀다.

'왜?'

'우리 형이 도청에서 죽었어.'

'……'

'대학생이었어. 난 못 해.'

궁지에서 인오를 구해준 것은 인사계였다. 제대하는 BOQ 관리병 후임으로 인오를 지목했다. 미싱사 시다 경력 덕분이었다. 관리병의 주임무 중 하나가 간부들 옷 수선과 다림질이었고, 그래서 '정비실'이란 이름이 붙었다. 그 정비실에서 먹고 자면서 양세철의 마수에서 벗어났는데…. '교육'이라니? 외곽보초도 서야 하는데….

간부가 아니면 BOQ 출입을 할 수 없다는 게 원칙이어서, 정비실에 용무가 있으면 다들 창문으로 드나든다. 20분이 지나도록 그 창문이 열리지 않아서 나는 그만 떠날 수밖에 없었다.

1981년 2월 ③

　원천읍에서 유일하게 방마다 따로 욕실이 있는 관동여관에 광도가 방을 두 개 잡았다. 한쪽 방에 중국요리를 시켜놓고 셋이 마주 앉았다.

　'고기라도 좀 먹자'는 광도의 제안에 '어디서 좀 쉬자'면서 거부했던 영란이는 거울 달린 화장대에 유골 상자를 올려놓고는 젓가락도 잡으려 하지 않았다. 나도 별로 식욕이 당기지 않았고, 광도 또한 고량주잔만 계속 비워낼 뿐이었다.

　얼마나 지났을까. 찬물을 한 컵 쭈욱 마시고 난 광도가 목소리를 가다듬었다.

　"내가 모든 걸 다 설명해줄게. 우선 말해둘 것은… 난 원래 신병교육대 인사장교여서, 삼청교육대 교육하곤 직접 관계가 없었다는 점이야. 이런 저런 행정, 서류 절차만이 내 업무였어. 모든 교육과 모든 통제는 수색대 대 관할이었어."

　험, 험, 하고 헛기침을 섞었다.

　"광춘이는 오는 날부터 수색대대장한테 찍혀버렸어…."

　"하차!"

　남강에서 왔다는 두 대의 트럭에서 교육생들이 우루루 뛰어내렸다.

양복 차림에, 점퍼나 파카 차림에… 복장도 가지각색이었고 20대에서 50
대로 보이는 사람까지 연령도 다양했다. 트럭이 멈춰선 위병소에서 연병
장까지, 빨간 모자를 쓴 수색대원들이 두 줄로 늘어서서 소리를 쳤다.

"이열종대로 정렬!"

"동작 봐라!"

"똑바로 못 해?"

몇 명의 빨간 모자 '조교'들이 곤봉을 휘두르며 뛰어들었다. 닥치는 대
로 후려쳤다.

"이 새끼들, 이열종대도 몰라?"

"두 줄! 두 줄!"

악, 아악 비명을 내지르는 속에서도 대열이 만들어졌다. 연병장 사열
대 옆에 수색대대장과 나란히 서서 광도는 그 모양을 지켜보고 있었다.
먼저 내린 호송관에게서 받은 서류는 이미 확인했다. 남강 지역이라고 해
서 혹시나 했는데 정말로 명단에 들어있었다.

김광춘.

문동기.

"제자리에 앉는다, 실시!"

"쪼그리고 앉아! 쪼그리고!"

"무슨 말인지 몰라?"

"두 손, 머리에!"

"머리에! 머리에!"

"전체, 오리걸음 앞으로!"

모두 엉거주춤 쪼그리고 앉아서, 두 손을 뒤통수에 올리고 어기적어

기적 이동하기 시작했다. 하나만이 예외였다. 일어나서 버티고 섰다. 광춘이였다.

"뭐야, 이 새끼!"

조교 둘이 달려들었다.

"어디서 꼬장이야?"

"죽여, 이 새끼!"

날아드는 곤봉과 발길질을 여유롭게 막아내자 서넛이 더 가세했다. 그래도 광춘이는 견뎌냈고, 몸싸움이 길어지자 삐이익 호각을 불며 수색대대장이 달려갔다. 삐이익— 삐이익— 1월의 겨울 하늘을 찢고 연신 호각소리가 울려 퍼졌다.

"다들 물러나!"

광춘에게 다가선 수색대대장이 지휘봉으로 가슴팍을 쿡 찔렀다.

"너, 뭐야?"

"……."

"이름!"

"……."

"이르음!"

"김광춘."

"사회에서 직업이 뭐야?"

"회사원입니다."

"웃기고 있네! 너, 깡패지?"

광춘의 퍼머 머리를 지휘봉으로 툭, 툭 건드렸다.

"건달입니다."

"건달? 건달이나 깡패나, 깡패나 양아치나!"

"양아치 아닙니다!"

"그게 뭐가 중요해? 앉는다, 실시!"

"······."

"못 해?"

허리춤에서 권총을 뽑아 들었다.

"앉아!"

관자놀이에 총구를 댔다.

"앉아!"

광춘이 천천히 몸을 주저앉혔다. 군홧발이 옆구리를 걷어찼다.

"무슨 보스쯤 돼? 이름이 뭐라고?"

"김광춘."

"너 이 새끼, 기억해두마. 전체, 오리걸음 앞으로!"

남강에서 온 50여 명은 사열대 앞에 4열 횡대로 늘어섰다. 1주일, 2주
일씩 먼저 온 교육생들은 막사 앞에 삼삼오오 모여 서서 선배랍시고 키득
거리며 지켜보고 있었다. 야전상의도 없이 홑것인 전투복과 작업모에 저
마다 번호를 붙이고서. 그중에 '영등포파'라는 건달패들이 섞여 있었다.
그자들과 광춘이네 남강 건달들과··· 예감이 좋지 않았다.

조교 하나가 대열 앞에 가서 섰다.

"다들 거수경례할 줄 알지?"

"예!"

어느새 고분고분해져서 소리 높여 대답했다. 광춘이의 표정까지는 볼
수 없었다. 수색대대장이 사열대에 올라섰다.

"경례구호는 충! 성! 알겠나?"

"예!"

"경례!"

"충! 성!"

수색대대장은 훈시를 시작했다.

"제일야전군에서도 악명 높은 본 함성부대 삼청교육장에 온 것을 환영한다. 너희들은, 사회악 일소 특별조치 및 계엄포고령 제 십구조에 의해 수용되었다!"

까딱까딱 지휘봉을 흔들면서 말을 이어나갔다.

"너희들은 앞으로 지옥을 경험하게 될 것이다! 그 어떤 희망도 품지 말고, 털끝만한 요행도 기대하지 마라! 동정도 없고 인정사정도 없다! 왜냐?"

스스로 묻고 대답했다.

"국가의 명에 의해 너희들은 여기에 왔고, 국가의 명에 의해 나는 이 자리에 섰기 때문이다! 그 준엄한 명령을 받은 사람으로서, 설령 백명 중 구십구명이 희생되더라도 한명을! 정상적인 사회인으로 사회에 복귀시킨다는 원칙으로 지금까지 교육에 임해왔고, 앞으로도 그럴 것이다. 직설적으로 말하겠다! 줄줄이 송장을 치우게 되더라도, 내 맡은 바 책임을 다하겠다는 말이다!"

늘어선 빨간 모자 조교들을 가리켰다.

"우리 조교들은, 제일야전군에서도 악명 높은 선봉 함성부대 수색특공대의 정예요원들이다! 원래는 김일성의 목을 따기 위해 밤낮으로 훈련해온 특수요원들이란 점을 기억해두는 게 좋을 것이다! 만약 원한다면! 진정한 폭력이 어떤 것인지, 똑똑히 알게 해줄 것이다! 그리고!"

멀리 부대 담장 쪽을 가리켰다. 양쪽에 망루를 세우고 기관총을 걸어 놓았다.

"사격 개시!"

타타타타, 타타타타… 허공에 대고 쏘아댔다. 물론 공포탄이었다.

"사격 중지!"

다시 내려다보는 수색대대장의 목소리가 더욱 높아졌다.

"국민들의 피같은 세금으로 조달된 아까운 실탄을! 너희들 쓰레기들 때문에 헛되이 소모하는 일이 없기를 바랄 뿐이다, 이상!"

차렷, 경례! '충성'을 외치는 소리는 처음보다 훨씬 드높았지만 광도는 보았다. 광춘이가 찍, 침을 뱉는 것을.

"광도야."

듣고만 있던 영란이가 입을 열었다.

"우리가 광춘이 성질 모르는 것도 아니고, 삼청교육대가 뭐하는 덴지도 알만큼 알고…. 요점만 말해. 왜 죽은 거야?"

광도는 고량주 한 잔을 제 손으로 따라 마셨다.

"광춘이하고 동기형을 내가 행정반으로 따로 불렀어. 놀라더라."

"……."

"경고해줬지. 엄포로 듣지 말라, 여긴 아직 아니지만 다른 교육장에 선 사망사고도 발생하고 있다… 특히, 다른 조직 출신들하고 개인적으로도 충돌하지 마라, 여긴 모든 게 다 연대책임이다…. 광춘이는 웃기만 했어…. 에이, 자식…."

영란이가 싸늘하게 쏘아붙였다.

"욕하지 마."

1981년 2월 ④

결국 '영등포파'와 '남강파'는 충돌했다. 발단은 영등포파의 사소한 시비였다.

'어이, 촌놈들!'

어깨를 툭툭 치며 자존심을 건드리는가 하면 배식받는 식기를 발로 차기도 했다. 소변 보는 놈의 엉덩이를 걷어차고, 작업장에선 삽으로 뜬 흙을 발등에 쏟아붓고… 알게 모르게 작은 주먹싸움이 벌어지고 그때마다 단체로 '얼차려'를 받고… 결국은 취사장 식당에서 패싸움이 벌어지고 말았다. 조교들이 M16 소총을 겨누고 들어가서 겨우 진압했다.

수색대대장은 지시했다.

"양쪽에서 주동자급으로 열명씩, 스무명 명단 작성해!"

유격장에 따로 수용해서 '진짜로 몇 놈' 죽여놓겠다고 했다.

"그놈부터!"

우선 광춘이를 찍었다. 인사장교인 광도에게는 전체 명단과 함께 일종의 채점표가 있었다. 교관과 조교들의 의견에 따라 A, B, C, D로 평점을 매겨 놓았다. 광춘이와 동기는 D였다.

명단을 작성하는 광도에게 동기가 찾아왔다. 광춘이네 내무반의 향도여서 비교적 출입이 자유로웠다.

"이거."

쪽지를 건네주었다. 광춘이가 보낸 것이었다.

동기형은 빼주라.

그 부탁은 들어줄 수 있었다. 향도인 동기가 D등급인 이유는 광춘이의 '따까리'라는 것뿐이었으니까.

20명을 태운 트럭이 부대 정문을 빠져나갈 때, 광춘이는 버티고 선 채로 웃으면서 손을 흔들고 있었다.

그리고 2주 후에 소식이 왔다. 야간에 탈출을 시도하던 김광춘이, 하강훈련장인 20미터 절벽에서 추락사했다. 병참부에서 화장할 예정이니 인사장교는 입회하라, 연고자에게 연락하고, 유골 인계 시에 역시 입회하라….

"그것뿐이야?"

영란이는 광도를 쳐다보지 않고, 유골 상자 쪽을 바라보며 묻고 있었다.

"그거뿐이지 뭐, 군대가."

"상태는 어땠어?"

"무슨 상태?"

"시체, 봤을 거 아냐."

"못 봤어."

"왜애?"

"이미 소각 중이었어. 내가 갔을 땐."

"그래도 돼? 입회하라고 했다면서?"

"다 형식이니까 뭐, 군대가."

영란이는… 천천히 고개를 돌려서 정면으로 광도를 향했다.

"하나만 물어볼게. 사실대로 대답해줘."

"……."

"정말로 빼줄 수 없었던 거야?"

"말했잖아, 수색대대장이…."

"할 수 있었어, 없었어?"

"없었어."

고개를 끄덕이면서 일어난 영란이는 유골 상자를 다시 안아 들었다.

"난, 가야겠어."

여관을 나섰을 때는 눈이 내리고 있었다. 함박눈을 맞으면서 영란이
는 앞만 보며 걸어갔고, 나와 광도는 그 뒤를 따랐다. 큰 키로 나란히 보조
를 맞추는 광도가 낯설고, 어딘가 꺼림칙하기만 했다. 과연 사실만을 얘기
했을까. 광춘이는 광도의 비밀을 알고 있었다.

"인호야."

영란이가 불러서 앞으로 나섰다. 영란이와 나란히 걷는 느낌은 확실
히 달랐다.

"미선이 옆에다 묻을 거야."

"……."

"아주 옆에는 말고. 거긴 나중에 내가 들어갈 거니까."

서울행 버스에 오르려는 영란이를.

"잠깐."

광도가 불러세웠다. 영란이가 돌아서자 광도는 차렷 자세를 취하고는, 육군 장교다운 모습으로 거수경례를 했다. 유골 상자를 향해서.

"잘 가라, 김광춘."

광도도 떠났고, 숙박비를 다 내준 관동여관으로 나는 돌아가지 않았다. 눈 내리는 원천강가를 어두워질 때까지 걷다가, 거의 눈사람이 되어서 내 돈으로 싸구려 여인숙에 들어갔다. 광춘이도 문인오도 잊어버리고 초저녁부터 깊은 잠에 빠져들었다.

1981년 2월 ⑤

"야, 야!"

누군가가 거칠게 잡아 흔드는 바람에 눈을 떴다.

"일어나, 문인호!"

내무반? 아니, 아니지…. 나는 천천히 몸을 일으켰다. 분명히 서울여인숙 108호고, 내려다보는 사람은, 대대 문서전령 권순태 상병이었다.

"정신 차리고 빨리 복장 갖춰!"

"무슨… 일입니까?"

"일어나, 임마!"

권 상병을 밀어젖히며 군홧발로 들어서는 사람은… 중대장이었다. 헬멧을 쓰고 소총까지 메고 있었다. 그러고 보니 권 상병도 한 손엔 철모를, 한 손엔 소총을 들고 있지 않은가. 벌떡 일어나지 않을 수 없었다.

"일분 내로 복장 갖춰!"

대체 무슨 일일까? 전투복을 챙겨입는 사이, 중대장이 물었다.

"너, 문인오하고 친하지?"

"네?"

"문공팔 말야, 문공팔! 친하다면서?"

"네."

인오에게 무슨 일이? 손끝이 떨려서 단추를 채우기가 힘들었다. 양 하사, 외곽보초… 무슨 일이? 권 상병이 야전상의를 입혀주고 군홧끈도 묶어주었다. 어렵사리 복장을 갖춘 내 앞으로 중대장이 한발 다가서면서 두 손으로 어깨를 짚었다.

"정신차리고 잘 들어."

"네."

"문인오가 무장탈영했다."

"……."

"진다방, 알아?"

"모릅니다."

"거기서 아가씨들을 인질로 잡고 대치 중이야."

그럴 리가, 하는 생각과 그럴 수 있겠다는 생각이 동시에 스쳐 갔다. 그리고 이건… 내 책임이다 싶었다. 외곽보초!

"지금, 너를 불러달라고 요구하고 있어."

그렇겠지. 그럴 것 같았다.

"문인호!"

"네."

"네 임무가 막중해. 알아들어?"

어깨를 두들기고 중대장이 뒤로 물러나자, 입담 좋은 권 상병이 설명을 시작했다.

문인오는 통신대 임태선 병장과 함께 새벽 2시에서 4시 사이 12초소 근무자로 배치되었다. 위병소와 대대장 관사 사이이다. 새벽 3시경, M16 소총을 든 채로 혼자 내무반에 들어왔다. 그 시간에 임 병장은 초소 바닥에 퍼져 앉아 졸고 있었다. 공교롭게도 불침번 또한 페치카에 기대어 자는 중이었다. 외곽보초에게는 한 탄창, 20발의 실탄이 지급된다. 그 실탄으로 두 명에게 한 발씩 쏴버렸다.

양세철 하사.

이광혁 병장.

총을 겨눈 자세로 빠져나가는 문인오를, 놀라 깨어난 중대원들은 물론 위병소에서도 제지하지 못했다. 대대, 연대에 차례로 비상이 걸렸지만 포착할 수 없었다. 뒤늦게 사단에 상황보고를 해서 서울, 춘천, 원주, 인제 쪽 검문소가 모두 차단되었는데…. 문인오는 아침 6시경에 읍내 군청 앞 네거리에 있는 진다방에 나타났다. 3층 건물 지하인 진다방은 토요일이면 철야로 영업을 하면서 술도 팔았다. 술을 먹거나 쓰러져 자고 있던 병사들 십여 명을 내쫓고 레지 아가씨 둘을 인질로 잡았다.

현재 수색대 2분 대기조가 포위하고 있고, 대대장, 연대장은 물론 사단장까지 출동했다. 대대장이 지하 계단 입구에서 소리쳐 물었다.

"왜 이러는가?"

"요구사항이 뭔가?"

문인오의 대답은 이랬다.

"문, 인, 호! 일병을 불러주십시오!"

"그 사람한테만 말할 수 있습니다!"

그래서 모든 여관과 여인숙을 뒤졌다….

지금은 아홉 시 반. 중대장이 다시 나섰다.

"이유가 뭐라고 생각하나?"

"……."

"양 하사가 가끔 군기를 잡았다는 말은 들었는데, 내무반장이 그 정도는 할 수 있는 거 아냐? 아니, 단지 그거뿐이라면 이광혁이는 또 왜?"

열리지 않던 BOQ 정비실 창문이 열쇠인 것 같았다. 거기 이광혁도 있었다? 둘이서 인오를… 흉측한 그림이 떠올랐다.

"뭐 다른 게 있나?"

"그 두 사람 어떻게 됐습니까?"

"양세철이하고 이광혁이? 즉사했지이. 그러니까 답답한 거 아냐아. 뭐 없어?"

두 사람의 죽음보다도 그 이유가 더 중요하다는 투였다.

"없습니다."

"너, 만약에….'

손가락으로 내 미간을 쿡 찌르는 중대장.

"내 앞에서 이래놓고, 딴 데서 딴말하면 곤란해? 알지?"

"네."

"좋아, 우선 가자. 모든 게 너 하나에 달렸으니까 정신 똑바로 차려!"

한옥을 개조한 서울여인숙 대문을 나서다가, 나는 그만 문턱에 걸려 고꾸라지고 말았다. 권 상병이 일으켜주는데, 중대장은 절레절레 고개를 젓고 있었다.

"아, 지랄… 잘도 하겠다, 씨발….'

거리에 눈은 그치고 일요일의 아침 햇살이 눈부시기만 했다. 읍내 가득 깔린 헌병들이 통제해서 군청 앞 네거리는 텅 비어 있었다. 4차선 도로 건너편에 수색대 병력들이, 앞줄은 '쪼그려 쏴', 뒷줄은 '서서 쏴' 자세를 취한 채 이중으로 늘어서 있었다. 그들이 겨누고 있는 3층 건물 지하가 진다방이었다. 멀리 군청 정문 앞에는 지프차가 몇 대 나란히 서 있는데, 그 중 하나에는 두 개짜리 별판이 붙어있었다. 그쪽에서 달려오는 사람은 대대장이었다. 중대장에게 우선 한마디 하고 있었다.

"인사계가 총 맞을 뻔했어."

"네에?"

"아, 당신네 인사계가 설득해본다고 내려가다가 쾅!"

"무사합니까?"

"어, 맞진 않았어."

"한 발만 쐈습니까?"

"그래."

"내무반에서 두 발, 합이 세 발이니까 열일곱 발 남았습니다, 그럼."

"그렇지, 열일곱 발."

"오면서 얘기했는데 이놈도 뭐, 별다른 이유는 알 수 없다고 합니다."

"그러니까 그냥 친한 거뿐이라고?"

"네."

중대장이 물러나고 대대장이 다가왔다.

"문인호."

"네, 일병 문인호."

"상황은 이해했지?"

"네."

"네가 문인호를… 아니지. 이거 헷갈리네, 씨발…. 문, 인, 오를 잘 설득해서 우선 아가씨 둘은 내보내도록 해. 내가 왔으니까 애들은… 하고 말야. 알겠어?"

"네."

"다음은… 무슨 조건이든 다 오케이, 오케이 해. 나와서 무슨 말이든 다 할 수 있다고… 내가 약속했고, 원한다면 이 자리에서 사단장님을 만날 수도 있다고. 여기서 그치면 최소한 사형은 면할 수 있다고… 무조건 달래란 말이야, 알았어?"

네, 하고 대답하는데, 어디서 나타났는지 가죽점퍼 차림의 사내가 대대장을 옆으로 밀어냈다.

"내 말 잘 들어."

누굴까?

"만약에 기회가 되면, 제압을 해. 기회가 되면… 소총을 뺏으란 말야."

그럴 수 있다 해도… 그럴 수는 없었다.

"아, 함부로 덤비진 말고! 설득하는 게 최선인데… 성공해서 나오게 되면, 나간다고 소리를 크게 치고, 계단을 다 올라오기 전에 소총을 먼저 밖으로 던져. 알겠지?"

"……."

"소총을 든 채로 나오면 수색대 애들이 쏠 수도 있어! 알아들어?"

"네."

"좋아, 믿어보지."

어깨를 쳐주고 가죽점퍼가 물러나자 중대장이 등을 떠밀었다.

"가자."

대대장은 주먹을 불끈 쥐어 보였다.

"화이팅 해!"

수많은 총구와 시선들이 겨누고 있는 건물 앞으로 한 발 한 발 다가섰다. 활짝 열어젖힌 문 앞에서 계단 아래를 향해 중대장이 외쳤다.

"문인오! 문인호가 들어간다! 비무장이다! 알겠나? 쏘지 마!"

예에— 하는 대답 소리가 길게 메아리치며 들려왔다. 무장탈영한 인질범의 목소리 같지 않았다. 둘이나 쏴 죽인 사람은 더더욱 아닌 것 같았다… 중대장이 다시 등을 밀었다.

"가!"

1981년 2월 ⑥

"나가요!"

"쏘지 마세요!"

소리를 지르면서 아가씨들은 계단을 뛰어 올라갔다. 끝까지 지켜보고 돌아서니, 찬바람이 휘잉— 들어오는 다방 안에 이제 둘만이 남았다.

문인호와 문인오.

문칠삼과 문공팔.

문코피와 쌍코피.

마주 앉은 홀 한복판 좌석 탁자 위에 인오는 M16 소총을 방심한 듯 올려놓았다. 제압하라는 말이 떠오르긴 했지만, 그럴 용기도 이유도 내겐 없었다. 인오를 살려야 한다는 생각 또한 막연하기만 했다. 내가 무슨 재주로? 오히려 인오 쪽에서 먼저 입을 열었다.

"형, 미안해. 이런 일에 끌어들여서…. 우선 말해 둘 게 있어. 내가 형을 좀 알아서 하는 말인데, 형 탓 아냐, 이거."

"……."

"형이 외박 나와버리는 바람에 내가 외곽보초를 들어갔고, 그래서 이렇게 됐다고 생각하지? 아냐. 나, 벌써부터 두 놈 다 죽이려고 마음먹고 있었어. 다른 식으로라도, 어떻게라도 죽였을 거야."

또박또박 힘을 주어 이어가는 목소리에서 느낄 수 있었다. 내가 어떻게 설득해볼 틈이 없다는 것을. 이미 결심하고 있었다, 인오는.

"형한테는 사실대로 다 알려주고 싶었고… 또 부탁할 것도 있어서 보자고 했어."

"뭐든지 다 해."

인오는 잠시 눈을 감았다가 떴다.

"빨리 할게. 형 힘들 테니까."

"괜찮아, 난."

"어제, 형이 정비실에 왔을 때… 양세철이 말고 이광혁이도 있었어. 처음도 아니야. 내가 정비실에 간 이후로 토요일이면 맨날 양세철이가 왔어. 간부들이 다 나가고 없으니까, 지난주부턴 이광혁이 그 새끼도 같이 왔지. 무슨 짓을 했는지는… 형도 짐작할 거야. 내 입으로 말은 못하겠고… 여기 다 적어놨어."

야전상의 주머니에서 작은 노트 하나를 꺼내 소총 옆에 내려놓았다. 한 손만을 썼다.

"결심한 뒤부터 다 적어뒀어. 그놈들이 한 짓, 시다생활 하면서 있었던 일들, 광주에서 일어난 일을 내가 들은 것들, 죽은 우리 형 이야기… 그거, 뭐라고 하지? 훌륭하게 성공한 사람들이 자기 살아온 역사를 책으로 쓰는 거."

"자서전?"

"그래, 이게 내 자서전이야. 쪽팔리지만."

인오는 수줍게 웃었다. 작은 판형에 스무 장쯤 되는 노트였다.

"군대가 그렇잖아. 이 사건도 다 자기들 멋대로 조작할 거잖아. 그리고 이 문인오라는 놈이 어떤 놈인지, 우리 형이 광주에서 뭘 하다가 어떻게 죽었는지, 누가 알겠어?"

"……."

"형하고 제일 친한 친구가, 앞으로 소설가가 될 사람이라며? 이름이…."

"한요섭."

"그래, 그 사람한테 이거 좀 전해줄 수 있어? 지금이야 전두환 때문에 안 되겠지만, 그 사람도 소설가가 아니지만…. 나중에는, 아주 나중에는 세상이 변할 때도 있을 거 아냐? 그때가 되면, 내 이야기도 한 번 써달라고… 전해줄 수 있어?"

"그럴게. 꼭."

진심으로 나는 끄덕였지만 인오는 제풀에 피식 웃고 있었다.

"아냐. 내가 무슨…. 나중에 형 혼자 읽어보기만 해. 형만 알아줘도 난 좋아. 그거 챙겨."

인오의 자서전 노트를 나는 야전상의 안주머니에 챙겨 넣었다. 조금은 감상적이 된 지금이 기회라는 생각이 들었다.

"인오야."

"아니, 말하지 마."

"……."

"아무 말도 말고 듣기만 해."

매몰차게 내 입을 막아놓고 인오는 다시 눈을 감았다. 이번에는 좀 긴 시간이 지난 뒤에야 눈을 떴다.

"지금 내가 왜 괴로운지 알아? 자꾸 이런 생각이 드는 거야. 그러니까… 어떤 사람이 어떤 사람을 죽일 자격이 있을까?"

"……."

"나쁜 새끼들인 건 틀림없어. 쓰레기지, 쓰레기! 그렇지만 그놈들한테도 남은 인생이 있었잖아! 멋지게, 착하게 잘 살았을지도 모르잖아! 가족들도 있을 거 아냐! 우리 형한테 내가 있는 거처럼 동생이나 형도 있을 거 아니냐고! 그 사람들한테는 내가 악마 같겠지, 그지?"

눈물이 주룩 흘러내리는데 입으로는 웃고 있었다.

"형이 대학원 때 선생님 얘기 해줬잖아. 소설 속에서도 사람 함부로 죽이지 마라… 그 말이 맞아. 그런데 난…."

절레절레 세차게 고개를 흔드는 인오. 다급하게 나는 한 마디를 끼워 넣었다.

"그러니까 너라도 살아야지!"

"자살로 해결하는 건 무책임하다고?"

"그래, 살아야지!"

반격은 충분히 예상할 수 있었다. 살아서 겪어야 할 고통은? 그게 죽음보다 나은 길이라고? 하지만 인오는 의외로 순순히 고개를 끄덕였다.

"알았어. 그래보지 뭐."

"인오야…."

"근데, 시간을 좀 줘. 나 혼자 생각 좀 해보게. 나가면 당장 잡혀가서 조사받을 거 아냐. 생각을 좀 정리해놔야지."

나를 위한 함정이로구나… 짐작할 수 있었다.

"같이 나가야지, 인오야."

대답 대신 인오는 찰칵, 하고 M16 소총에서 탄창을 빼냈다. 한 손으로만 했다.

"이러면 되지?"

내미는 탄창을 받아들자 비로소 마음이 놓였다. 인오도 웃어 보였다.

"한 오분, 아니 십분만 기다리라고 그래."

한 손은 탁자 아래로 내린 채, 탄창을 빼던 손만을 내저어 보였다. 나는 일어섰다.

"고맙다, 인오야."

1층으로 올라서면서 나는 외쳤다.

"나갑니다!"

탄창부터 밖으로 내던졌다.

대대장과 중대장이 다가왔다. 탄창은 중대장이 들고 있었다.

"임마, 왜 혼자야?"

대대장이 다그쳤다.

"오 분에서 십 분 사이에 나올 겁니다. 시간을 좀 달라고 했습니다."

"야, 그건…."

"약속했습니다! 탄창도 빼줬잖습니까!"

나도 모르게 언성을 높이고 말았다. 대대장이 주춤하는데, 다시 가죽점퍼가 나타났다.

"두 팔 벌려."

"……."

시키는 대로 할 수밖에 없었다. 군인수첩, 지갑, 손수건… 주머니를 하나하나 털어가던 가죽점퍼는 끝내 인오의 노트를 찾아냈다. 팔랑팔랑 넘겨보더니 제 주머니에 집어넣었다.

"저, 그건…."

"이건 뭐?"

히죽이 웃는 가죽점퍼를 밀어젖히고 중대장이 앞으로 나왔다.

"어떻게 된 거야, 이거!"

한 손에는 탄창을, 한 손에는 수북이 실탄을 들고 있었다.

"왜 열여섯 발뿐이야?"

"……."

"내무반에서 두 발! 여기서 한 발! 열일곱 발 남았는데! 왜 열여섯뿐이야?"

"가지고 있는 거야! 한 발이 있다고!"

대대장은 거의 울부짖었고, 나는 그제야 깨달았다. 한 손으로 노트를 꺼내고 한 손을 탄창을 빼고… 내내 다른 한 손은 탁자 위로 올리지 않던 이유를…. 그리고 보았다. 수색대원들이 총을 겨눈 자세로 움직이기 시작하는 것을. 진입하려는 모양이었다. 가죽점퍼가 돌아섰다.

"야! 스톱! 스톱!"

그때, 타아앙— 하고 총소리가 길게 울려 퍼졌다.

1981년 2월 ⑦

나는 사단 보안대에서 3박 4일간 심문을 받았다. 가죽점퍼의 사내는 보안대장이었다. 마지막으로 그는 '자술서'와 '각서'를 요구했다. 마주 앉은 그가 불러주는 대로 받아쓸 수밖에 없었고, 꾹꾹 눌러 지장을 찍었다. 인오의 노트를 돌려달라는 말은 꺼낼 수도 없었다. 일어서면서 그는 말했다. 불만이 있을 수 있겠지만 이런 게 군대다, 네 손으로 작성했으니 책임을 져야 한다, 군복을 벗는다고 해서 그 책임에서 자유로워지는 것은 아니다. 무슨 뜻인지 알겠나?

네, 하고 나는 대답했다.

귀대해보니 두 사람이 죽은 내무반은 청소와 소독과 새로운 도색작업까지 마친 상태였다. 중대원들에 대한 교육도 끝이 나 있었다. 내가 자술서에 썼던 시나리오와 같은 내용이었다.

'문인오는 전입해온 초기부터 내무생활에 적응하지 못했고 몇 차례나 탈영을 시도했다. 취침 중에 좌우로 나란히 누운 전우들이 무섭다며 우는 일도 있었고, 야간사격 중에 소총을 사선에 둔 채 도망을 치기도 했다. 중대장과 인사계는 모두 합해 21차례나 개인 면담을 하면서 적응을 도왔고, 내무생활의 부담이 없는 BOQ 관리병으로 보직을 바꿔주기도 했다.

내무반장 양 하사와 고참병인 이 병장은 문인오의 언행이 꾸며낸 것이라고 생각했다. 군대생활을 편하게 하기 위해 일부러 '고문관' 행세를 한다는 판단하에 수시로 군기 교육을 실시했다. 그 강도가 좀 지나쳤고, 그에 반발해서 사건을 저질렀다.

외곽보초 근무도 자원했고, 가장 절친한 전우의 설득작업도 수포로 돌아갔다…'

죽은 두 사람의 관물대는 치워졌고, BOQ 관리병이란 보직은 없어져 버렸다. 아무 일도 없었던 것 같았고, 그 세 사람이 존재했던 것 같지도 않았다.

문인오.
문공팔.
쌍코피.

참 여러 이름으로 불렸던 그 아이를 나는 구하지 못했다. 죽음의 진실도, 그 작은 노트 하나도 지켜낼 수 없었다. 살아오는 동안 처음으로, 내게 의지하고 도움을 청했던 유일한 사람이 아니었던가… 아무리 생각해도 나는 비겁했다.

보안대에서보다도 진다방에서 더 그랬다. 실탄을 하나 빼서 손아귀에 감추고 있었을 인오에게 나는 정말 속은 것일까? 속은 척했던 것은 아닐까? 빨리 그 자리를 떠나고 싶어서, 살고 싶어서… 탄창을 받았을 때, 인오를 살렸다는 생각보다 내가 살았다는 안도감이 더 크지 않았을까? 허겁지겁 지하 계단을 올라가는 내 뒷모습이 인오에겐 어떻게 보였을까?

안 된다고, 같이 가야 한다고 우겼다면? 손을 잡아끌었다면? 소총까지 달라고 했다면? 어쩌면 인오 쪽에서도 내심 원하고 있지 않았을까? 요섭이라면, 광춘이나 창기라면?

나를 믿고 내게 맡긴 노트를 나는 읽어보지도 못했다. 그 내용을 궁금해하다가도… 모른다는 사실이, 내 손에 남아 있지 않다는 현실이 또한 안도감을 주기도 했다. 그게 살아남은 사람이고, 그게 나였다. 죄책감마저도 편안했고 때로는 달콤하기까지 했다.

내 인생에서 그런 일이, 그게 마지막도 아니었다.

1987년 2월 ①

문창리 남천강변에 영란이가 여는 민물매운탕집인 '샛별집'의 개업식은 2월 27일 저녁으로 정해졌다. 광춘이가 다짐했던 '10년마다'의 두 번째 모임을 겸하기로 했다.

누구누구가 올까?

오지 않을 사람부터 꼽아보았다.

박광도는 미국 조지타운대에서 유학 중이었다. 곧 정치학박사가 될 거라고 했다. 초고속이었다.

장윤태는 대검 공안부 검사. 장담한 대로 '빨갱이 잡는 선봉장'으로 성장해가고 있었다. 남강 건달 세계에서는 지금까지도 수군거린다고 했다. 광춘이가 삼청교육대에 끌려간 게 바로 윤태 때문이라고. 보스인 황 사장과 광춘이는 빼주기로 다 얘기가 되어있었는데 위에서 딱 찍어서 내려왔고…. 당시 장윤태는 국보위에 파견근무 중이었다는 것이다. 그렇게 찍힌 이유는 또 79년 10월의 갈등에 있었다고. 당시 검사 초년생이었던 윤태가 내려와서, 남강대 시위를 막아달라고 요구했지만 광춘이가 단칼에 거절했다고.

올 사람들 중 첫 번째인 창기는, 광도와 윤태에게 이를 갈고 있었다. 일본에서 단속에 걸려 86년에 돌아왔다. 그동안 보낸 돈은 형인 동기가 거의 날려버렸고, 시장 안에 '만물수리점'을 낸 아버지 일을 거들면서 지내는 중이었다. 가전제품에서부터 자전거, 리어카, 열쇠, 자물쇠까지 다루지 않는 게 없었다.

광춘이의 죽음은 윤태만이 아니라 광도의 농간이기도 하다고 확신하고 있었다.

'근거는 무슨…. 뻔한 일이지!'

'언제고… 두고 봐!'

요섭이는 85년 신춘문예로 등단했다. '남북통일이 되기 전엔 발표하지 못할' 글을 쓰던 대학 시절과는 많이 다른 작품이었지만 나는 '전략적인 일보 후퇴'라고 생각했다. 5공정권의 서슬이 아직 시퍼렇기만 했으니까. 나는 요섭이를 믿었다. 언젠가는, 세상 모두가 공감하는 책이거나 세상 모두와 맞서는 책을 써낼 것이라고.

그렇게 믿는 또 한 사람인 고대룡은 전집류를 주로 내는 대형출판사의 과장이었고, 요섭이의 직장 상사이기도 했다.

박충규는 대기업 홍보실의 대리. 여전히 유능해서 별명이 '이사급 대리'라고 들었다.

이 두 사람은 '샛별클럽' 멤버가 아니지만 서울에서 달려올 것이었다.

오창수는 85년 2월 총선 때부터 야당인 신민당 중진의원 수행비서로 일하고 있었다. 밑바닥에서부터 정치를 배워갈 각오라고 했다. 아버지 오희재 씨는 82년에 쓸쓸한 생을 마쳤다.

미혜는 여전히 시골 학교를 전전하고 있었다. 아버지는 사진관을 닫은 지 오래였고 건강이 좋지 않다고 했다. 남강에 사는 고모가 잇따라 혼담을 주선하는데 번번이 거절하고 있다고. 이미 '노처녀' 소리를 듣고 있었다.

나?

엄마가 돌아가셨다. 86년 1월.

자궁암 진단을 받고 6개월 만이었다. 엄마답게, 조용히 아파하다가 조용히 돌아가셨다. 창수 엄마가 회장인 문창리부녀회에서 초상을 치러주었고 서산 공동묘지에 묻어드렸다. 미선이나 광춘이와는 좀 떨어진 자리였다.

아버지가 병원비를 부담했다. 내 통장을 통해서…. 내가 모르는 새 한 번쯤 병실에 다녀갔는지는 알 수 없었다. 전화로 묘의 정확한 위치를 묻기는 했다. 그뿐이었다.

엄마와 둘이 지냈던 그 작은 집을 팔고 남강역 인근에 새로 생긴 원룸 하나를 얻었다. 직장인 남강제일고, 내 모교와 멀지 않았다.

광춘이를 서산에 묻은 후로 국숫집 문을 닫고 넋 나간 듯 혼자 지내던 영란이는, 창기가 돌아오자 생기를 되찾았다. 국숫집을 다시 열어서 매운탕도 팔았고, 자전거로 강가의 낚시꾼들에게 배달까지 하게 되었다. 가끔씩 창기가 도와주기도 했다. 그 소식을 들은 요섭이가 아이디어를 냈다.

'아예 강가에다 음식점을 내면 어때?'

그러면서 거금 천만 원을 보내왔다. 다들 놀랐지만 나는 알고 있었다. 유인실이 미국으로 떠나면서 건네준 돈이었다. 직장 그만두고 글만 쓰라면서… 예전의 편지 대신 원룸으로 자꾸만 '전화질'인 고대룡이 알려주었다. 그 유인실은 미국에서 누구의 씨인지 모를 아이를 낳았다는 소문이었다.

어쨌든 천만 원이란 종잣돈이 생기자 그다음은 일사천리였다. 써버린 돈을 일부라도 벌충한다면서 동기형이 삼백만 원을 창기 몫으로 내놓았고 이입삼 선생도 이백만 원을 냈다. 이어서 창수, 미혜, 고대룡, 박충규와 나까지 각각 오십만 원에서 백만 원까지 형편껏 보탰다. 광춘이의 옛 보스인 황호택 사장이 보낸 금일봉은 영란이가 단호하게 거절했다.

창기네가 팔아버린 옛 집터를 되사서 부지로 삼고 홀 하나에 넓은 방이 딸린 건물을 세웠다.
'샛별집.'
영란이가 주방 아줌마 하나와 함께 꾸려가고 창기는 오며가며 거들기로 했다. 영란이는 '주식회사'라고 했지만, 지분이나 배당을 기대할 사람은 아무도 없었다. 빚도 좀 얻은 눈치였지만, 국숫집을 하던 옛 서울빵집 자리는 건드리지 않고 남겨두었다.

27일 저녁, 약속 장소는 '샛별집'이었고, 이젠 스물두 살이 된 창기 조카 철이를 문창국민학교 운동장에 내보내기로 했다. 여전히 우리는 기다리고 있었다.

1987년 2월 ②

7시 30분이 되자 이입삼 선생이 힘, 하고 헛기침을 했다.

"올 사람은 다 온 것 같으니 이제 시작하지 뭐."

모든 약속에 철저한 성격으로는 많이 참은 셈이었다. 가스 불 위에 매운탕 냄비를 올려놓은 탁자 세 개를 둘러싸고 앉은 사람은 다해서 열 명.

영란이, 창기, 창수, 미혜, 요섭이, 박충규, 고대룡, 나, 동기형, 이입삼 선생, 원래 '10년마다'의 약속 장소인 학교로 나간 철이는 아직 돌아오지 않고 있었다.

"나는 이제야 알았다만… 하필 오늘로 정한 데는 다 사연이 있었구나."

손님을 받기 시작하는 개업일은 3월 1일이었다.

"나도 새 학기부터는 다시 문창에 돌아오게 됐으니, 이것도 다 인연이고 운명인가 하는 생각도 들긴 한다만…. 십 년이니 이십 년이니 과거를 돌아볼 게 아니라, 이 자리에선 우리 다 앞일만 얘기하기로 하자."

그러면서도 본인부터가 감회에 젖는 표정이었다.

"개업 축하 자리에서 다른 말 할 거 있겠나? 영란이하고 창기! 열심히 해서 돈 많이 벌어라! 이상이다."

고대룡이 일어서서 이 선생의 잔을 채우고, 서로서로 옆 사람에게 술을 따르고 가스 불을 켜고, 개업식답게 소란스러워지는데 드르륵 유리문이 열리면서 들어서는 사람이 있었다. 검은 양복에 회색 코트.

"좀 늦었습니다아—."

장윤태였다. 모든 사람이 동작을 멈췄다.

"학교에 갔더니 창기 조카라는 애가, 여기라고…."

홀에서 방 안을 들여다보며 코트를 벗어드는데, 창기가 일어났다.

"나가!"

"……."

"나가! 못 나가?"

제풀에 푸르르 몸을 떠는 창기였지만 윤태는 크게 당황하지 않는 것 같았다.

"선생님. 저, 갈까요?"

이 선생이 선뜻 대답을 못 하는데, 이번엔 요섭이가 일어났다.

"하나만 묻자."

"……."

"너, 옛친구로서 온 거냐, 공안검사로서 온 거냐?"

"그게 무슨…. 당연히 친구로 왔지."

피식 웃기까지 했지만 요섭이는 물러나지 않았다.

"검사가 거짓말은 안하겠지. 너, 성재호 때문에 왔잖아. 아니야?"

요섭이와 나는 고대룡으로부터 들어서 알고 있었다. 성재호도 나타날지 모른다고. 그 성재호는 작년 인천에서 있었던 '5·3시위'의 배후조종자라는 혐의로 지금껏 쫓겨다니는 중이라고…. 윤태는 고개를 끄덕이며 우리 쪽으로 한발 다가섰다. 법정에라도 선 듯 목소리를 가다듬었다.

"솔직히 그것도 있지. 그렇지만 잡으러 온 건 아냐."

"무슨 궤변이야?"

"잘 들어. 성재호 그 친구… 원래 우리 친구는 아니지만 모르는 사이도 아니고 해서, 나도 개인적으로는 관심도 있고 애정도 있어. 믿을지 모르겠지만."

"……."

"오늘 만날 수 있으면, 자수하라고 권하고 싶어서 왔다. 그 친구, 진짜 위험해. 안기부 현창국 라인에서도 쫓고 있는데…. 그쪽으로 엮이면 일이 커진다. 상세한 이야기는 못 하겠지만, 현창국…. 다들 알잖아? 우리 선에서 다룰 수 있게 자수하라고, 내가 선처를 약속한다고…. 그래서 온 거야."

그럴싸한 얘기였다. 진심인 것 같기도 했다. 나라면 고개를 끄덕였겠지만, 요섭이는 그렇지 않았다.

"둘이 무슨 말을 하든, 여기선 안 돼. 나가."

"나도 친구야."

"넌 자격 없어. 나가."

요섭이는 단호했지만 윤태는 오히려 들고 있던 코트를 홀 테이블에 내려놓았다. 하나는 방에, 하나는 홀에… 두 사람은 무대 위에 마주 선 배우들 같았다.

"나를 어떻게 생각하는지는 알아. 그렇지만… 내 마음이 어떨지에 대해서 한 번이라도 생각해본 적 있나? 그 어렸을 때 나는! 배운 대로 행했을 뿐이야. 배운 대로!"

"그건, 네가 밀고한 게 사실이었을 때만 해당되는 말이야. 그때 사건이 진짜라는 전제하에서만 그 변명이 통하는 거라고!"

"그럼 그게 조작이라고?"

"너 개인으로서 묻는 거냐, 공안검사로서 묻는 거냐?"

"둘 다."

이번에는 요섭이가 피식 웃음을 흘렸다.

"그 나이가 됐으면서, 그쪽 전문가가 됐으면서도… 지금도 그게 조작이 아니라고 생각하냐?"

"너, 그 말… 그 말만으로도 잡아넣을 수 있어."

이번에는 하하, 하고 소리 내어 웃는 요섭이.

"난 운동권은 아니지만 이건 알지. 이제 곧, 그런 일로 잡아넣고 싶어도 그러지 못하는 날이 온다. 알아? 잡아넣을 생각이면 빨리 해야 될 거다. 명색이 공안검사가 그런 감도 없나?"

"……."

"난, 투사가 되고 싶진 않아. 그렇지만 상대가 너라면… 한번 해보고 싶은 마음도 있어."

한요섭, 멋지다! 하고 고대룡이 추임새를 넣었고, 윤태는 말이 없었다. 요섭이를 노려볼 뿐.

"그래, 배운대로라고 하겠지. 신고 한번 했을 뿐이라고 하겠지! 그 신고 한번으로 얼마나 많은 사람들의 운명이 달라졌는지! 생각해본 적은 있어? 한 사람 한 사람 꼽아볼까?"

왕자가 되는 '착한 소년' 장윤태는 대답하지 않았다. 천천히 코트를 챙겨 들고 천천히 문을 열고 천천히 걸어 나갔다. 그때까지 서 있던 창기가 앉고 요섭이도 다시 자리를 잡자, 고대룡이 나섰다.

"자, 자! 거국적으로 건배 한번 합시다!"

오래지 않아 문이 다시 열렸다. 철이보다 한발 앞서 들어선 사람은… 성재호였다. 검게 물들인 군용 야전점퍼를 입고 있었다. 무어라 인사말도 없이 방으로 성큼 올라서려는데

"아, 잠깐!"

이번에는 이입삼 선생이 제지했다. 신발까지 벗은 성재호가 엉거주춤 멈춰 섰다.

"너, 성재호지?"

"……"

"맞지? 성경수 씨 아들."

"예."

"운동권!"

"그렇게들 부릅니다."

"재야인사까진 아직 아니겠지?"

"……"

"조용히 그냥 나가라."

앉은 채로 이 선생은 출입문 쪽을 가리켰고, 성재호는 꼿꼿이 허리를 폈다. 새로운 두 배우가 무대에 오른 셈이었다.

"왜 그래야 합니까?"

"장윤태가 금방 나갔다. 누군지 알지?"

"……"

"여기 있는 친구들까지 다치게 하지 말고 나가. 우정이라면 그게 우정이다."

변함없이 이입삼 선생은 바윗덩어리 같았고, 재호는 입술을 깨물었다.

"배운 적 없습니다만 선생님이라고 부르겠습니다. 선생님, 저… 죄인 아닙니다."

"수배중 아닌가?"

"맞습니다. 맞지만, 세상이 달라지고 있는 걸 느끼지 못하십니까? 개헌운동, 민주화운동! 다 어느 선을 넘었습니다. 전두환정권, 무너지기 직

전입니다!"

"대통령이 개헌한다고 하지 않았나? 그럼 된 거 아닌가?"

86년 4월, 전두환 대통령은 임기 내에 개헌할 용의가 있다고 밝혔다. 하지만 그 후로 언급되는 내용은 '의원내각제'였고, 그마저도 난국 타개와 집권 연장을 위한 꼼수일 뿐이라는 게 민주화 세력의 시각이었다.

"그건 트릭일 뿐입니다."

"트릭?"

"예, 국민들을 속이는 겁니다."

"대통령 말을 못 믿으면 뭘 믿나?"

"정당하게 선출된 대통령입니까?"

"법대로 아니었나?"

"그 5공화국 헌법! 정당하게 만들어졌습니까?"

"법은 법이지!"

"그럼, 지금 민주화운동하는 사람들은 다 범법자란 말입니까?"

"난 그렇게 봐."

"그럼 어떻게 바로잡습니까? 부당한 법! 부당한 체제."

"합법적으로 해야지."

"선생님."

성재호가 목소리를 낮췄다.

"이런 말이 있습니다. 질서가 부당할 때에는 무질서로 정의를 실현한다…"

카아… 하고 나직하게 탄성을 내뱉는 사람은 고대룡이었다. 출판사에 나가는 한편으로 민주화운동 세력의 뒷바라지에 동분서주하고 있었다. 투옥된 이들을 위한 성금도 걷으러 다니고, 이런저런 유인물도 제작해주고…. 그러다가 성재호와 다시 선이 닿았다고 했다.

"누가 토론하자고 했나? 어쨌든 현행법상 자네는 수배중인 범법자고, 난, 우리 아이들이 연루되는 거 보고만 있을 수 없어!"

"예, 좋습니다. 나가지요. 나가드리는데… 분명히 말씀드립니다. 저, 죄인 아닙니다."

"……."

"선생님도 저를 자랑스럽게 생각하실 날이 올 겁니다. 오늘 일을 후회하실 날이요."

"어느 세월에?"

"길어야 반년, 육 개월입니다. 전두환 정권, 아니 사반세기 군사정권… 끝장날 겁니다."

성재호는 문턱에 걸터앉아서, 보란 듯이 신발끈을 질끈질끈 힘주어 묶기 시작했다.

얼마나 지났을까.

무겁게 내려앉은 침묵을 이임삼 선생이 깨뜨렸다.

"한요섭."

"예."

"송미혜."

"네."

"너희 두 사람, 결혼하면 어떻겠나?"

1987년 3월

강창성 선생의 형 강영성 씨는 20년형을 마치고 돌아왔다.

함께 출소했다는 미선이 아빠 문태식 씨는 문창에 나타나지 않았다.

1987년 8월

　개학이 머지않은 여름날 오후였다. 대통령직선제 개헌을 받아들인 '6·29선언'으로 해서 서울이나 남강이나 모두 들뜬 분위기였지만, 나는 나만의 조용한 나날을 보내고 있었다. 그저 성재호의 장담대로구나, '6월 항쟁' 내내 거리에 나갔다는 고대룡은 얼마나 신이 날까…. 이런 생각이나 할 뿐이었다. 내 머리와 가슴을 지배하고 있는 것은 이입삼 선생의 말 한마디 뿐이었다.

　'너희 두 사람, 결혼하는 게 어떻겠나?'

　'예'라고도 하지 않았지만 둘은 싫다고도 하지 않았다.

　그 이후로 나는 틈만 나면 그림을 그렸다. 여름방학이 된 다음에는 원룸에서 거의 외출도 하지 않았다. 연필화도 그리고 수채화도 그렸다. 사방 벽에 가득히 붙여놓았다가 떼어내고 다시 그려 붙이고…. 스스로도, 조금씩 미쳐가는 게 아닐까 싶을 정도였다.

　그날도 사흘 만에 나가서 화구도 사고 먹을 것도 사 들고 돌아오는 길이었다. 원룸 건물 안으로 막 들어서던 나는, 2층에서 계단을 뛰어 내려오는 여자와 하마터면 부딪힐 뻔했다. 코앞에서 멈춰선 사람은… 송미혜였다.

　"……."

"……."

잠시 내 눈을 들여다보더니 미혜는 스치듯 나를 지나쳐갔다. 연두색 원피스의 뒷모습이 금세 골목길을 따라서 사라져갔다. 어찌 된 일일까? 원룸의 위치나 호수를 아는 사람은 영란이나 창기뿐이고, 그 둘도 찾아온 적은 없었다. 온전히 나만의 밀실인 원룸 안에는… 설마? 나는 숨차게 계단을 뛰어올랐다.

분명히 잠갔는데…. 내 방, 209호의 문은 열려있고, 그 안에 두 사람이 우두커니 서 있었다.

요섭이.

창기.

그리고 방 안 가득한 그림들… 이젤에도, 책상 앞에도, 사방 벽을 채우다 못해 유리창에도… 모두가 미혜의 얼굴이었다. 미혜미혜미혜미혜미혜….

요섭이가 천천히 돌아섰다. 내가 처음 보는 표정이었다. 미혜처럼 내 눈을 들여다보더니, 미혜처럼 나를 지나쳐갔다. 뛰지는 않았다. 발소리도 없이 원룸을 나갔다.

"인호야…."

창기가 다가와서 내 어깨를 감싸 안았다.

"미안해. 내 잘못이야."

"……."

"다들 기다리자고 했는데…. 내가 문을 따버렸어. 미안해. 요섭이하고 미혜하고 둘이…. 꼭 너한테 먼저 알려야 된다고…. 내가 데려온 건데…. 미안해."

"……."

"괜찮지? 진짜 미안하다…."

어린애를 재우듯 창기는 등을 토닥거렸다. 그럼, 하고 나는 속으로만 대답했다. 나는 괜찮았다. 사방에 가득한 미혜 얼굴 중 하나가 엄마로 변해서, 말할 수 없이 슬픈 눈빛으로 나를 바라보고 있었을 뿐…. 나는 괜찮았다.

1988년 3월

신학기에 나는 서울의 한 남녀공학 상업학교로 옮겼다. 지난해 12월에 박충규에게 전화로 부탁을 했고, 마당발에 수완가인 그가 어김없이 자리를 찾아주었다. 요섭이에겐 비밀로 해달라는 부탁도 들어주었다.

요섭이는 87년 말에 귀국한 유인실과 1월에 결혼식을 올렸다. 다해서 20명쯤 참석한 '작은 결혼식'이었는데, 우리 친구들 중에선 영란이와 창수, 광도만이 초대받았다. 미국에서 낳은 아이가 있고, LA에 정착한 언니 유안나가 키운다는 소문을 요섭이도 아는지는 확인할 수 없었다.

미혜는 2월에 서울에서 결혼식을 올리고 교직에서도 떠났다. 고모가 중매한 상대는 남강 출신의 대기업 과장으로 네 살인가 다섯 살 위라고 했다. 우리 친구들 중 누구에게도 연락하지 않아서 고등학교, 대학교 동창들만 다녀왔다고 들었다. 남강에선 식을 올리지 않겠다고 고집 부렸다는 소문이었다. 그렇게 떠나갔다.

조지타운대에서 박사학위를 받고 귀국한 광도는 여당인 민정당에 입당했다. 4월 총선에 전국구 후보로 나선다는 소문이 무성했는데, 3월 중순에 언론 인터뷰를 통해서 이렇게 말했다.

'앞으로 정치인의 길을 간다는 계획은 변함없지만, 아직은 때가 아닌 것 같다. 더 배우겠다.'

1997년 2월

'10년마다'의 세 번째인 2월 27일.

여덟 시까지 학교운동장에서 기다렸다가 샛별집에 모여앉은 사람은 셋뿐이었다.

창기.

창수.

나.

한때 호황을 누렸던 샛별집은 이제 손님이 거의 없었다. 주변에 새로운 음식점들이 잇따라 들어섰고, 영란이는 몇 달 전에 남강 시내에 갈빗집을 새로 열었다.

'워낙 바빠서 뭐….'

오지 못한 영란이 대신 변명을 하면서도 창기는 씁쓸한 표정이었다. 샛별집의 운영을 맡았다지만 날마다 술이나 마시고, 조카 철이 부부가 꾸려간다고 창수는 말해주었다. 갈빗집 오픈에는 광도의 지원이 있는 것 같지만, 창기 앞에선 입에 올리지 말라고도 했다.

광도가?

81년 2월, 원천에서의 만남을 기억하는 나로서는 믿을 수 없는 일이었다. 광춘이의 죽음 뒤에 광도가 있으리란 의심은, 영란이도 창기와 마찬가지일 텐데…. 방송통신대를 졸업했고 또….

'내년 지방선거에 시의원 출마한다더라.'

어째 조금씩 멀어져가는 느낌이었다. 도망치듯 서울로 떠나 살고 있는, 곧 엄마의 묘도 이장해갈 계획인 내가 무어라 할 수 있을까만. 자기 동생 넷, 광춘이의 동생 셋, 거기다가 창기네 식구들의 생계까지 책임지고 있는 영란이의 무거운 어깨를 짐작하지 못할까만.

"요섭이 소식은 좀 듣냐?"

소주잔을 비우면서 창기가 물었지만 나는 대답할 수 없었다. 박충규는 91년에 교통사고로 사망했고, 고대룡은 가끔 전화할 때마다 이랬다.

"요섭이 그놈 얘기는 묻지 마슈."

대답은 창수에게서 나왔다.

"많이 힘든가 보더라."

"왜애?"

"뭐, 뻔하잖아. 유인실 인기가 예전 같지 않고, 펑펑 돈 쓰는 버릇은 여전하고…. 요섭이가 버는 걸론 감당이 안 되니까."

"뭘 하는데?"

창기는 마치 심문하듯 묻고 있었다. 어려서부터 요섭이를 늘 못마땅하게 여겼었다. 윤태와 당당하게 맞서는 모습을 보고 잠시 사이가 좋아졌었는데.

"뭐, 영화 시나리오도 쓴다는 말은 있는데, 이렇다 할 결과물은 없는 거 같고… 정치인이나 유명인사들 자서전 대필하는 게 주업이지 뭐."

"그게 뭔데?"

"그러니까… 유명한 사람들이 살아온 이야기를 대신 써주는 거야."

"소설은 안 쓰고 그런 걸 쓴단 말야?"

창수는 대답하지 않고 잔을 비웠다. 정치판에 들어간 이후로 술이 늘었다.

절레절레 고개만 흔들고 있던 창기가

"넌 뭐 하는 거야?"

창수에게로 화살을 돌렸다.

"뭘?"

"넌 왜 출마 안하냐고!"

"……."

"성재호하고 붙기 싫으면 서울에서라도 하면 되잖아!"

성재호는 야당 의원으로 재선을 하고 있었다. 92년, 96년 연속으로 남
강에서 장윤태를 이겼다. 반면에 창수는 여전히 야당 중진의원을 모시고
있었다. 수행비서에서 보좌관으로 격상되기는 했지만.

창기처럼 아쉬워하는 사람들이 많았지만, 부정적인 사람들도 적지 않
았다. 증조부는 친일파요, 조부는 월북한 남로당이 아닌가….

"광도가 출마할 모양이야."

역시 말머리를 돌려버렸다.

"어디로?"

창기는 쉽게 걸려들었다.

"남강이지 어디야? 여당 공천을 신청할 모양이야."

총선은 3년이나 남아있었다. 하긴 연속 낙선을 했다고 해도 윤태는 남
강 지역 보수세력의 상징적인 존재였다. 그 윤태와 공천 경쟁을 벌이자면
그만한 준비가 필요하겠지 싶었다. 윤태와 붙고, 또 재호와 붙고…? 하지
만 창기는 흥, 하고 코웃음을 치고 있었다.

"광도, 그놈은 내가 막을 수 있어."

"……."

"팔십팔년에도 그거, 내가 막은 거야. 내가 또 할 수 있어."

창수는 도대체 무슨 소리냐는 표정이었지만 나는 알 것 같았다. 다는 아니고 절반쯤은.

그날 세 사람만의 모임은 끝이 좋지 않았다. 술기운이 오른 창수가 그만 말해버렸다.

"창기 너, 영란이하고 이제 결혼하지 그래."

창기는 탁자를 쾅, 내리쳤다.

"말 함부로 하지 마!"

그 창기는 또 내게 말했다.

"그때 일은 정말 미안하다, 인호야…"

다시 듣고 싶지 않았었다. 그 말만은….

엄마 유골만 모셔가면, 다시는 오게 될 것 같지 않다고 생각하면서 나는 문창을 떠났다.

열차가 남천강을 건너갈 때야 그 이름을 불러보았다.

'미혜야…'

2000년 4월

2000년 4월 총선에서 남강은 전국에서도 관심거리였고, '남강대전'으로 불리기까지 했다.

공천 경쟁부터 치열했다.

김대중 대통령의 집권여당인 새천년민주당은 3선을 노리는 성재호와 다크호스 정치신인 오창수의 대결이었다.

야당인 한나라당에선 2전 2패의 낙선 경력을 가진 장윤태에게 재벌 2세 박광도가 도전했다.

네 사람 모두 사십 대 중반의 나이에 서로서로 친구 사이여서 더욱 화제가 되었다.

결국 공천을 따낸 것은 오창수와 장윤태였다. 새천년민주당의 성재호는 2년 뒤에 있을 남강시장 선거에 나가는 것으로 정리되었다고 했다. 한나라당의 박광도는 무소속 출마를 선언했다가 곧 포기하고 장윤태 지원에 나섰다. 역시 시장을 노린다는 분석이 나왔다.

오창수 조부 오일도의 남로당 활동과 월북은 의외로 큰 약점이 되지 않았다. 오일도는 아버지 오명세의 친일행각에 대한 속죄를 위해 항일투쟁에 나섰던 '민족주의자'로 포장되었다. 월북 후의 행적을 알 수 없다는 점도 플러스 요인이었다. 순수한 '사회주의자'였지 '공산주의자'가 아니었기에 북한 체제에 적응하지 못했다고 했다. 무엇보다 이 무렵에는 이미 북한은 두려움의 대상이 아니었고, '반공'이니 '멸공'이니 하는 말은 케케묵은 이데올로기의 상징으로나 치부되는 분위기였다. 오창수는 이런 시기를 기다렸던 것 같았다. 이렇게 말했다.

"남에도 북에도 그분이 설 자리는 없었다!"

"증조부의 친일행위를 우리 집안은 삼대에 걸쳐 속죄해왔다. 나의 출마도 그 연장선상에 있다!"

그래도 승부는 백중세로 전망되고 있었는데, 4월 13일 선거일을 사흘 앞두고 대형사고가 하나 터졌다. 나는 물론 서울에서 신문과 방송으로만 소식을 접하고 있었다.

남강역 앞 광장에서 열린 장윤태의 연설회 도중, 길이 30센티미터짜리 식칼을 들고 연단으로 돌진한 사람이 있었다. 창기, 문창기였다. 연단 위에는 장윤태가 서 있고, 그 아래에는 박광도가 찬조연설을 위해 대기하고 있었다.

창기는 연단에 이르지 못하고 붙들려서 경찰에 넘겨졌다. 피 흘리는 경호원들에게 두 팔과 두 다리를 붙잡힌 채 발버둥치는 창기의 모습이 TV 뉴스에 나왔다. 외치고 있었다.

"장윤태!"

"박광도!"

"이 새끼들아—."

다음날 남강신문 1면에는 33년 전의 '문창간첩단 사건' 전말이 다시 실렸다. 경찰에서 문창기가 주장했다는 것이었다.

"그 사건은 전부 조작되었고, 장윤태가 밀고했다!"

그날 오후, 오창수의 유세장에는 강영성 씨가 연사로 등장했다. 검거될 때 총에 맞은 한쪽 다리를 절면서.

"나는 억울하게 옥살이를 했다. 나는 간첩도 아니고 빨갱이도 아니다!"

오창수는 예상외로 압승을 했고, 장윤태는 한마디 말을 남기고 자취를 감춰버렸다.

"문창기는 옛친구다. 경찰이나 법원이나 선처를 바란다."

창기는 2년형을 받았지만 집행유예로 풀려났다.

선거 후에 광도는 기자회견을 했다.

"정치에는 더 이상 뜻이 없다. 남강에 대학을 세우고 관광호텔도 지어서 지역 발전에 이바지할 계획이다. 이는 아버지의 뜻이기도 하다."

2007년 2월

저녁 일곱 시 정각에 나는 문창초등학교 운동장에 들어섰다. 이름도 달라졌지만 학교도 이제 옛 학교가 아니었다. 단층짜리 교사는 모두 없어지고 2층 건물 두 동이 들어섰다. 운동장에도 인조잔디가 깔려있었다. 그리고… 아무도 보이지 않았다.

시간을 한 번 더 확인했다. 일곱 시가 틀림없었고, 남강관광호텔에선 '남천 박태출 회장 3주기 추모회 겸 평전 출판기념회'가 시작될 시간이었다.

요섭이가 쓴 책과 함께 광도 명의로 된 초청장을 받았다. 이젠 남강시의회 부의장인 영란이의 전화도 걸려왔다.

'이번 사십 년째 모임은 거기서 대신할 거야. 다들 모이니까 너도 빠지지 마.'

다들?

광도.

재선의원 창수.

영란이.

평전 저자인 요섭이.

소식 끊어진 미혜는 오지 않을 것이다.

창기는…?

사실 나는 창기 때문에 내려온 길이었다. 원래는 오지 않으려 했었지만, 어쩐지 창기 혼자서만 어두운 운동장에 동그마니 서 있을 것 같아서였다. 영란이는 말했다. 벌써 조금씩 치매가 오는 듯하다고.

그 창기가 보이지 않았다. 거길 갔나? 설마… 싶은데 저만치 미끄럼틀 아래서 길고 검은 그림자 하나가 일어났다. 성큼성큼 다가왔다.

"인호, 왔구나…."

손을 움켜잡는 창기에게선 술 냄새가 났지만, 불쾌하지는 않았다. 오히려 눈물이 날 것 같았다.

"다들 거기 갔지만 넌… 그래, 올 줄 알았어."

나뭇가지처럼 메마른 손으로 내 손을 붙들고서 창기는 울먹거리고 있었다.

간판만 그대로일 뿐, 폐가처럼 빈집이 된 '샛별집' 큰 방에 창기는 이미 술상을 차려놓고 있었다.

"수육도 삶아놨다, 야."

고기 한 접시, 김치 한 접시, 소주 두 병, 맥주 한 병. 딱 두 사람 몫의 술상이었다. 가구라고는 없는 방구석에 이불이 대충 개켜져 있고, 냉장고와 싱크대가 있고, 예전에 계산대로 쓰던 책상이 들어와 있었다. 또 눈물이 날 것 같았다.

소주와 맥주를 한 잔씩 마시고 나자 창기가 서둘러 입을 열었다.

"나, 아직 멀쩡하다, 인호야."

"……."

"언제까지 이럴지는 솔직히 몰라."

"……."

"그러니까 오늘, 내 얘기 잘 들어. 광춘이 얘기다."

삼청교육대에서 광춘이가 동기형을 통해 광도에게 쪽지를 전한 것은 한 번이 아니라 두 번이었다. 둘 다 동기형이 까봤다.

'동기형은 빼주라.'

인사장교 광도는 코웃음을 쳤다.

'불가능.'

대답을 전하자 광춘이는 또 한 번 써 보냈다.

'이젠 수영 쫌 하나?'

까 보고도 도대체 무슨 소린지 알 수 없었지만, 유격장으로 가는 최종 명단에 동기형은 빠져 있었다.

남강파 10명의 보스는 광춘이었고, 영등포파 10명의 대장은 별명이 '주먹대장'이었다.

"그 주먹대장이 나중에 돌아와서 이러더라는 거야. 조교들이 아주 광춘이만 찍어놓고 두들겨 팼다는 거지. 다들 생각했대. 죽이려고 작정했구나…."

죽은 그날도, 야간에 조교들 내무반에 끌려가 구타당하던 중에… 참지 못하고 맞서 싸우다가 탈출을 시도했다. 조교들에게 쫓겨 절벽까지 도망쳤고 결국 미끄러져 떨어졌다.

하지만 이 또한 수상하다고 '주먹대장'은 고개를 갸웃거렸다고 했다. 절벽 아래서 시체를 찾았을 뿐, 정말로 도망치다 떨어졌는지는 의문이라고. 이미 죽은 사람을 조교들이 내던졌을 수도 있지 않겠냐고.

"형한테 그 말을 듣고, 팔십팔년 그때 편지를 보냈던 거야."

'이젠 수영 쫌 하나?'

"그래서 광도 그 새끼가 그때 포기한 거지. 그땐 포기했는데…. 너, 우리 형 죽은 거 알아? 모르지?"

동기형은 2000년 1월, 남강 유흥가에서 어린 건달의 칼에 찔려 죽었다. 신문에도 나지 않았다.

"광도가 황호택이한테 시켰고, 황호택이가 또 시킨 거야. 출마하기 전에 증인을 없애버린 거라고. 그래서 내가 선거 때 그 난리를 친 거고."
창기는 단언하고 있었다.
"설마 그럴까 싶지? 그 대가로 황호택이가 뭘 받았는지 알아? 남강관 광호텔 나이트 사장이잖아! 그냥 바지사장이 아니고 진짜 주인이라고!"
"……"
"이제와서 뭘 어쩌자는 게 아냐. 어떻게 해볼 방법이 없어. 광도 그 놈은 경호원이 서너 명씩 되고…. 그냥 너무 분하고 답답하니까…. 너라도 알고 있으라고. 영란이는 입도 못 열게 하거든."
나는 아무 말도 할 수 없었다. 내가 감당하기엔 너무 엄청난 비밀이었다. 옛날에도 그랬듯이.
"그런 놈인데, 광도가 그런 놈인데…."
창기는 일어서서 책상 앞으로 갔다. 서랍을 열어 무언가를 꺼내 들고 돌아왔다. 술상 옆에 내려놓은 것은… 책이 든 봉투였다.

"요섭이는 이래도 되는 거냐?"

책을 꺼내놓았다. 바로 요섭이의 책 『남천 박태출평전』이었다.

"난 무식해서 잘 모르지만 말이지, 글이란 건 진짜 사실만 쓰는 거 아니냐? 이거, 거짓말이잖아!"

나도 읽었다.

박태출의 아버지 박갑돌이 종이었다는 얘기는 없었다. 오명세와 친구 간이었고, 단지 가난해서 그 집 일을 거들며 지냈을 뿐이라고.

오일도와 박태출도 친구였고, 원래는 함께 만주로 떠나려 했으나 오일도의 간청으로 남아서 그 집안을 돌봤다고.

해방이 되고 오일도가 돌아오자 박태출은 맨손으로 고향을 떠났다고.

오유라라는 이름은 어디에도 없었다. 부인인 김화자 여사가 정도, 상도, 광도의 세 아들을 낳았다고….

광도는 고향을 지킬 아들로 생각해서 어려서부터 오희재에게 맡겼던 것이라고.

기업인으로서의 행적도 읽기 민망할 정도로 미화되어 있었다. '평전'이 아니라 '위인전'이었다.

"요섭이가 천하 명작을 쓰든 말든 난 관심없어. 그렇지만 이런 책을 쓰면 안 되지. 돈을 얼마나 받았는지는 모르지만… 광도 엄마를 생각해봐. 광춘이를 생각해보라고."

광도 엄마, 광춘이…. 요섭이는 거기까지는 알지 못하겠지만, 나도 실망이 크기는 했다. 왜 이런 책을, 이름까지 박아서…. 돈 때문이겠지만, 유인실 때문이겠지만.

"인호야."

"어."

"요섭이가 강창성 선생 글씨를 기억할까?"

노트를 받았다고 하지 않았던가.

"기억할 거야."

"넌?"

"나도 뭐."

내가 끄덕이자, 창기는 안주 접시를 내려놓고 상 위에 평전을 올려놓았다. 표지를 넘겼다. 증정본이 아니라 서점에서 산 책이었다. 그 위에 사인펜이 하나 얹혀졌다.

"부탁 하나만 하자."

나는… 나의 옛꿈을 생각했다. 언젠가는 요섭이의 글을 학생들에게 읽어주고 싶었었다. 아직은 포기할 수 없어서, 손을 떨며 펜을 잡았다.

일주일 뒤에, 요섭이가 죽었다는 연락을 받았다.

2007년 3월

"이렇게 된 거야⋯."

흰 꽃으로 둘러싸인 요섭이의 영정 앞에서, 남강시의회 부의장 영란이는 설명을 끝냈다.

다들 말이 없었다.

국회의원 오창수도, 남강시장 성재호도, 여전히 봉두난발인 고대룡도, 교육감 선거에 낙선한 이입삼 선생도, 그리고 나도⋯ 광도는 해외 체류 중이었고, 창기는 요양병원에 들어갔다. 요섭이가 죽은 날, 영란이가 바로 넣어버렸다.

장례식장 특실은 텅 비어 있고, 저만치 구석자리에 창수와 재호의 보좌진들만이 모여앉아 소주를 마시고 있었다.

눈을 감고 나는, 영란이가 울먹이며 들려준 이야기를 다시 떠올려보았다.

출판기념회를 마치고 서울로 갔던 요섭이가 5일 만에 다시 내려왔다. 영란이 차를 빌려서 남강우체국도 가보고, 서점들도 찾아다니고, 문창에도 다녀오고⋯ 정신없이 돌아다녔다. 무엇에 홀린 사람 같았다.

영란이네 갈빗집에서 저녁을 먹다가 벌떡 일어섰다.

"문창에 가자!"

영란이가 운전해서 창기 혼자 지내는 샛별집에 갔다. 못마땅해하는 창기는 자리를 피해버리고, 둘이서만 술을 마셨다. 술기운이 오른 뒤에야 요섭이는 가방에서 책을 꺼냈다. 박태출 평전이었다.

"속표지를 봐."

펼쳐보니 세 글자가 씌어있었다.

강창성.

"출판사로 보내왔어."

책이 들어있던 봉투도 보여주었다. 역시 보낸 사람은 강창성이었고, 남강우체국에서 부친 것이었다.

강창성…. 영란이의 손끝도 떨렸고, 요섭이는 침통하게 끄덕였다.

"선생님 글씨가 맞아."

"……."

"책은 남강서적센터에서 팔았는데, 누군지는 기억 못 하고 우체국도 그렇고…."

"이걸 믿는 거야?"

영란이는 도저히 믿을 수 없었다. 이미 40년이 지났다. 강창성 선생이 살아있고, 남강에 다녀갔고, 이 책을 읽고, 요섭에게 보내기까지?

"모르겠어, 모르겠어…."

요섭이는 절레절레 고개를 흔들었다. 박태출 평전에 아무 말도 없이 이름 석 자만을 적어 보낸 의미는… 영란이도 알 수 있었다. 요섭이 본인이야 말할 것도 없었다. 미혜를 통해서 들은 얘기지만, 1967년 2월 27일 밤, 동산공원 박 회장 공덕비 앞에서 말했다지 않는가. 언젠가는 이 자

리에 한요섭의 비가 세워졌으면 한다고. 그래도 아닐 거야. 이건 아닐 거
야…

　열두 시를 넘겼을 때 요섭이가 손을 내밀었다.
　"키 좀 줘."
　"취했는데… 어딜 가게?"
　"가볼 데가 있어. 이게 진짜라면, 거기 계실 거야."
　"같이 가."
　"아, 글쎄. 달라니까!"
　처음 보는 끔찍한 표정이어서 자동차 키를 내주고 말았다. 걸어 나가
는 요섭이의 뒷모습이 꼿꼿하기만 해서 영란이는 그나마 마음을 놓았다.

　하지만 날이 밝을 무렵에도 돌아오지 않아서, 영란이는 핸드폰으로
철이를 불렀다. 달려온 철이 차로 문창 일대를 뒤지다가… 동산공원에서
발견했다.

　'박태출회장 애향공덕비'에 정면으로 충돌한 모양이었다. 기단을 들
이받아 앞이 찌그러진 차 위에 공덕비 거대한 바윗덩어리가 쓰러져 있었
다…

　영란이와 철이가 정신을 차리고 보니, 어느새 창기가 나타나서 나란
히 서 있었는데, 이미 온전한 상태가 아닌 것 같았다.

　"다들 잠깐."

창수가 침묵을 깨트렸다.

"아침에 광도하고 통화를 했는데… 원고료는 전액 유인실이한테 갔대. 별도로 요섭이한테 더 주겠다는데도, 거절했대."

결국 요섭이는 한 푼도 챙기지 않았다는 말이었다. 둘은 별거 중이었고, 요섭이는 요섭이대로 형편이 어려웠다고 들었다.

"그 책은 어디 있어?"

재호가 묻고 영란이가 대답했다.

"내가 보관중."

한 번 끄덕이고 나서 재호는 고개를 저었다.

"도대체 난 이해가 안 가. 이건 누가 장난을 친 거잖아! 안 그래?"

"장윤태…?"

창수가 조심스럽게 한마디 했다.

"그게 누구든 간에…. 천재 한요섭이가 그래, 그 정도 장난에 넘어갔단 말야?"

재호가 쯧쯧 혀를 차는데, 고대룡이 벌떡 몸을 일으켰다.

"야, 이 새끼들아!"

모두들 흠칠 놀랐다.

"사실이냐 아니냐가 중요해? 요섭이는 그걸 사실로 믿었다는 게 중요하지! 그 마음을 몰라? 모르겠어? 친구라는 놈들이!"

"……."

"에라, 이 순… 허깨비같은 새끼들아! 이런 것들을 친구라고…."

푸르르 몸을 떠는 대룡을 향해 창수의 수행비서가 다가왔다.

"저기, 의원님께 말씀이 좀…."

뭐? 하고 고대룡은 언성을 더 높였다.

"국회의원? 시장? 웃기지 마! 한요섭이 발가락 틈에 때만도 못한 것들이! 니들이 한요섭이를 알기나 해?"

"……."

"유인실이, 이건 왜 코빼기도 안비치는 거야? 이래도 돼?"

기다리기라도 한 듯 들어서는 사람이 있었다. 검은 옷차림의 키 큰 여자… 유인실이었다. 서양 여자처럼 검은 모자를 쓰고 검은 베일까지 얼굴에 드리운 모습이었다.

'남강승화원'은 남천강 건너 옛 '강 건너' 마을을 철거한 자리였다. 화장을 마치고 납골당에 안치를 하고, 떠나는 영구차에 나는 오르지 않았다. 아무도 왜 그러느냐고 묻지 않았다. 특히 고대룡은 장례식장에서 영란이의 설명을 들은 이후로, 내게 한마디도 건네지 않았다. 어쩌다 눈이 마주치면 슬그머니 피해 버리곤 했다.

승화원을 둘러싼 공원을 한 바퀴 돌았지만, 옛날 요섭이와 나란히 앉았던 그 바위는 찾을 수 없었다. 정확한 위치도 알 수 없어서 그냥 적당한 벤치에 기대앉았다. 3월, 봄날의 남천강은 고2 때의 그 가을날처럼 흘러가고 있었다.

그랬다.

성재호의 지적이 옳았다. 요섭이가 그 정도 속임수에 넘어갔겠는가. 처음엔 속았더라도 어느 순간에 알아차렸겠지. 내 글씨라는 걸…. 진짜 강창성 선생이라도 아팠겠지만, 나 문인호가 썼다는 게 더 견디기 힘들었겠지…. '박태출회장 애향공덕비'를 향해 차로 돌진하던 순간의 그 마음을,

나는 어쩌면 요섭이 본인보다도 더 잘 알 수 있었다. 아니, 요섭이의 그런 선택까지 이미 짐작하고 있었던 건 아닐까?

살아오면서 나는 두 사람을 죽였다.
문인오를 죽음에 이르도록 방치했다.
한요섭을 죽음으로 몰아넣었다.
그리고 나는 살아있었다. 이토록 편안하고 달콤하기까지 한 죄책감 속에서…. 뻔뻔스럽게 울지는 말자고 머리를 흔들며 발아래 강물을 내려다보았다.

예전 섶다리가 있던 자리에 놓인 남강2교 자전거길을 검은 옷의 여자가 건너가고 있었다. 유인실이었다. 나처럼 일행과 떨어져 남은 모양이었다. 바람에 떠밀리듯 휘청휘청 걷다가 멈춰 섰다. 쪼그려 앉았다.

멀어서 알 수 없지만 흐느껴 우는 것 같았다. 사람들은 항상 한 발 뒤늦게 운다. 일 년만, 한 달만, 며칠만 더 일찍 요섭이를 위해 울어주었다면…. 그래도 고맙다는 생각이 들었다. 적어도 저 한 사람은, 요섭이를 찾아오겠구나…. 나는 그럴 수 없다.

나는 울지 않았다.
흘러가는 강물과, 그 강물을 건너가는 다리와, 그 다리에 무너져 앉아 일어날 줄 모르는 검은 옷의 여인을 내려다보면서… 열일곱 살 요섭이의 시를 떠올렸다.

흔들려도 여기 이 자리
고단해도 이 한 저녁

그저 강물 위를 스쳐가는
바람결의 열일곱 살이여

떠나본 적 없으니
돌아갈 곳 모르고
그리운 것 없으니
서럽지도 않아라

다만 오지 않은 날과
먼 사람들을 생각하며
저무는 저 강을 바라본다.

그리고… 끝내 오지 않은, 아마 소식도 모르고 있을 그 한 사람을 생각
했다.

미혜를.

2019년 11월

2007년 3월 이후로 나는 문창은 물론 남강에도 가지 않았다. 모든 연락을 끊었고, 끊어졌다. '10년마다'의 다섯 번째, 50년이 되는 2017년 2월 27일도 그냥 넘겼다. 누구 하나라도 그 운동장에 나오기는 했을까?

오창수는 이제 5선 의원이었고, 더 큰 욕심은 없는 듯했다.

박광도는 2007년에 시장인 성재호, 호텔 나이트클럽 사장 황호택과 함께 구속되었다. 남강호텔 인허가 과정에서 거액의 정치자금을 주고받은 일이 드러났고, 황호택은 부지 매입을 위해 '해결사'로 뛰면서 폭력을 행사한 혐의로 뒤늦게 고발당했다.
광도, 3년형.
성재호 역시 3년형으로 시장직을 잃었다.
황호택은 5년형으로 수감 중인 교도소에서 젊은 건달에게 살해되었다.

영란이는 2008년 남강시장 보궐선거에 출마했지만 떨어졌다. 2010년에도 낙선한 후, 지금은 광도가 설립한 '박태출기념재단'의 이사장직을 맡고 있었다.

출소 후에 광도는 더 활발히 움직여서 남강에 '남천대학교'를 세웠고, 문창 옛 '백악관' 터에는 '박태출기념관'을 만들었다. 동산공원은 '박태출공원'으로 이름이 바뀌었고, 박 회장의 동상이 버티고 섰다. TV 뉴스에 나오는 영상을 보니 공덕비가 있던 자리, 요섭이가 죽은 바로 그 자리가 분명했다. 강창성 선생의 꿈은 이루어지지 않았다.

현재는 문창에 '남천강레저타운'을 건설하고 있었다. 문창리 마을을 절반 이상 사들이고, 서산 공동묘지를 밀어버리고 남천강변까지 연결하는 대규모 공사를 진행 중이었다.

역시 TV로 기공식 장면을 보았는데, 창수가 나와서 축사를 했다. 크게 웃으면서 광도와 포옹을 하고, 그 옆에서 영란이는 박수를 치고…. 나는 미선이와 광춘이를 생각했다. 두 친구의 무덤은 어떻게 되었을까?

창기는… 요양병원을 벗어나지 못하고 있겠지?

성재호는 복권된 후 보수진영으로 전향했다. 2016년 총선에서 창수와 맞붙었지만 큰 차이로 떨어졌다. 정계 은퇴를 선언했고, 그 1년 뒤에 남강에서 사찰음식 전문점을 개업했다는 기사를 신문에서 볼 수 있었다. 마흔두 살짜리 딸이 동업자라면서, 나란히 활짝 웃는 사진이 크게 실렸다. 사별한 부인과의 사이엔 자식이 없었고, 마흔둘이면 1976년생이었다.

교육감 선거에서 한 번 더 낙선한 이입삼 선생의 근황은… 나로선 알 수 없었지만, 여전히 네모난 얼굴로 여전히 고집스럽게 살고 있겠지 싶었다. 선거 때마다 내건 슬로건이 이랬다.
'교육에는 민주주의가 없다!'

첫 선거에서는 4명 중 2등, 두 번째는 5명 중 4등을 했다.

고대룡은 예순이 넘은 나이에 신춘문예를 통과해서 시인이 되었다. 2017년 2월 촛불집회가 한창일 때, 군중들 앞에서 시를 낭송하기도 했다. 변함없는 모습으로 여전히 외쳐대고 있었다. 불과 몇 초 동안 눈앞을 스쳐 간, TV 화면 속의 그를 보면서 나는 눈물을 흘렸다. 요섭이가 죽었을 때도 참을 수 있었는데… 이상하게 끝없이 눈물이 났다. 세월이 흘러 변해버린 것들도 슬프지만, 끝까지 한결같은 그 모습은 더 가슴 아팠다.

나는 혼자였다.

그 모두에게서 떨어져, 그 누구와도 상관없이 조용하게 살아왔다. 그리고 지금 미혜를 앞에 두고 서 있었다. 나더러 요섭이라고 부르면서, 나를 찾아 달라는, 나만큼이나 조용하게 살아왔을, 나의 그 사람…. 간절한 눈빛으로 대답을 기다리고 있었다. 한편으로 꿈꾸면서도 한편으로는 두려워했던 그 날 그 시간이 이런 식으로 와버렸다.

내가 인호야, 하고 말해야 하지 않을까? 내 가슴을 짚어 보여야 하지 않을까? 예순다섯, 지금부터라도 그렇게 살아야 하지 않을까? 아니, 나는 그럴 수 없다. 내가 인호라면 미혜는 더 간절하게 물을 것이다.

'그럼 요섭이는?'

'요섭이는 어디 있어?'

'요섭이 좀 찾아줘, 응?'

그 뒤에 서 있는 목사 장윤태와 잠깐 눈을 마주쳤다. 크게 고개를 끄덕인다. 그래, 하고 나는 결심했다.

요섭이가 되어주자.

흉내는 얼마든지 낼 수 있을 것 같았다. 내가 좋아했던 요섭이의 모습, 요섭이의 말들…. 고래 이야기는 어떨까? 시도 읊을 수 있다. 요섭이라면 하지 않을 말들도, 요섭이는 몰랐을 요섭이의 이야기들도 들려주자. 나는 그럴 수 있다. 언젠가 고대룡의 예언처럼, 끝까지 객석에 남아 있었으니까. 무대 위를 지켜봤으니까.

나, 문인호를 계속 찾으면? 요섭이의 마음으로 생각해보면 해결책이 있겠지. 이제는 저토록 평온한 얼굴인 장윤태 목사가 도와주겠지. 그리고… 어차피 미혜는 다시 잊을 것이다. 문인호쯤이야.

가자.

한발 다가서는 순간, 미혜의 표정이 미세하게 흔들리는 것을 나는 보았다. 알 수 있었다. 이제야 나의 시간이었다…. 지금 단 한순간이라도 좋았다. 미혜의 입술이 떨리면서 벌어졌다.

"인호야…"

(끝)